BLUT fordert BLUT

Von H.C. Scherf

Thriller

Bibliografische Information der Deutschen Nationalbibliothek:
Die Deutsche Nationalbibliothek verzeichnet diese Publikation in der
Deutschen Nationalbibliografie; detaillierte bibliografische Daten sind im
Internet über http://dnb.dnb.de abrufbar.

BLUT fordert BLUT

Band 5 aus der Serie Spelzer/Hollmann

Aktives Mitglied im Selfpublisher-Verband e.V.

Covergestaltung: VercoDesign, Unna
Bilder von: bigevil600 / prill (clipdealer)
FashionStock (Adobe Stock)

Herstellung und Verlag:
BoD – Books on Demand, Norderstedt

ISBN: 978-3752892178

BLUT FORDERT BLUT

Spelzer/Hollmann-Serie – Band 5

von H.C. Scherf

Für blutigen Mord
sei blutiger Mord!
Wer tat, muss leiden!
So heißt das Gesetz in den
heiligen Sprüchen der Väter!

- Kapitel 1 -

Wieder traf ihn die breite Faust mit voller Wucht auf den Wangenknochen.

»Ich kenne die Männer nicht. Ihr müsst mir glauben – bitte. Ich würde es euch doch sagen.« Die letzten Worte waren kaum noch zu verstehen, da sich ein weiterer Schwall frischen Blutes aus Lucas Mundwinkel ergoss. Ausdruckslose Augen der umstehenden Männer waren auf sein zerschlagenes Gesicht gerichtet, warteten auf etwas Bestimmtes. Schließlich trat eine schlanke, großgewachsene Frau in den Vordergrund, die sich bisher schweigend zurückgehalten hatte und die Folterungen der Schläger mit einem genießerischen Lächeln verfolgte. Still saß sie zuvor in einem Korbstuhl, die Beine leger übereinandergeschlagen. Ihr schwarzes Haar bändigte ein großer, strenger Knoten am Hinterkopf. Die Kleidung wirkte elegant und teuer. Vor ihr hatten die Männer eine Gasse freigelassen, damit sie das Schauspiel genießen konnte. Sie berührte mit der Fingerspitze eine der wenigen Stellen am Kopf des Gequälten, die nicht mit Blut besudelt war und drückte das Gesicht so zurecht, dass sie genau in die geschwollenen

Augen blicken konnte. Was sie zu sehen bekam, war pure, nackte Angst. Das Beben des Körpers war selbst bei leichter Berührung feststellbar. Unter dem Stuhl des Mannes verströmte eine breite Pfütze den Geruch warmen Urins. Unbeeindruckt von den Qualen des Mannes starrte sie mit kalten Augen auf ihr Opfer.

»Deine Eltern haben dir einen sehr schönen Namen gegeben. Luca gefällt mir. Er hat übrigens mehrfache Bedeutung. Wusstest du, dass er zum Beispiel *Morgendämmerung* oder *der aus Lucania Stammende* bedeutet? Darüber hinaus findet man seine Bedeutung auch in *der Lichte, der Glänzende*, aber auch *der bei Tagesanbruch Geborene*. Bei dem zuletzt genannten Vergleich habe ich allerdings meine Zweifel, ob du kleiner Straßenköter den Nächsten noch erleben wirst. Es sei denn, du verrätst uns innerhalb der kommenden fünf Minuten, wer dich bezahlt hat für deinen Verrat. Die Zeit läuft!«

Sie trat einen Schritt zurück, um den Blutspritzern zu entgehen, die der Mund des Opfers versprühte, als dieser zu schreien begann.

»Ich habe niemals einen Namen erfahren. Die haben mich angerufen und mir das Geld in einem Umschlag in den Briefkasten gesteckt. Selbst die Telefonnummer war unterdrückt. Glaubt mir das doch. Bitte habt Gnade mit ...«

Der Faustschlag, der Luca unterhalb des rechten Auges traf, ließ ihn gequält aufschreien. Alle Umstehenden konnten das Geräusch des brechenden Jochbeins hören. Unbeeindruckt davon wartete die Frau auf eine Antwort. Demonstrativ tippte sie im Sekundentakt auf ihre mit Brillanten besetzte Armbanduhr. Lucas Schreien wechselte mittlerweile in ein jämmerliches Wimmern. Die Hände zerrten immer wieder an den Fesseln, die ihn unerbittlich am Stuhl festhielten. Als einer der Männer gegen die Rückenlehne trat, prallte Luca mit dem Gesicht auf den schmutzigen, rauen Betonboden und riss sich die Haut von der Wange. Ein schmieriger Blutstreifen zeichnete den Weg, den Lucas Gesicht nahm, als ihn dieser Schläger über den Boden zog, hin zu einer Werkbank. Ein weiterer, auch mit einem schwarzen Anzug bekleideter Mann, zerschnitt die Fesseln, die den armen Kerl auf dem Stuhl fixiert hatten. Er fasste mit an, um das wehrlose Opfer auf die breite Holzfläche zu hieven.

Obwohl Lucas Augen fast komplett von den stundenlangen Faustschlägen zugeschwollen waren, weiteten sie sich in dem Augenblick, als er das über ihm schwebende Sägeblatt erblickte. Sein Körper vibrierte, als hätte man ihn an Starkstrom angeschlossen. Obwohl er es panisch versuchte, verließ kein Ton seine Kehle. Die Angst schnürte ihm die Luft ab. Er wusste, was auf ihn zukam, da er diese Prozedur des Öfteren selbst an anderen Opfern angewendet hatte. Wie schmerzhaft es war, bei lebendigem Leib stückchenweise zerschnitten zu werden, würde er nun zu spüren bekommen. Gnade konnte er nicht erwarten, das ließen die Gesetze der *Familie* nicht zu.

Wieder blickte er in das Gesicht dieser Frau, das sich für einen Moment über seines schob. Die Kälte in diesen Augen kannte das Wort Mitleid nicht. Schnell realisierte sie, dass dieser Mann nichts mehr mitzuteilen hatte. Mit einer abfälligen Handbewegung setzte sie eine Folterung in Gang, wie sie grausamer kaum sein konnte. Ein grelles, ohrenbetäubendes Kreischen erfüllte den Raum, als sich das Blatt der riesigen Kreissäge in Bewegung setzte und sich den Füßen des Opfers näherte.

Begleitet von vier Bodyguards verließ Lea Mantonelli, genervt von der Erfolglosigkeit des Unternehmens, das Lagerhaus und bestieg den silbergrauen Maserati, der im Hof wartete.

- Kapitel 2 -

Die kleinen Hände des Jungen schlangen sich um Elmars Hüften, zogen ihn zur Gartenbank, wo sie schließlich beide lachend Platz nahmen.

»Was hast du heute für uns gekocht, Onkel Elmar? Warte ... vorgestern gab es Pasta Bolognese, gestern geschmorte Putenbruststreifen mit Rucola. Dann hast du heute bestimmt was mit Fisch vorbereitet. Komm, sag schon. Ich habe einen Mordshunger.«

Seine kurzen Arme streckte er dabei so weit auseinander, dass Elmar lauthals lachen musste. Er hob den kleinen Racker hoch über den Kopf und tanzte mit ihm über die Wiese hinter dem Haus. Fiorella, die in diesem Augenblick mit einer Schüssel bewaffnet die Treppe herunter kam, stimmte ein und tanzte ebenfalls um die beiden Männer herum.

»Finde ich ja ganz toll. Ich schufte mich fast zu Tode, während die restliche Familie hier eine Tarantella im Garten hinlegt. Faules Pack eben. Ich habe es schon am ersten Tag gewusst, dass ich mir Faulenzer ins Haus hole. Wahrscheinlich muss ich jetzt auch noch selbst kochen.«

Lucia, die von allen unbemerkt im Gartentürchen auftauchte, blieb empört stehen. Ihr Gesicht versuchte, Verärgerung auszudrücken, was ihr nur mäßig gelang. »Aber nein, Tante Lucia, Onkel Elmar hat bestimmt wieder was Tolles gekocht. Pass mal auf. Mama hat die Spaghetti gebracht, jetzt fehlt nur noch ... ja, was hast du denn nun, Onkel Elmar?«

Ein herrliches Bild. Lucia mit empört in den Seiten gestemmten Fäusten, Fiorella mit der Nudelschüssel über dem Kopf balancierend und ein schwarzhaariger Knirps, der fragend auf den Mann schaute, der ihn immer noch auf den Armen trug. Statt einer Antwort setzte Elmar den Kleinen auf die Wiese und stampfte gespielt beleidigt Richtung Küche.

»Ich helfe dir, Onkel Elmar, warte auf mich!«

Minuten später war der Tisch eingedeckt und vier vergnügt plappernde Mäuler genossen die Spaghetti mit Meeresfrüchten. Jeder brach sich ein Stück von der großen Ciabattastange ab, um die restliche Soße vom Teller zu wischen. Nur Elmars deutschem Einfluss war es geschuldet, dass sich Fiorella und Lucia dazu herabließen, einen Espresso mit ihm am Tisch zu trinken. Nico blies in seinen immer noch zu heißen Kakao. Ein lauer Sommerwind wehte von der Meerseite zu ihnen herüber. Der Weltfrieden schien an diesem Abend zumindest hier in Milano Marittima hergestellt.

»Ich versehe einfach nicht, warum sich die Menschen so was ständig antun müssen. Bislang war die Gegend hier zwischen Venedig und Ancona ruhig und friedlich. Nach langer Zeit war mein armer Toni das erste Opfer, jetzt fanden die

Carabinieri wieder jemanden an der Via del Confine, direkt hinter dem Aeroporto. Zumindest sind sie dabei, die einzelnen Teile zusammenzusetzen. In der Stadt sprechen sie von einem anstehenden Mafiakrieg. Ob das immer noch mit dieser Sache zusammenhängt ... ihr wisst schon, das mit dem Erpresser? Ich will hoffen, dass dieses Theater nicht wieder von vorne losgeht.«

Fiorella hatte sich in eine Stimmung hineingeredet, die Elmar und Lucia Sorgen bereitete. Nico interessierte das nicht, er war mit seinem Puzzle beschäftigt. Lucia legte ihr beruhigend eine Hand auf den Arm.

»Mach dir darüber keine Sorgen. Das beruhigt sich schon wieder. Kann ja auch was ganz Privates gewesen sein. Du weißt doch, wie Italiener im Streit reagieren können.«

»Entschuldige mal, Lucia. Wenn jemand eifersüchtig ist, zerlegt er doch den Nebenbuhler nicht gleich in zig Teile.«

Elmar, der das Spiel des Kleinen beobachtete und das Gespräch erst uninteressiert verfolgte, drehte sich jetzt wieder den Frauen zu.

»Ich muss mal dumm fragen. Was erzählt man sich denn so in der Stadt? Da ist wohl was an mir vorbeigegangen.«

»Bisher weiß man nichts Genaues über den Hergang. Aber es wird schon hinter vorgehaltener Hand ein Name gehandelt. Die Polizei glaubt, dass es sich um einen Luca Granzini handelt, den man versucht, Stück für Stück wieder zusammenzusetzen. Der Kopf fehlt zwar noch, doch der Rest scheint zu passen. Der soll angeblich ein Soldat in der Cosa Nostra gewesen sein. Seine Familie meint, ihn identifiziert zu haben. Jetzt tippt man natürlich auf einen Racheakt aus den eigenen Reihen. Möglich, dass er gegen Regeln verstieß oder sogar Verrat beging. Wer weiß. Die fackeln da nicht lange.«

Fiorella vergewisserte sich, dass der Kleine weiter an seinem Puzzle bastelte und nichts von der Unterhaltung mitbekam. Lucias Stirn lag in Falten, was Elmar nicht entging. »Hoffentlich lassen die wenigstens die restliche Familie in Ruhe und machen das nicht, wie die Ndrangheta. Ich habe davon gehört, dass die einen ganz schrecklichen Eid ablegen müssen. Wechselt jemand von denen den Clan, muss als Strafe ein Familienmitglied sterben. Aber das sind Gerüchte, die nur selten nach draußen dringen. Sag bloß, dass du von dem aktuellen Mord nichts mitbekommen hast. Du solltest mal wieder in die Bar zu Renato gehen. Dann bist du auch auf dem Laufenden.«

Elmar winkte ab und räumte das Geschirr zusammen.

»Ich will mit diesem Mord und Totschlag nichts zu tun haben. Diese Gewalt kotzt mich an. Ich schau mal in die Zeitung. Vielleicht steht ja was drin über diesen Luca.«

Die Frauen fanden schnell ein neues Thema, während Elmar in dem Stapel der Zeitungen nach der aktuellen Ausgabe suchte. Immer noch fiel es ihm schwer, den Text ins Deutsche zu übersetzen, sodass ihm gewisse Passagen nichts sagten. Doch spürte er intuitiv, dass sich hier etwas Unerklärliches zusammenbraute. Ihn durchfuhr ein untrügliches Signal für Gefahr, auf das er sich bisher immer verlassen konnte. Er musste *seine Familie* beschützen.

- Kapitel 3 -

Der Sonnenschirm spendete den beiden Männern in ihren schwarzen Anzügen scheinbar genug Schatten, um die unerträgliche Hitze aushalten zu können. Zumindest behielten sie die Sakkos an. Hin und wieder tupften sie sich den Schweiß von der Stirn und nippten an ihrer Schorle, die Lucia ihnen serviert hatte. Ihr Blick wanderte immer wieder hinüber zum Tisch, an dem sich die Männer leise unterhielten. Von ihnen ging etwas unerklärbar Gefährliches aus, das bei Lucia Sensoren aktivierte. Sie hatte den Eindruck, dass Elmar, der in den vorderen Reihen die Liegestühle verschob, diese Männer ebenfalls bemerkt hatte und still beobachtete.

Beide atmeten auf, als sich die Typen schließlich erhoben, Geld auf den Tisch legten und sich Richtung Promenade davonmachten. Nur einen Augenblick blieben sie noch an der Bocciabahn stehen, um den schwierigen Wurf eines älteren Spielers abzuwarten. Als es ihm gelang, die gegnerische Kugel durch einen Kunstwurf zu blockieren, nickten sie anerkennend und verschwanden endgültig. Elmar und Lucia tauschten einen Blick, der deutlich machte, dass sie beide das Gleiche dachten und jetzt erleichtert darüber waren, dass sie sich wohl geirrt hatten. Doch so leicht ließ sich Elmars Skepsis nicht beseitigen. Er trat aus dem Bereich der Liege-stühle heraus und verfolgte die Kerle mit seinen Blicken, die jetzt auf der Promenadenmauer Halt gemacht hatten und die wenigen Boote beobachteten, die an Fiorellas Bootsverleih noch im Sand auf Kunden warteten. Einer von beiden machte sich Notizen, was bei Elmar spontan einen Druck in der Magengegend verursachte. Ein untrügliches Zeichen dafür, dass sich Gefahr abzeichnete.

Die Liegestühle leerten sich allmählich. Nur wenige, unentwegte Sonnenanbeter blieben noch liegen, um auch den letzten Strahl der am Horizont verschwindenden Sonne zu erhaschen. Schließlich war auch der letzte Schirm einge-klappt und alle Liegestühle standen exakt ausgerichtet vor dem Bagno. Lucia versuchte einer Gruppe von lauthals sin-genden Männern, von denen sie wusste, dass sie aus Deutschland kamen und ein lustiges Wochenende ohne Frauen verleben wollten, zu verdeutlichen, dass jetzt die Bar geschlossen würde. Sie ließen die hübsche Gastgeberin drei-mal hochleben und schwankten lachend davon. Zufrieden schob sie die Glaswände zu und atmete kräftig durch, als Elmar sich zu ihr gesellte. Sie hatten sich angewöhnt, zum Feierabend ein kleines Glas Wein zu trinken, bevor sie gemeinsam den Heimweg antraten.

»Hast du sie auch bemerkt?«

Elmar wusste sofort, worauf Lucia hinauswollte. Er nickte und hob das Glas, um mit ihr anzustoßen.

»Ja, das waren wieder welche von denen.«

»Was glaubst du, was das bedeuten könnte, Elmar? Denkst du, dass die wieder dieses verdammte Schutzgeld einfordern? Ich kann es dir nicht erklären, aber ich habe Angst. Wenn die Typen jetzt das Spiel fortsetzen, könnte es doch gut sein, dass die es auch waren, die Commissario Paretti beseitigt haben. Ich glaube einfach nicht daran, dass der sich freiwillig das Leben nahm. Die beobachten auch Fiorella, wie du ja bemerkt haben wirst. Was sollen wir tun?«

Elmar legte Lucia beruhigend die Hand auf den Arm und griff nach der Schale, in der noch wenige Grissini übrig geblieben waren. Seine gespielte Ruhe konnte Lucia nicht darüber hinwegtäuschen, dass es in ihm rumorte. Etwas schien ihn zu beschäftigen, womit er sie nicht behelligen wollte. Dieser Mann besaß noch so ungeheuer viele Geheimnisse, von denen sie nichts ahnte. Sie war sich nicht sicher, ob sie wirklich alle kennen wollte. Ein Gefühl sagte ihr, dass sie seine Vergangenheit besser auch als solche unberührt lassen sollte. Wenn er davon berichten wollte, würde er es eines Tages tun. Für sie und ihre Freunde stellte Elmar das Beste dar, was ihr passieren konnte. Da war sie sich sicher.

»Gib mir Zeit, damit ich nachforschen kann. Vielleicht weiß Renato schon etwas über diese Sache. Lass uns nachher dort mal wieder reinschauen, Liebes. Ein kaltes Bier könnte mir gefallen nach dieser Hitzeschlacht heute. Ist das für dich okay?«

»Sicher, Elmar, tu das. Aber bitte ohne mich. Ich möchte gleich einfach nur auf der Schaukel liegen und in den Himmel schauen. Das war heute Trubel genug, da brauch ich diese vielen Leute nicht auch noch am Abend. Bleib nur nicht so lange. Du weißt, dass morgen wieder Gästewechsel ist. Komm, lass uns gehen, ich habe ein wenig Hunger.«

»Na dich habe ich ja schon seit Monaten nicht mehr gesehen, Elmar. Hast du eine andere Bar gefunden?«

»Jetzt halt mal die Füße still, Renato. Ich war jetzt genau vier Tage nicht hier. Ich musste erst meinen Kredit genehmigt bekommen, damit ich mir deine hohen Bierpreise auch zukünftig wieder erlauben kann. Jetzt hätte ich gerne wieder eines davon ... also ... una birra per favore.«

Renato warf den Kopf nach hinten und zog gespielt beleidigt, wie eine Diva, ab zur Theke. Heute dauerte das Zapfen wirklich sieben Minuten, sodass er mit einer perfekten Pilskrone wieder am Tisch auftauchte.

»Ist das Getränk für den Signor so perfetto?«

»Genau so, lieber Renato, muss ein gutes Pils aussehen. Aber jetzt mal Spaß beiseite, mein lieber Freund. Hast du gleich mal ein paar Minuten für mich? Ist sehr wichtig.«

»Warte noch ein paar Minuten. Ich sage dem Barkeeper Bescheid.«

»Worum geht es, mein Freund? Ärger mit den Frauen? Das kann ich mir nicht vorstellen. Lucia ist eine Göttin, sie könnte ...«

»Schon gut, schon gut, Renato. Das weiß ich selber, aber das ist es auch nicht. Es geht um ein paar dunkle Typen, die ich bisher noch nicht hier gesehen habe. Die schleichen immer wieder um die Bagni herum und machen sich Notizen. Die habe ich auch an Fiorellas Bootsstand gesehen. Das hat doch etwas zu bedeuten. Und genau das will ich herausfinden. Ich werde nicht zulassen, dass diese verdammten Mistkerle ...«

»Ruhig, Elmar. Komm schnell wieder runter und sei bitte leise. Die Wände haben hier Ohren. Ich verstehe dich gut, wenn du dir Sorgen machst. Es geht schließlich um deine Liebsten. Aber du darfst auch nichts überstürzen. Wenn es das ist, was ich glaube, ist es besser, du hältst dich da raus und lässt geschehen, was geschehen muss.«

Elmars Hand krallte sich unter dem Tisch in den Oberschenkel von Renato, dessen Gesicht sich im Schmerz verzog. Er versuchte, sich von dem Griff zu befreien, sah dabei in Augen, wie er sie bei seinem Freund bisher noch nicht sah. Sie enthielten plötzlich eine Härte, die dem redseligen Italiener Angst einhauchte.

»Verdammt, Elmar ... du tust mir weh. Bist du von Sinnen? Lass mein Bein los! Du scheinst nicht zu wissen, was hier abgeht. Ich will es dir grob erklären.

Selbst du solltest mittlerweile wissen, dass in diesem Land fast nichts läuft, ohne dass die *Familien* die Hände drin haben. Ich spreche hier von Geldgeschäften und bei den *Familien* rede ich von der Mafia. Die kassieren überall ab. Dass die ihr Geschäft weltweit betreiben, spielt in unserem Fall nur eine Nebenrolle. Bisher kassierte hier die Familie Mantonelli ab und sorgte dafür, dass jeder in Ruhe unter deren Schutz für seine Angehörigen sorgen konnte. Da scheint sich was zu tun in der Führungsebene. Unter vorgehaltener Hand spricht man bereits von einem Krieg zweier Clans. Es soll sogar schon reichlich Blut geflossen sein. Wie du weißt, ist auch der Tod von Toni nicht endgültig geklärt und an den Selbstmord von Commissario Paretti glaubt hier keiner. Jetzt tauchen noch die Einzelteile von Luca Granzini auf. Dem sagt man nach, dass er ein Soldat in der Mantonelli-Sippe war. Die Polizei ermittelt wieder einmal und wird nichts finden. Das steht jetzt schon fest. Es gibt da so Gerüchte, na du verstehst schon, was ich damit meine.«

»Nein, verstehe ich nicht, Renato. Das klingt alles so mysteriös, so, als fürchte man sich, darüber zu sprechen. Das ist nicht meine Welt. Ich finde, jeder sollte sich der Wahrheit stellen und für sein Recht kämpfen.«

Ohne jegliche Ankündigung schob Renato seinen Stuhl zurück und richtete sich auf. Seine Augenlider flatterten plötzlich, die Pupillen sahen geweitet in eine Richtung, aus der sich zwei Männer, im Gespräch vertieft, seiner Bar näherten.

»Wir ... wir sollten später noch mal ... ich habe jetzt zu tun, Elmar. Soll ich dir noch ein Pils bringen?«

»Nein, mein Freund, ich habe doch noch keinen Schluck getrunken.«

Renato befand sich bereits auf dem Weg zum Tresen und griff nach seinem Tuch, mit dem er fleißig die Gläser trocken wischte. Der Blick war starr auf die Theke gerichtet. Elmar ließ ihn nicht aus den Augen. Erst als sich die beiden neuen Besucher an einen Ecktisch setzten, kam wieder Leben in den Wirt. Zum ersten Mal bemerkte Elmar, dass Renato in der Lage war, eine Verbeugung vor Gästen anzudeuten, was absolut albern und gestelzt wirkte. Auch anderen Gästen war dieses Verhalten aufgefallen, ließen zotige Sprüche ab, die Renato die Röte ins Gesicht trieben. Wieder waren es die Bagno-Besucher vom Vormittag, die Elmar hier antraf. Das unterwürfige Verhalten seines Freundes zeigte ihm, dass er diese Männer nicht unterschätzen durfte. Er registrierte nebenbei, dass sie sich einen Platz in der Ecke gesucht hatten. Die Wände deckten ihren Rücken, eine freie Sicht über den Eingangsbereich war garantiert. So verhielt sich jemand, der mögliche Gefahren minimieren wollte. Darin kannte sich Elmar aus. Er sah Männern ins Gesicht, denen der Tod an den Fingern klebte – da war er sich sicher.

- Kapitel 4 -

»Woran denkst du gerade, Schatz?«

Sven legte seine Arme um Karin, die gedankenverloren aus dem Fenster auf das Flugfeld sah und an ihrer Apfelschorle nippte.

»Das kürzere Haar mit den grauen Strähnen steht dir übrigens sehr gut. Da hat dir deine Stammfriseurin Conny einen guten Rat gegeben. Außerdem dürfte das bei der Hitze dort unten auch viel angenehmer sein. Und du riechst so ... so nach Urlaub und Vorfreude.«

Karin legte ihren Kopf an Svens Schulter und schloss für einen Moment die Augen.

»Bist du dir sicher, dass wir das Richtige tun? Wenn das jemals rauskommt, bist du deinen Job und deine Alterssicherung los. Das wird keiner verstehen, mein Freund. Welcher Polizist ist schon so verrückt, in seinem Urlaub einen Mann zu besuchen, der auf der Liste der Serienkiller an oberster Stelle steht? Das ist doch nicht normal, sei ehrlich.«

Sven lockerte nur für einen Augenblick seinen festen Griff, bevor er wieder selbstsicher mit der freien Hand über

Karins Wange strich. Er berührte mit den Fingerspitzen ihre Lippen und flüsterte ihr ins Ohr.

»Soll ich dir was sagen? Das ist mir völlig egal. Ich weiß, dass gerade ich das nicht sagen dürfte, aber dieser Mann hat sich in den Schuss geworfen, der mir galt. Ihm habe ich mein Leben zu verdanken. Natürlich auch dir, mein Schatz. Ich gehe einen sehr gefährlichen Weg, wenn ich verhindere, dass man ihn für alle Zeiten wegsperrt. Aber da gibt es einen inneren Zwang, der mich zu dieser Maßnahme drängt. Kommt es jemals raus, muss es eben so sein. Dann stehe ich dazu und trage die Konsequenzen. Doch lass uns jetzt nicht an unserem Tun zweifeln. Das haben wir schon ein dutzend Mal diskutiert. Hast du deine Sachen alle gut verstaut? Der Flug nach Bologna wird bestimmt gleich aufgerufen.«

Problemlos passierten sie die Sicherheitsschleuse und schlenderten zum Gate. Karin hakte sich bei Sven ein und beobachtete die eilig an ihnen vorbeihastenden Gäste. Sie liebte das Gewusel an Flughäfen, da es ihre Sehnsucht nach der Ferne befriedigte. Endlich würde sie die Orte an der Adria wiedersehen, in denen sie schon viele schöne Stunden erlebt hatte. Den Gedanken an Mario, der sie dabei begleitete, schob sie mit einem Schmunzeln beiseite. Sven musste nicht alles wissen, was ihre Bekanntschaften betraf. Genauso wenig war sie scharf darauf, von seinen Affären zu erfahren. Ihre Finger umklammerten die große Umhängetasche, in der sie die Kleinigkeiten verstaut hatte, die Frau eben so auf Reisen benötigte.

Die Maschine setzte erstaunlich sanft auf und rollte zum Ankunfts-Gate. Erleichtert löste Karin ihre Hand aus der von

Sven. Er hatte ihr gestanden, dass er bei Start und Landung immer Mordsängste ausstand. Jetzt, wo sie sich auf sicherem Boden befanden, atmete er tief durch und blickte dankbar zum Kabinenhimmel. Karins Schmunzeln übersah er dabei großzügig.

In einem sehr gebrochenen Deutsch bedankte sich der Mann am Schalter des Autoverleihers und wünschte ihnen einen angenehmen Aufenthalt in Italien. Der ferrarirote Ford Fiesta war zwar kein Raumwunder, bot jedoch genügend Platz für zwei Koffer und die Reisetaschen. Karin bestand darauf, die einhundert Kilometer selbst zu fahren, um das Feeling für das Land wieder zu bekommen. Eineinhalb Stunden Fahrt bei großer Wärme stand ihnen bevor. Wohlweislich hatte Sven bei der Bestellung auf einer Klimaanlage bestanden. Geduldig hörte Sven zu, wenn ihm Karin kleine Weisheiten zu den Orten mitteilte, die sie durchfuhren. Ihr fiel immer etwas ein, wenn sie Imola, Forli und Cesena passierten. Doch je näher sie ihrem eigentlichen Ziel kamen, umso ruhiger wurde sie. Zielsicher fand Karin die Via X Traversa, an der sie sich mit Elmar treffen wollten.

Mühsam quetschte sie den Wagen in eine Parklücke, die gerade frei wurde. Unentschlossen stiegen beide aus und zurrten die Plane als Sichtschutz über ihre Koffer. Die Sonne brannte ihnen selbst jetzt noch in den Nachmittagsstunden auf den Rücken. Sven schloss gerade die Kofferraumklappe, als er die schwere Hand auf seiner Schulter spürte. Keiner von beiden hatte bemerkt, dass sich ihnen ein großer, braun gebrannter Mann lautlos genähert hatte. Für Karin war es keine neue Erkenntnis. Sie hatte sich oft gefragt, wie es dieser Mann immer wieder geschafft hatte, wie ein Geist aufzutauchen und zu verschwinden. Sven reagierte ruhig, da er auf die erneute Begegnung mit seinem einstigen Todfeind vorbereitet war. Karin konnte eine einzelne Träne der Rührung nicht zurückhalten, als sie verfolgte, wie sich diese beiden Männer umarmten. Zwei Männer, die eine ganz besondere Stellung in ihrem Leben einnahmen.

Kein Wort, keine der üblichen Begrüßungszeremonien mit lautem Geschwafel ... wortloses Umarmen zeigte alles, was diese Männer verband. Zögernd löste sich Sven und gab Elmar den Blick auf Karin frei. Noch nie hatte sie diesen geheimnisvollen Mann so unentschlossen gesehen, als er darüber nachzudenken schien, ob und wie er Karin begrüßen durfte. Noch immer schwelte in ihm der Zweifel darüber, wie Sven ihre Beziehung einschätzte. Karin nahm ihm die Entscheidung ab, indem sie ihm in die Arme flog und hemmungslos weinte. Erst nachdem Elmar einen prüfenden Blick zu Sven geworfen hatte, der aufmunternd nickte, schloss er die Arme um sie und schleuderte sie mehrfach im Kreis umher.

»Dem Himmel sei Dank, dass ich euch beide wiedersehen darf. Grazie al cielo. Ich hatte die Hoffnung schon verloren. Doch warum stehen wir hier rum? Ihr möchtet euch doch bestimmt erfrischen nach der langen Fahrt. Lucia ist schon so gespannt. Und denkt bitte daran – niemand weiß bisher etwas aus meiner Vergangenheit. Irgendwann einmal ...«

Sven legte ihm die Hand auf die Schulter und sah ihm tief in die Augen.

»Bitte mach dir darüber keine Sorgen. Das ist allein deine Aufgabe. Irgendwann, vielleicht auch niemals, wirst du es tun. Entscheide selbst, ob es deiner Beziehung nutzt.

Bedenke dabei nur, dass Menschen unterschiedliche Toleranzgrenzen haben. Eure Beziehung muss extrem stark sein, um diese Wahrheit zu verkraften. Deshalb überlege es dir gut. Vieles im Leben bleibt besser ungesagt, da es zerstörerisch wirken könnte.«

Bevor Elmar antworten konnte, stand ihnen eine absolute Madonna, eine Schönheit gegenüber, die spontan Elmars Hand ergriff und an die Lippen führte. Nur ein dankbarer Blick erreichte Sven noch, bevor Elmar Lucia vor sich schob.

»Das meine Freunde, ist …«

»Ja, das muss deine Lucia sein. Sie ist genauso schön, wie du sie uns beschrieben hast.«

Karin schloss beide Arme um die etwas kleinere Frau und drehte sich mit ihr im Kreis. Einige Gäste, die wegen der Begrüßungszeremonie die Straßenseite wechseln mussten, lachten mit den Vieren. Sie beobachteten, wie sich ein Knäuel von vier Personen bildete, die einander nicht mehr loslassen wollten.

Elmar konnte nur schwer abwarten, bis der letzte Gast das Bagno verlassen hatte und sie endlich zum Haus fahren konnten.

Das gemeinsame Abendessen im Garten war das erste große Highlight für die beiden Besucher. Fiorella und selbst Nico beteiligten sich an der Kochorgie, die in einem ausgiebigen Mal am Gartentisch gipfelte. Es dauerte nur Minuten, bis der kleine Racker tiefe Freundschaft mit Sven und Karin geschlossen hatte. Der ferngesteuerte Hubschrauber, der mit tiefem Brummen durch den Garten rauschte, tat sein

Übriges dazu, um den kleinen Nico von den Qualitäten der neuen Gäste zu überzeugen. Erst als das Spielzeug in der Salatschüssel notlandete und den Rucola über den Tisch verteilte, wurde die Fernsteuerung für den Rest des Abends von Fiorella eingezogen.

Die Männer nutzten das Angebot der Frauen, den Tisch alleine abzuräumen, um sich am Gartentor zu unterhalten. Ein Bild, das noch vor Monaten absolut undenkbar gewesen wäre, zeigte zwei ehemalige Todfeinde mit dem Rotweinglas in der Hand, in trauter Eintracht unter einer Straßenlaterne. Sven sah in den sternenklaren Himmel und genoss die erfrischende Brise, die sie vom nahen Meer her erreichte. Erst Elmars Stimme holte ihn wieder zurück in die Gegenwart, die in diesem besonderen Moment nur aus absoluter Entspannung bestand.

»Es ist gut, dass wir gerade alleine sind. Ich möchte dich etwas fragen, wovon die Frauen nichts wissen sollten.«

Sven zog die Augenbrauen hoch, da er zum ersten Mal erlebte, dass ihn Elmar dermaßen ins Vertrauen zog und um seine Hilfe bat. Er kannte ihn nur als kaltberechnenden, logisch handelnden Mann.

»Ich hoffe, dass ich dir helfen kann. Dann leg mal los.«

Jetzt war es Elmar, der in den Himmel starrte, während er versuchte, seine Frage zu formulieren. Er klärte Sven über seine Beobachtungen am Bagno und in der Bar auf. Sven hörte gespannt zu, stellte nur hin und wieder eine Zwischenfrage.

»... und nun weiß ich nicht, ob ich mir wirklich Sorgen machen muss. Es widerstrebt mir auch einfach, dass schwerverdiente Gelder Organisationen zufließen, die lediglich für einen imaginären Schutz bezahlt werden. Die leisten doch nichts dafür, halten nur die Hand auf. Was mir am meisten an der Sache stinkt, ist die Tatsache, dass diejenigen, die sich weigern, massiv bedroht werden. Es gibt hier in der letzten Zeit sogar Gerüchte, dass sich zwei Familien dieser Mafiagruppen einen Kampf um Gebiete liefern. Es hat schon die ersten Toten gegeben.

Das kannst du nicht wissen, Sven. Auch um den Tod von Toni, dem Ehemann von Fiorella, kursiert das Gerücht, dass er sich geweigert habe ... das Resultat fand man später im Kanal. Und die Behörden ermitteln gar nicht erst. Sie behandeln den Fall, als wäre er einfach ertrunken. Ich muss die Frauen und das Kind schützen, verstehst du das?«

Aufmerksam war Sven den Worten des Freundes gefolgt, sagte jedoch nichts. Für ihn selbst war die Sache eindeutig. Doch es war nicht einfach, diese traurige Wahrheit einem besorgten Mann zu vermitteln, der zwar schon lange vorher den Glauben an das Gute verloren hatte, sich augenblicklich aber tiefe Sorgen um das Wohlergehen der Menschen machte, die in ihm einen Beschützer sahen. Nach einem tiefen Schluck aus dem Weinglas versuchte es Sven zumindest.

»Das hört sich gar nicht gut an, muss ich zugeben. Ich vermute, dass du mit deiner Vermutung auch nah an der Realität bist. Nun solltest du wissen, dass diese Aktivitäten der Mafia an den Ländergrenzen nicht enden. Die Clans haben ihre Tentakel schon vor langer Zeit in der weiten Welt ausgebreitet und kassieren heute in fast allen Bereichen des Geschäftslebens ab. Das beschränkt sich jedoch nicht nur auf die bekannten Gruppen wie Cosa Nostra, Camorra oder

Ndrangheta, wie der Normalbürger denken mag. Nein, da haben sich in den mafiösen Strukturen längst andere Gruppen aufgetan. Man wollte das große Geschäft nicht den Makkaronifressern allein überlassen. Dir wird der Name Solntsevskaya Bratva aus Russland wohl kaum etwas sagen. Die handeln mit Drogen und Menschen in der ganzen Welt. Man schätzt deren Umsatz auf etwa achteinhalb Milliarden Dollar, wobei der vorwiegend aus Heroinhandel mit Afghanistan stammt.

Die größte bekannte Mafia-Gruppe vermuten wir bei der Yamaguchi-Gumi, deren Umsatz auf etwa sechseinhalb Milliarden Dollar geschätzt wird. Die japanischen Yakuza-Gruppen handeln zumeist mit Drogen. Nebenher entwickelte sich auch in Mexiko das Sinaloa-Kartell mit geschätzten drei Milliarden Umsatz. Die machten sich einen unrühmlichen Namen dadurch, dass sie durch ihre unvorstellbare Brutalität auffielen und für so circa sechzig Prozent des gesamten Drogenhandels in den Staaten verantwortlich sind.

Jeder spricht aber nur von Camorra und Ndrangheta. Ich will nicht verhehlen, dass die zusammen fast acht Milliarden umsetzen, aber von diesen anderen Gruppen stark in ihrer Reichweite eingeschränkt werden. Der Kampf um Gebiete wird immer blutiger.«

»Aber wenn man doch so viel über ihre Strukturen weiß, gibt es doch Möglichkeiten, diesen Sumpf auszutrocknen. Die Polizei wird da doch nicht tatenlos zusehen.«

Sven lachte auf und setzte sein Glas auf einem Wandvorsprung ab.

»Elmar, du bist immer noch ein Träumer, der daran glaubt, dass der Mensch und die Welt sich ändern können.

Das stimmt ja auch zum Teil. Aber leider entwickelt sich gerade dieser Bereich in die verkehrte Richtung. Die kriminellen Vereinigungen weiten sich wie die Pest über die ganze Welt aus. Nichts, aber auch wirklich nichts wird davon ausgenommen. Mittlerweile tummeln sich solche Gruppen wie die chinesischen Triaden, die ein unglaubliches Wachstum an Macht hinlegen. Noch stehen sie nur an vierter Stelle in der Welt, weil zum Beispiel die kolumbianischen Drogenkartelle vor ihnen rangieren. Doch das wird nicht mehr lange so sein.

Doch diese beiden Gruppen müssen sich den noch herrschenden Kartellen geschlagen geben. Die Silbermedaille geht an die sizilianische und amerikanische Cosa Nostra. Doch *the Winner is* die russische Mafia. Keine Macht der Welt kann diese Strukturen aufbrechen oder sogar aufhalten. Da die Politik und Teile der Polizei von ihnen infiltriert wurden und auf deren Lohnliste stehen, kannst du dir den Rest selbst ausrechnen.«

Elmar starrte immer noch ungläubig auf Svens Lippen, als die Stimme des kleinen Nico aufgeregt hinter ihnen erklang.

»Onkel Elmar, du musst ganz schnell kommen! Du musst helfen ...«

Als hätte ihn ein Blitz getroffen, wirbelte Elmar herum und lief hinter dem Dreikäsehoch her, der bereits hinter der Hausecke verschwunden war. Elmars Hände waren bereits zu Fäusten geballt, als er auf die Rosensträucher zustürmte, die den Blick auf den Gartentisch verwehrten. Sven folgte in nur wenigen Metern Abstand. Beide Männer blieben stehen, als wären sie vor eine Wand gelaufen, umarmten sich schwer atmend und lachten befreit. Nico stand unter einem riesigen

Busch von Heckenrosen und zeigte verzweifelt auf den Helikopter, der für ihn unerreichbar zwischen den Ästen hing.

Drei Augenpaare am Tisch blickten verständnislos auf die erleichtert wirkenden Männer, die sich immer noch lachend in den Armen lagen.

- Kapitel 5 -

»Du bist so bedrückt, ist was passiert? Die wirken doch alle so glücklich und zufrieden, sodass mich das ein wenig wundert. Hat Elmar etwa Probleme mit Lucia, was ich mir absolut nicht vorstellen kann?«

Sven nahm für einen Augenblick die Zahnbürste aus dem Mund, um Karin eine halbwegs verständliche Antwort geben zu können. Er überlegte, in welchem Umfang er ihr vom Gespräch mit Elmar berichten durfte, kam schließlich zu dem Ergebnis, dass nichts davon der Verschwiegenheit unterlag.

»Nur einen Augenblick, dann bin ich hier fertig. Will nur noch eben unter die Dusche springen. Hast du den Mückenvorhang zugezogen? Die Viecher lieben mich abgöttisch.«

»Da musst du dir keine Sorgen machen. Es hat sich bis zu denen rumgesprochen, wie eifersüchtig und brutal ich sein kann. Die werden sich hüten.«

»Na dann bin ich beruhigt. Bis gleich.«

»... und was gedenkt Elmar nun zu unternehmen? So, wie wir ihn kennen, wird er das nicht ohne Weiteres hinnehmen.

Ich fürchte eher, dass er aktiv wird, bevor die es tun. Und das kann übel für alle Beteiligten ausgehen. Verdammt, kommt der Mann denn niemals zur Ruhe? Immer wieder holt ihn unnütze Gewalt aus seinem Wunsch nach Frieden heraus.«

Sven zog sich das dünne Laken bis zum Hals, da er glaubte, ein verräterisches Summen gehört zu haben. Karin beobachtete sein Bemühen einige Augenblicke mit wachsender Belustigung, bevor sie ihm mit der flachen Hand auf die Brust schlug.

»Oh, schade ... verfehlt. Aber ich behalte das Mückenvieh im Auge.«

Svens erstaunten, sogar vorwurfsvollen Blick ignorierte Karin. Sie versuchte einen weiteren Anlauf, mehr aus Sven herauszuholen.

»Wie schätzt du die Lage ein. Du hast doch bestimmt Erfahrung in diesem Bereich. Die Mafia ist ja schließlich auch bei uns ziemlich aktiv. Ich denke, dass du ihm geraten hast, sich da rauszuhalten, oder?«

»Dazu hatte ich bisher keine Gelegenheit. Ich werde ihn mir morgen mal vornehmen. Gegen diese Banden hat selbst Elmar mit seinen speziellen Methoden keine echte Chance. Ich möchte sogar behaupten, dass er sofort auf deren Topliste erscheint, wenn die ihn als möglichen Täter ausmachen. Sie haben ihre Leute überall. Die Mafia ist unglaublich gut organisiert und duldet keine Einmischung, verzeiht keine Fehler.«

»Na toll. Und du glaubst wirklich, dass sich Elmar davon abschrecken lässt? Man sollte die eher vor ihm warnen, damit sie die Finger von diesem Haus lassen.«

Noch lange dachte Sven über Karins Worte nach, da auch er befürchtete, dass sich ihr Freund von deren Gewalt nicht abschrecken lassen würde – ganz im Gegenteil. Die Möglichkeit bestand, dass das Böse in ihm wieder die Oberhand gewann. Dann würde sich an der Adriaküste die Hölle auftun. Er selbst wusste nicht, wie er damit umgehen würde, da er dem Gesetz und dem Schutz der Menschen gegenüber verpflichtet war. Er musste unbedingt mit ihm reden.

- Kapitel 6 -

Der Blick über das Anwesen war beeindruckend. Durch die relativ dichtstehenden Zypressen war die Zufahrt zum von zwei Männern bewachten Tor für Lea Mantonelli gut einsehbar. Sie hatte das sich nähernde Fahrzeug schon sehr früh bemerkt, da es von einer Staubfahne begleitet wurde, die der mäßige Wind seitlich wegtrieb. Ihre Hand fuhr immer wieder außergewöhnlich zärtlich über das schneeweiße Fell der Angorakatze, die es sich auf dem Schoß ihrer Herrin gemütlich gemacht hatte und die Liebkosungen mit einem leisen Schnurren quittierte. Sie verließ diesen Platz nur, wenn die schwarzhaarige Schönheit zur Abkühlung ins Wasser des übergroßen Pools stieg und einige Bahnen schwamm.

Ohne die Augen von dem Fahrzeug zu nehmen, griff Lea Mantonelli nach ihrem Glas, in dem die Eiswürfel im gespritzten Aperol klirrten. Sie nippte nur daran und winkte Rico Farucci heran, der ihr den riesigen Sonnenschirm neu ausrichtete. Auch sein kalter Blick ruhte auf dem Fahrzeug, das mittlerweile am Tor angelangt und von den Wächtern gestoppt worden war.

»Kümmere dich um den unangemeldeten Besuch. Wer auch immer es ist – er soll im Salon warten. Ich bin noch beschäftigt.«

Wortlos entfernte sich der riesige Glatzkopf, der als engster Vertrauter der Chefin wusste, was zu tun war. Niemals würde er zulassen, dass jemand dieser Frau zu nahe kam. Sein Leben hatte er bereits ihrem Vater, Don Carlo in die Hand gegeben. Das Treuegelöbnis wurde nach dessen plötzlichen Tod automatisch auf seine Tochter, die neue Herrin, übertragen. Die stieg seelenruhig ins kühle Wasser und ließ sich in den Schatten treiben, den überhängende Frangipani-Ranken lieferten. Im Haus vernahm sie laute Stimmen. Mit einem Lächeln zog sie noch zwei Bahnen und stieg dann wieder aus dem Wasser, um sich ein großes Tuch um den perfekt gebauten Körper zu schlingen. Mit den grazilen Schritten eines Models näherte sie sich der Quelle des Lärms.

»Donna Mantonelli, bitte, es kränkt mich ein wenig, dass ich hier warten muss. Ich habe die weite Fahrt auf mich genommen, um mit Ihnen ein wichtiges Gespräch zu führen. Als Zeichen der Ehrerbietung habe ich mir erlaubt, Ihnen einen Früchtekorb zu kredenzen, der Ihnen den Tag versüßen möge. Sie sehen heute wieder umwerfend aus, eine wahre Königin, vor der die Sonne verblasst.«

»Sind Sie jetzt mit Ihrem Gesülze fertig, Signor Mancini? Sind Sie nur gekommen, um mir das zu sagen, oder war es Ihr Anliegen, endlich Ihre Schulden zu tilgen? Eigentlich hatte ich die fällige Zahlung bereits letzten Monat erwartet. Ich habe hohe Kosten, Signor, die ich stets pünktlich begleiche. Sehen Sie, in diesem Punkt bin ich absolut zuverlässig.

Ich komme meinen Verpflichtungen immer mit größter Sorgfalt nach, was übrigens auch auf meine Versprechen zutrifft.«

»Aber Donna Mantonelli, ich kann ...«

Ohne auf den Einwand des kleinen, dicken Obsthändlers zu achten, fuhr Lea fort.

»Wenn ich ein solches Versprechen gebe oder einen Termin festsetze, ist das für mich bindend. Das gilt allerdings auch für jeden meiner Partner. Ich hoffe, Sie verstehen mich richtig. Vor zwei Monaten habe ich Ihnen in einem Anfall von Güte einen Zahlungsaufschub gewährt. Das geschah mit Rücksicht auf Ihre bezaubernde Familie. Ihre Kinder sollten nicht hungern, wie Sie mir andeuteten. Heute kommen Sie zu mir und setzen mir einen Früchtekorb vor, der von Ihnen in höchsten Tönen gelobt wird. Ich gehe davon aus, dass ich darin einen Umschlag finde, in dem sich die achtzehntausend Euro befinden, die noch offen sind. Rico, bist du so lieb und siehst nach?

Sollte er diesen Umschlag darin finden, lade ich Sie gerne auf ein Gläschen auf meine Terrasse ein und Sie können mir erzählen, wie es Ihren lieben Kinderchen geht. Sollten allerdings Ricos Hände leer bleiben, müssen wir auf dieses freundschaftliche Gespräch leider verzichten und über Lösungen in dieser verfahrenen Sache nachdenken. Also, was hast du gefunden, Rico?«

Mancini schaffte es tatsächlich, seine eh schon geringe Größe um weitere Zentimeter zu verringern. Händeringend stand er mitten im Raum und verfolgte die vergebliche Suche des Hünen in dem Früchtekorb, den Mancini auf einen Beistelltisch platziert hatte.

»Nichts, Donna Mantonelli. Hier ist kein Geld zwischen dem Obst. Soll ich ...?«

Sanft schwang das pechschwarze Haar hin und her, als die Chefin den Kopf schüttelte und beruhigend die Hand hob. Rico verschränkte die mächtigen Arme vor der Brust und wartete auf weitere Anweisungen. Währenddessen setzte bei Mancini das große Zittern ein. Die Masche mit dem Geschenk schien nicht den erwarteten Erfolg zu zeigen. Nun ging es nur noch ums Geschäft und das Überleben. Wie hart diese Verhandlungen werden konnten, hatte Mancini schon häufig von Angehörigen ehemaliger Geschäftspartner gehört. Sie beweinten häufig die tödlich verlaufenden Unfälle der Väter. Lea Mantonellis Mundwinkel senkten sich angewidert, als sie sah, wie dieser elende Wurm von Obsthändler auf die Knie fiel und die Handflächen flehend zusammenlegte.

»Donna Mantonelli, bitte haben Sie ein Einsehen. Immer habe ich schon Ihrem Vater, Gott habe ihn selig, meinen Respekt erwiesen und meine Abgaben geleistet. Stets beschützte er mich und meine Familie vor missgünstigen Feinden. Das Geschäft läuft im Moment etwas schleppend, Sie verstehen sicher. Vor drei Monaten hat mir ein Großlieferant aus dem Süden einen lukrativen Auftrag unterboten und mir großen Schaden zugefügt. Das war ein Riesenverlust, der so schnell nicht wettzumachen ist.«

Lea hatte mittlerweile in einem übergroßen Sessel Platz genommen und das Kinn auf die Faust gelehnt. Ihre kalte Stimme unterbrach die Beichte des Bittstellers, der noch immer auf den Knien vor ihr herumrutschte. Ihr Blick war unerbittlich.

»Warum haben Sie nicht den Mut besessen, mich um Hilfe zu bitten? Habe ich euch nicht immer wieder gepredigt, dass ihr mit solchen Problemen zu mir kommen sollt? War ich nicht immer für euch da, um Schutz zu gewähren? Aber nein, Senor Mancini hält lieber die Zahlungen zurück und beweint zuhause seinen Verlust. Das, mein Lieber, halte ich für respektlos. Diesem Großhändler hätte man eventuell klarmachen können, dass es der Gesundheit seiner Familie sicherlich zuträglicher gewesen wäre, das Angebot zu erhöhen. Ich möchte, dass die regionalen Händler aus meinem Umfeld die Geschäfte beliefern. Sie haben mit Ihrem Schweigen diesem Lumpenpack gezeigt, dass sie hier im Norden Möglichkeiten bekommen, die es bisher nicht gab. Mancini, Sie haben einen Riesenfehler gemacht, der viel Geld kosten könnte – mein Geld. Ich habe, so wie mein verstorbener Vater Prinzipien. Eine davon ist, dass keine Fehler gemacht werden dürfen. Nur ein einziges Mal ist er davon abgewichen und hat diesen angeblichen Freund in der Lombardei besucht. Sie wissen, dass die Explosion seines Autos auch vier unserer Leute mit in den Tod riss.

Sollten einmal Fehler geschehen, wie in Ihrem Fall, dürfen sie nicht ungesühnt bleiben, denn es würde mich gegenüber meinen Feinden schwach aussehen lassen. Schwäche ist mein Todfeind, dessen sich alle bedienen würden. Was will ich damit sagen, Mancini?«

Ungehalten starrte sie auf den wimmernden Kerl, dessen Augen mit Tränen gefüllt waren.

»Kommen Sie weg da vom Boden, verdammt noch mal. Das ist unwürdig und beleidigt mich. Fahren Sie nach Hause zu Ihrer Familie und überlegen Sie, wie Sie es fertigbringen, mir innerhalb von vierundzwanzig Stunden Ihre Schulden zu begleichen. Ich werde mir in der Zwischenzeit überlegen, wie ich mit der Situation umgehe, sollten Sie es nicht schaffen. Gehen Sie mir jetzt aus den Augen und fahren Sie zurück in Ihre Obsthalle. Grüßen Sie bitte Ihre liebe Frau und die beiden süßen Töchter. Die sind doch bestimmt sehr stolz auf ihren fleißigen, treu sorgenden Vater, den sie noch lange um sich wissen möchten. Weg mit Ihnen, ich habe zu tun!«

Bevor Mancini auch nur eine Bewegung machen konnte, um aus seiner derzeitigen Position wieder in die Senkrechte zu kommen, spürte er Ricos harte Faust an seinem Jackenkragen. Wie ein leerer Sack wurde er hochgerissen und zur Tür geschleift. Sein Flehen um Gnade erreichte Donna Mantonelli nicht mehr. Längst war sie in den kühlen Fluten des Pools abgetaucht.

- Kapitel 7 -

Die schwarze Limousine mit den rundum getönten Scheiben glitt fast geräuschlos über die Viale Due Giugno, Richtung Cervia. Fiorella war dieser stille Begleiter bisher noch nicht aufgefallen, als sie wenige Meter vor der Rotanda Luigi Cadorna stehen blieb, um die Geldkassette in den Nachttresor der Bank einzuwerfen. Das Geschäft war heute besonders gut gelaufen, da im Nachbarhotel eine Schulklasse eingetroffen war, die alle Boote für den Nachmittag gebucht hatten. Nur noch wenige Minuten, bis sie sich an den gedeckten Tisch setzen konnte. Der kleine Nico hatte schon vor einer halben Stunde bei ihr angerufen, wo sie bliebe, denn er durfte heute zum ersten Mal die Spaghetti alleine kochen. Er berichtete stolz, dass Elmar nur für die Kalbsschnitzel zuständig war, für die er eine Zitronen-/Tomatensoße zubereitet hatte. Fiorella sah im Geiste die Leckerei bereits auf dem Teller liegen. Daneben ein Glas mit gespritztem Rotwein, als sich direkt neben ihr die breite Tür eines Autos öffnete und ein kräftig gebauter Mann ausstieg.

Seine große Hand umfasste Fiorellas Oberarm. Ihre leisen Proteste verhallten im Trubel des abendlichen Besucherstromes. Niemand nahm Notiz davon, dass die zappelnde Frau in den Fond des Wagens gezerrt wurde. Als sich die Tür schloss, fuhr das schwarze Gefährt an und bog in die Via Toti ein.

Der aufgeregt schreienden Fiorella legte sich beruhigend eine Hand auf den Arm, bei der ihr sofort der traumhaft schöne Brillantring auffiel, der ein wahres Vermögen gekostet haben musste. Das war es aber nicht, was sie zur Besinnung brachte, sondern die ruhigen Worte, mit der Lea Mantonelli auf sie einsprach.

»Bitte beruhigen Sie sich, verehrteste Signora Mascara. Es tut mir leid, dass wir Sie so spontan und zugegebenermaßen etwas unkonventionell zu einem freundschaftlichen Gespräch einladen mussten. Doch sind Sie ja tagsüber sehr eingespannt in Ihrem Strandgeschäft. Da dachten wir uns, dass abends eine bessere Gelegenheit zum Gespräch wäre.«

»Ich will nicht mit Ihnen reden. Glauben Sie bloß nicht, dass ich nicht weiß, wer Sie sind. Sie können sich ruhig hinter der Maske der freundlichen Geschäftsfrau verstecken, das macht Sie nicht liebenswerter. Schon Ihr Vater hat mit meinem Mann zusammengearbeitet. Toni hat immer bezahlt für einen Schutz, der letztendlich nicht seinen Tod verhindern konnte. Wo war dieser große Don, als man meinen Toni wie ein Tier im Kanal versenkte? Er war in seiner feinen Villa und verprasste das Geld, das wir ihm Monat für Monat in den Rachen warfen. Keiner hat mir aus Ihrer Sippe geholfen, als ich plötzlich allein mit meinem kleinen Nico dastand – niemand.«

Nicht eine Miene verzog sich im Gesicht von Lea Mantonelli. Ihre Hand glitt weiter über das weiche Fell ihrer

Katze, die sich über ihre Knie gelegt hatte und ein wohliges Schnurren hören ließ.

»Ich spüre eine große Verbitterung aus Ihren Worten, Signora Mascara. Dass ich Sie in dieser Weise heute mit mir sprechen lasse, ist dem Umstand geschuldet, dass ich Ihre Trauer berücksichtige. Toni war ein guter Mann, der immer wusste, wo seine Freunde waren. Das schätzte mein Vater so an ihm. Doch war zum damaligen Zeitpunkt nicht erkennbar, dass bereits eine andere Familie versuchte, in unserer Stadt gewisse Geschäfte an sich zu reißen. Dazu gingen diese Lumpen auf unsere Partner zu, um sie, sagen wir einmal, abzuwerben. Sie geben uns die Schuld daran, dass Toni den Tod fand. Genau so sollte es auch nach außen auch wirken. Doch meine Familie hat nie etwas mit seinem Tod zu tun gehabt.

Warum sollten wir jemanden töten, der treu zu uns hielt und für unsere Leistungen bezahlte? Nein, meine Liebe, den Tod fand er dadurch, dass er sich zu uns und gegen die neue Familie bekannte. Sie wollten damit zeigen, was passiert, wenn sich jemand gegen die Übernahme zur Wehr setzt. Die haben Ihren Toni auf dem Gewissen, nicht wir.«

Es war der vorne sitzende Rico Farucci, der Fiorella ein Taschentuch reichte, als sie die Tränen nicht mehr zurückhalten konnte. Sie riss ihm das Tuch aus den Fingern und hielt es sich vor das Gesicht.

»Und warum haben wir viele Jahre bezahlt, wenn ihr uns nicht vor solchen Bestien schützen könnt? Wo ist die Entschädigung, die uns immer versprochen wurde, falls wir in Not geraten? Ich war in Not, Donna Mantonelli. Keiner hat sich bei mir gemeldet. Keiner!«

»Das, meine Liebe, sehen Sie etwas falsch. Ich habe sofort, als Toni von uns ging, angewiesen, dass für einen festgesetzten Zeitraum keine Schutzzahlungen geleistet werden müssen. Das wird man Ihnen mitgeteilt haben.«

»Das muss ich Ihnen einfach glauben. Doch umgesetzt wurde es nicht. Dieser dreckige Commissario Paretti, er soll in der Hölle schmoren, hat bis kurz vor seinem mysteriösen Selbstmord weiter bei mir kassiert. Diesen Lumpen können wir dafür nicht mehr haftbar machen. Doch was soll das ganze Theater nun letztendlich bedeuten? Wollen Sie jetzt wieder damit beginnen? Soll ich jetzt wieder für etwas zahlen, wofür ich keine Gegenleistung erhalte? Sagen Sie es mir bitte. Ist diese ominöse Schonzeit nun vorbei?«

Der weiße Kater fauchte wütend, als sich Lea Mantonellis Hand in sein Fell krallte. Sie nahm das Tier auf und küsste es entschuldigend auf die Schnauze.

»Sie sollten niemals vergessen, mit wem Sie reden, Signora Mascara. Ich erinnere Sie ungern daran, dass Ihr Mann unserer ehrenwerten Familie einen Eid geleistet hat, den zu erfüllen bis ins siebte Glied der eigenen Sippe, zu erfüllen ist. Diesen Eid hat er mit seinem Blut besiegelt. Glauben Sie mir, dass ich es niemals dulden werde, dass sich jemand davon freimacht.

Toni hat einst die Worte gewählt, dass er die heilige Kette formt, und das im Namen von Garibaldi, Mazzini und Lamormora. Niemals wird dieses Gelübde gebrochen, das garantiere ich Ihnen. Und nun wollen wir damit aufhören, über die Vergangenheit zu lamentieren. Die Zukunft beginnt gerade jetzt, in diesem Augenblick. Und diese Zukunft bestimmt, dass mir die Familie Mascara den Respekt und damit verbundenen Gehorsam schuldet. Ich habe bestimmt, dass ab sofort an jedem Monatsletzten einer meiner Männer bei Ihnen vorbeisieht, um die ehemals festgesetzte Summe zu kassieren. Es ist ein gut gemeinter Rat von mir, wenn der Umschlag bereitliegt. Wie geht es übrigens Ihrem kleinen Nico? Der müsste doch schon so um die sieben oder acht sein?«

»Hören Sie auf damit, mir unterschwellig zu drohen. Ich weiß auch so, wozu Ihre angestellten Mörder imstande sind. Ich werde zahlen. Aber ich erwarte, dass Sie mir diese andere Familie vom Hals halten. Die scheinen wieder durch die Stadt zu laufen. Lassen Sie mich bitte raus, denn ich muss mich um Menschen kümmern, die mir am Herzen liegen.«

Der Wagen stoppte in der Nähe der Straße, in der sie wohnte. Rico öffnete ihr von außen die Tür. Lea Mantonelli beugte sich vor.

»Ach, liebe Signora Mascara. Tun Sie mir einen Gefallen und grüßen Sie Signora Moretti von mir. Sagen Sie ihr bitte, wir haben sie nicht vergessen. Noch einen schönen Abend. Rico wir können losfahren. Hast du den Tisch bei Camello reserviert?«

- Kapitel 8 -

Schon am frühen Morgen, bevor die Sonne ihre Kugel vollständig über den Horizont schob, wusste der Obsthändler Mancini, dass es ein heißer Tag würde. Das bezog er nicht nur auf die Temperaturen, sondern darauf, dass die ihm gesetzte Frist bereits überschritten war. Niemand war bereit, ihm die achtzehntausend Euro vorzustrecken. Seine letzte Chance sah er bei seinem Schwager, der in San Vittore, in der Nähe von Cesena einen großen Geflügelhof bewirtschaftete und sich derzeit finanziell gesehen auf einem Höhenflug befand. Dessen Bruder war in entscheidender Position bei der Credito Cooperativo. Es würde ein schwieriges Gespräch, da beide nie eine große Freundschaft verband. Die Familien waren sich schon seit vielen Generationen spinnefeind, woran auch die Heirat zwischen Giuseppe und Clara nichts änderte. Mit seiner Schwester telefonierte er hin und wieder, wenn der Schwager nicht anwesend war.

Eine kleine Hilfe erwartete sich Diego davon, dass er seine kleine Tochter Viola auf dem Rücksitz mitführte, die sich fantastisch mit Claras Tochter Alice verstand. Er musste in seinem speziellen Fall jeden Trumpf ausspielen, um

Repressalien durch Donna Mantonelli zu vermeiden. Als Diego mit seinem alten Peugeot-Lieferwagen die Ortsmitte durchfuhr, wusste er, dass es nur noch Minuten waren, bis sich sein Schicksal entschied. Er rechnete mit dem Schlimmsten, da er Giuseppe nur als grantigen Querkopf kannte, der es verstand, jeden vor den Kopf zu stoßen, der nicht seine Meinung teilte. Ein Stoßseufzer und ein kurzes Gebet zur Mutter Maria verließen Diegos Brust, als er in den Weg zum Hof einbog.

Schon von Weitem erkannte er den Mann, der gerade das Wohnhaus verließ und zum Weg starrte, auf dem sich Diego mit seiner alten Mühle näherte. Als sich Giuseppe sicher schien, wer da seinen Hof aufsuchte, beeilte er sich, zum Stall zu gelangen, hinter dessen großer Tür er verschwand. Die Reaktion konnte Diego nicht mehr verwundern, es war der Stil dieses schwierigen Mannes, der sich, wenn es um seinen Vorteil ging, mit jedem anlegte. Hinter vorgehaltener Hand vermutete man bei ihm sogar Verbindungen zur Ndrangheta.

Das Knattern des alten Dieselmotors erstarb, als Diego den Motor abstellte. Viola riss sich den Sicherheitsgurt vom Leib und stürzte aus dem Wagen. Zeitgleich öffnete sich die Tür und Clara erschien, an deren Rockzipfel die kleine Alice schüchtern an einer Scheibe Ciabatta kaute. Als sie ihre Freundin erkannte, stürzte sie Viola entgegen. Beide tanzten vergnügt im Kreis, bis Alice die Besucherin an die Hand nahm und hinter das Haus führte, wo der Kaninchenstall war. Clara stand immer noch wortlos in der Tür und erwartete eine Erklärung des Bruders, warum er unangemeldet hier auftauchte. Nicht dass sie über seinen Besuch böse wäre, nein, sie wusste aber, dass es stets in einem Fiasko endete. Zum Schluss verließ Diego immer wieder das Gehöft mit hochrotem Kopf, da Giuseppe ihn aufs schärfste beleidigte. So war es immer und so würde es auch heute enden. Trotzdem öffnete sie ihre Arme und drückte den älteren Bruder ans Herz. Sie spürte die innere Unruhe in ihm und zog ihn zur Küche.

»Ich freue mich darüber, dich einmal wieder zu sehen und natürlich meine kleine Nichte. Aber ich befürchte, dass es etwas Unangenehmes ist, was dich den langen Weg zu uns machen lässt. Giuseppe hat dir ja bereits gezeigt, wie sehr er sich über dein Erscheinen freut. Möchtest du mir, bevor ich ihn hole, erzählen, was dich bedrückt? Ich sehe dir an, dass du Kummer mit dir herumträgst.«

Diego setzte das Wasserglas ab, das ihm seine Schwester gereicht hatte. Traurig sah er hinein, als er damit begann, ihr, immer wieder stockend, den Grund seines Kommens zu erklären. Clara presste die Hände in ihrem Schoß zusammen, was Diego nicht erkennen konnte. Sie wusste schon jetzt, wie das Gespräch zwischen Diego und Giuseppe enden würde. Still betete sie zu Gott, damit er ihrem Mann einen Moment der Güte und Einsicht bescheren sollte. Was tatsächlich geschehen würde, hätte sie sich selbst in den kühnsten Träumen nicht vorstellen können.

Diegos Buon Giorno ignorierte Giuseppe, als er die Küche betrat. Ohne Gruß griff er nach der Wasserkaraffe und schenkte sich ein Glas ein, das er in einem Zug leerte. Mit dem Handrücken wischte er die Wassertropfen aus dem Dreitagebart und hob den Topfdeckel, um sich zu vergewissern, was Clara heute als Essen zubereitete. Ohne sich umzudrehen, stellte er die Frage an seinen ungeliebten Schwager. »Bist du nur zufällig in der Nähe, oder gibt es einen wichtigen Grund, dass du meinen Grund und Boden betrittst? Ich war der Meinung, dass ich dir bei deinem letzten Auftritt hier deutlich gemacht habe, dass du nicht willkommen bist. Also beschränke deinen Aufenthalt auf das Nötigste. Euren Familienknatsch könnt ihr auch telefonisch austauschen. Also, was willst du hier?«

Clara hielt Diego an der Schulter fest, als sich dieser spontan zum Gehen wandte. Das Blut war ihm in den Kopf gestiegen, was Giuseppe nur ein spöttisches Lächeln abrang.

»Du bleibst hier, verdammt noch mal. Du wolltest mit Giuseppe reden und das tust du jetzt auch. Die Sache ist zu wichtig, als dass du vor ihr oder ihm wegläufst.«

»Hört, hört, mein Schwager möchte mit mir über ein Problem reden. In welche Scheiße hast du deine Familie denn nun schon wieder reingeritten? Gibt es mal wieder etwas, das du nicht allein auf die Reihe kriegst? Komm jetzt endlich raus damit, du Versager, ich muss die Tiere tränken.«

Clara sprang dazwischen, als sich Diego auf ihren Mann stürzen wollte. Giuseppe hatte bereits die Hand nach dem großen Brotmesser ausgestreckt, das immer noch vom Frühstück auf der Ablage ruhte.

»Wenn du es nicht sagst, werde ich es für dich tun. Du verlässt diesen Hof nicht, bevor das hier geklärt ist. Schließlich steht auch das Leben deiner Kinder auf dem Spiel. Also, Giuseppe, das ist folgendermaßen.«

Mit wenigen Worten wiederholte sie den Grund für das Erscheinen ihres Bruders. Im Gesicht Giuseppes bewegte sich kein Muskel. Immer wieder bewegten sich seine Augen zwischen dem Gesicht seiner Frau und der zusammengesunkenen Figur seines Schwagers, dessen Blick auf der Stickerei der Tischdecke ruhte.

»... und deshalb möchte Diego dich darum bitten, ihm dieses Geld zu leihen. Du weißt so gut wie ich, was passiert, wenn er seine Schulden bei Donna Mantonelli nicht bezahlt. So, jetzt ist es raus.«

Noch immer bestand Giuseppes Gesicht aus einer Maske, der nicht zu entnehmen war, was er gerade dachte. Clara erstarrte, als er schließlich doch den Mund öffnete und nur ein Wort heraus ließ.

»Nein!«

»Was soll das heißen?«

»Das heißt einfach NEIN, nichts anderes. Ich werde mein sauer verdientes Geld nicht einem solchen Loser in den Rachen werfen, der ohne jedes Verantwortungsgefühl für seine Familie, die Firma führt. Der Scheißer hat, als es ihm gut ging, das Geld mit vollen Händen rausgeworfen, ohne an seine Verpflichtungen zu denken. Den hat es einen Scheißdreck gekümmert, was passiert, wenn es einmal schlechter läuft. Nix da, keinen Cent für den da. Ich muss auch mit meinem Geld haushalten, kann mir nicht erlauben, das Gesparte in ein Loch ohne Boden zu werfen. Das Geld würden wir nie wiedersehen. Wenn er das Boot auf Sand gesetzt hat, muss er selbst sehen, wie er es wieder flottbekommt. Ich bin schließlich keine Bank. Verpiss dich und pump jemand andern an. Hier kriegst du nichts – basta!«

Clara konnte nur noch eine Hand in die Tischdecke krallen, als ihr Stuhl nach hinten kippte. Schwer schlug sie auf dem Holzboden auf und verfolgte, wie sich Diego auf das Brotmesser stürzte. Giuseppe, dem das eigene Körpergewicht eh schon Probleme bereitete, konnte nur noch die Arme schützend vor das Gesicht halten, als er Diegos erhobene Hand mit dem Messer auf sich zukommen sah. Er schloss die Augen und erwartete den tödlichen Stoß. Claras Schrei ließ ihn die Augen aufreißen. Ihr Körper fiel auf ihn und riss beide auf den Boden. Sie hatte es tatsächlich geschafft, sich zuvor vom Boden hochzustemmen und sich zwischen die beiden Männer zu werfen. Der Stich des Messers traf sie in der Höhe des Schlüsselbeines. Das Blut verteilte sich über Giuseppes Gesicht. Irritiert von dem Geschehen, rieb er es aus den Augen, konnte aber nicht verhindern, dass es darin brannte. Über ihm konnte er den Schattenriss seines Schwagers erkennen, der ungläubig auf seine wimmernde Schwester starrte.

Sekunden später sprang Diego zur Tür. Das Messer warf er von sich, als bestünde es aus glühendem Eisen. Ohne noch einen Blick zurückzuwerfen, hastete er auf die Terrasse, suchte nach seiner Tochter, die er spielend an der Hausecke entdeckte. Leicht schwankend überwand er die vier bis fünf Schritte und zog Viola brutal hoch. Wortlos zerrte er sie zum Wagen, riss die Tür auf und hob seine kleine Tochter auf den Beifahrersitz. In dem Augenblick, als er um die Front des Peugeots herumlief, um hinter das Steuer zu klettern, bemerkte er Giuseppe in der Haustür, der sein Schrotgewehr auf ihn anlegte. Diego duckte sich ängstlich und schloss die Augen, den tödlichen Schuss erwartend. Wieder einmal war es seine Schwester, die ihren Mann zurück in den Flur zerrte. Die beiden Schüsse aus dem doppelläufigen Schrotgewehr entluden sich donnernd. Diego erwartete das tödlich Schrot, öffnete zögernd die Augen, als der Schmerz ausblieb. Stattdessen trieb ihn der Versuch seines im Eingang liegenden Schwagers, das Gewehr nachzuladen, zur Eile an. Verzweifelt drehte Diego den Zündschlüssel und bekam lediglich eine müdes Orgeln präsentiert, das der Motor von sich gab. Erst beim dritten Versuch zündete der Diesel. Der Wagen ruckte genau in dem Moment nach vorne, als die ersten Schrotkugeln in die Tür einschlugen. Violas Kreischen erfüllte den Innenraum, was Diego völlig aus der Fassung brachte. Ohne genau hinzusehen, schlug er in die Richtung, aus der das nervige Schreien kam. Augenblicklich wurde es still. Der Wagen schoss über den mit Schlaglöchern übersäten Weg Richtung Hauptstraße.

Allmählich beruhigte sich Diego. Immer wieder warf er einen besorgten Blick auf seine Tochter, die ängstlich zusammengekauert neben ihm saß und zurückwich, als er seine Hand nach ihr ausstreckte. Getrieben von Panik schlug er den Weg nach Cesena ein. Den großen, olivfarbenen SUV, der ihm schon folgte, seit er auf die Hauptstraße einbog, bemerkte er nicht. Starr blickte er auf das von der Hitze flimmernde Straßenpflaster. Schnell näherte sich der Verfolger. Als Diego das Auto bemerkte, war es eigentlich schon zu spät. Mit hoher Geschwindigkeit scherte der Wagen aus und setzte sich abbremsend vor den Peugeot. Es blieb ihm nur das Ausweichen in den schmalen Feldweg, der von der Straße wegführte. Angst breitete sich wie ein Virus in ihm aus, als er im Rückspiegel bemerkte, dass dieser grüne Wagen ihn weiter bedrängte. Das Gaspedal drückte er bis zum Anschlag durch, was dazu führte, dass der alte

Diesel gequält aufstöhnte und müde beschleunigte. Die Verfolger näherten sich rasend schnell.

Mit hochrotem Gesicht wechselte Diegos Blick immer wieder zwischen dem Verfolger im Rückspiegel und der schreienden Viola, die sich ängstlich am Türgriff festklammerte. Darin lag wohl der Grund, warum er den dreißig Meter hohen, steil abfallenden Hang der Kiesgrube übersah. Als er seinen Fehler bemerkte, war es für ihn und Viola längst zu spät. Der Magen meldete sich, als sie mit zunehmender Geschwindigkeit in den freien Fall übergingen, wobei der schwere Peugeot eine Staubfahne hinter sich herzog.

Die beiden Männer stiegen aus dem SUV und sahen ohne jede Gefühlsregung in die Tiefe. Erst als der Wagen in einem ohrenbetäubenden Feuerball explodierte, stahl sich ein diabolisches Lächeln auf ihre Gesichter.

- Kapitel 9 -

»Du wirst mir nicht erzählen können, dass mit dir alles in Ordnung ist, dafür kennen wir uns viel zu lange. Da ist was passiert, meine liebe Fiorella.«

Lucia hatte ihre Freundin zur Seite genommen, zog sie in den Arm. Schon beim Essen war ihr aufgefallen, dass sich Fiorella kaum an den Gesprächen beteiligte. Äußerst ungewöhnlich für den normalerweise dauernd plappernden Sonnenschein. Direkt unter dem großen Strauch einer Ölweide blieben sie stehen und Lucia strich der traurig dreinblickenden Frau über das Haar.

»Raus damit. Es gibt nichts, was du mir nicht erzählen darfst. Wozu hat man sonst eine Freundin? Es wird absolut unter uns bleiben, wenn du es möchtest. Aber so kann es nicht weiter gehen. Ich mach mir ernsthaft Sorgen um dich.«

Im selben Augenblick, als Fiorella die Tränen nicht mehr zurückhalten konnte, ließ eine Stimme hinter ihnen die Frauen zusammenfahren.

»Ich dachte es mir doch, dass es hier um mehr geht als einem normalen Gespräch unter Frauen. Ich denke, dass es um die Männer geht, die sich ständig am Strand herumtreiben. Habe ich recht, Fiorella? Natürlich habe ich das. Selbst unserem Besuch ist es aufgefallen, dass du heute Abend so ungewöhnlich zurückgezogen wirkst. Auch wenn ich weiß, dass es dir schwerfällt, bitte, komm mit an den Tisch und berichte uns, was dich bedrückt. Karin und Sven sind die besten Zuhörer, die du dir im Augenblick wünschen kannst. Beide arbeiten tagtäglich bei den deutschen Ermittlungsbehörden und haben unendlich viel Erfahrung, wenn es darum geht, diese Kriminellen zu bekämpfen. Hab Vertrauen zu ihnen, denn es sind neben Lucia und mir deine besten Freunde. Kommt bitte beide wieder zum Tisch, Nico spielt und wird nichts davon mitbekommen.«

Ohne die Antwort abzuwarten, drehte sich Elmar wieder ab und verschwand im Garten. Mit sanftem Druck schob Lucia die immer noch schluchzende Fiorella hinterher.

»... und sie haben konkret keine Bedrohung gegen dich und das Kind ausgestoßen?«

Lucia war die Erste, die nach Fiorellas Bericht nachhakte. Stumm schüttelte Fiorella den Kopf, ihre zitternde Hand umfasste das Wasserglas fester, aus dem sie bisher nichts getrunken hatte. Zusammengesunken hatte sie von ihrer Begegnung mit dieser schrecklich hartherzigen Frau erzählt. Nur selten unterbrachen die Freunde, um Details begreifen zu können. Sven blickte in die Runde. Seine Stimme wirkte belegt, als er so leise, dass es der spielende Nico nicht hören konnte, mit seiner ersten Einschätzung begann.

»So wie ich das bisher sehe, haben wir es derzeit mit einer Situation zu tun, in der sich zwei Clans um die Geschäfte in dieser Gegend streiten. Ein Konflikt, der im Extremfall sehr blutig enden kann. Diese Revierkämpfe werden auch bei uns in Deutschland sehr intensiv und mit brutalster Gewalt durchgeführt. Allerdings handelt es sich bei uns in der Mehrzahl um Kampfhandlungen zwischen Familienclans aus dem Libanon, der Türkei, Albanien oder den Russen.

Die italienische Mafia arbeitet mehr im Hintergrund, ist aber deshalb nicht weniger gefährlich. Wenn die Bosse zu keinem Agreement kommen, eskaliert diese Gewalt oft. In der Regel trifft das allerdings Clanmitglieder. Doch wehe, wenn Unbeteiligte zwischen die Fronten geraten, dann gehen die Idioten sogar über deren Leichen. Wie ich das sehe, bemüht sich gerade diese Donna Mantonelli darum, ihr Terrain neu abzustecken und so den Eindringlingen das Wasser abzugraben. Zu welchem Clan die Männer gehören, die sich bei euch am Bagno rumtreiben, kann man ja erst sagen, wenn sie Kontakt aufnehmen. Elmar? Hörst du mir überhaupt zu?«

Nicht nur Sven, auch Karin war aufgefallen, dass sich Elmars Haltung, sein Ausdruck verändert hatte. Seine Hände waren zu Fäusten geballt, lagen jedoch noch ruhig neben dem Teller. Beide bemerkten mit Sorge dieses gefährliche Flimmern in seinen Augen, das die beiden Frauen nicht erkennen, wenn doch, zumindest nicht interpretieren konnten. Augenblicklich kam er wieder aus seiner Welt zurück, um die Hände flach auf die Tischplatte zu legen. Die beiden Besucher atmeten erleichtert auf.

»Was würdest du denn vorschlagen, wie wir in der Sache vorgehen sollten? Ich befürchte, dass Lucia die Nächste sein wird, die diese klare Botschaft und eine Zahlungsaufforderung erhalten wird.«

»Wenn ich als Betroffene auch mal dazu was sagen dürfte, wäre ich sehr dankbar«, unterbrach Lucia Elmars Gedanken. »Ich werde das Schutzgeld zahlen und damit verhindern, dass es zu Repressalien kommt. Das Geld habe ich an Don Mantonelli schon seit dem Tag bezahlt, als ich die Lizenz fürs Bagno erhielt. Für mich also nichts Neues. Bisher konnte ich auch damit gut leben und man ließ mich in Ruhe. Sollten diese Kerle bei mir aufmarschieren, werde ich denen verdeutlichen, dass ich bereits zahle und sie das mit der Familie Mantonelli aushandeln sollen. Doppelt kann und will ich nicht zahlen.«

»Du musst nicht zahlen, Schatz. Da gibt es immer noch das Gesetz, das ...«

»Elmar, bitte hör zu«, sprach Sven dazwischen, »das ist nicht so einfach, wie du dir das ausmalst. Lucia hat recht, wenn sie meint, dass eine Zahlung ihr den Frieden besser garantiert. Die Behörden können dir als Betroffenen nur sehr selten wirklich helfen. Du darfst nicht vergessen, dass die Arme der Familien bis weit in die Spitzen der Polizei und der Gerichtsbarkeit hineinragen. Selbst die Politiker stehen viel zu oft auf den Lohnlisten der mächtigen Clans. Das ist ein Kampf gegen die berühmten Windmühlenflügel. Meine Empfehlung wäre in diesem Fall, die Kontaktaufnahme abzuwarten und dann so vorzugehen, wie es Lucia vor-schlug.«

Lucia warf Sven einen dankbaren Blick zu, der Elmar nicht entging. Plötzlich wirkte er unsicher und beharrte nicht weiter auf seine gefährlichere Vorgehensweise. In Karins Augen geschah diese Wandlung schon zu abrupt. Das war nicht der Elmar, den sie kannte. Der alte Elmar hätte sich niemals von diesen sicherlich vernünftigen Argumenten abhalten lassen. Sie hoffte inständig, dass sie sich irrte und Elmar tatsächlich dieser Vorgehensweise zustimmte. Denn der Elmar in seiner Urform kannte keine Barrieren, die ihn aufhielten. Die Angst um den Freund breitete sich beängstigend schnell in ihr aus. Seine Augen verrieten ihn, was auch Elmar sofort bemerkte, als er Karins prüfenden Blick spürte. Sein Lächeln konnte sie nicht täuschen. Das Monster in ihm war noch immer nicht endgültig besiegt. Sie betete darum, dass es nie wieder Besitz von ihm nahm, denn dann würde Cervias Unterwelt im Blut baden. Bei einem Blick auf Sven erkannte sie, dass er ähnlich dachte.

- Kapitel 10 -

Wie ein Lauffeuer breitete sich die Nachricht aus, dass der stadtbekannte Obsthändler Mancini nebst der kleinen Tochter Viola in der Nähe von Cesena in einer Kiesgrube ums Leben gekommen war. Es hieß, dass er von der Straße abkam und mit seinem klapprigen Peugeot einen vierzig Meter tiefen Abhang hinunterstürzte. Die Leichen waren bis zur Unkenntlichkeit verbrannt. Elmar saß neben Sven in Renatos Bar, wo sie einmal mehr die bedrohliche Lage diskutierten, als sie von dem hysterischen Geschrei einer Frau abgelenkt wurden.

»... das ist fast zwei Kilometer entfernt von der Hauptstraße, Sie Vollidiot. Warum sollte Diego von der Straße abfahren und sich an einer ungesicherten Kiesgrube rumtreiben, zumal meine Tochter noch im Auto mitfuhr. Er war auf dem Weg nach Hause. Die hat ihn umgebracht. Diese Drecksschlampe hat ihn kalt lächelnd umbringen lassen. Selbst macht sie sich die Hände nicht schmutzig.«

Eine kleine, schon am Haaransatz leicht ergraute Frau stand mit hochrotem Kopf vor einem Tisch auf der anderen

Straßenseite, an dem noch vor Monaten immer Commissario Paretti seinen Wein trank. Der Mann, den sie immer wieder anschrie, versuchte, sie zu beruhigen, indem er mit den Händen in der Luft herumfuchtelte.

»Beruhigen Sie sich doch, Signora Mancini. Wir sind noch bei den ersten Ermittlungen. Ihr Mann könnte sich doch auch selbst ... ich meine, alles deutet irgendwie auf einen Suizid hin. Man erzählt sich, dass ...«

Der Schlag der kleinen Hand traf den Polizisten mitten ins Gesicht. Den zweiten konnte er dadurch abwehren, dass er die Hand der schmächtigen Frau erfasste.

»Sagen Sie so was niemals wieder, Sie Anfänger. Es ist mir egal, was man Ihnen erzählt hat. Diego würde, selbst wenn er sich umbringen wollte, doch nicht seine eigene Tochter ... die liebte er wie eine Göttin. Sperren Sie diese Bestie endlich ein, die wie eine Schwarze Witwe in ihrem Palast sitzt und über Leben oder Tod entscheidet. Die hat ihn getötet. Die gehört auf den Scheiterhaufen. Verbrennt sie endlich.«

Als wollte sie den Herrn beschwören, hob Signora Mancini die Hände und schrie ihre Flüche mit jetzt immer mehr versagender Stimme in den Nachthimmel. Mittlerweile hatte sich eine große Menschentraube gebildet, die das Theater mit Genuss verfolgte. Die Touristen hatten keine Ahnung, worum es hier konkret ging und gingen amüsiert weiter. Nur die Einheimischen nickten hier und da unauffällig zustimmend. Alle drehten sich um, suchten den, der laut aus der Menge heraus rief: »Hängt die Hexe an einen Baum!«

Zwei Männer, die mit dem Polizisten am Tisch saßen, erhoben sich und trieben die Menge auseinander.

»Geht endlich weiter, hier gibt es nichts zu gaffen. Haut ab und vergnügt euch. Wir klären das schon!«

Elmar war nicht entgangen, dass hier von einer einflussreichen Frau die Rede war, von deren Existenz er schon lange vorher hörte. Jetzt begann er, diese mysteriöse Dame in Zusammenhang mit dem aktuellen Geschehen zu bringen. Er nahm sich vor, der Signora Mancini einen Besuch abzustatten. *Konnte es sein, dass dieser Diego Mancini ein Opfer in einem Mafiakrieg darstellte? War diese Spinne, wie sie gerade genannt wurde, verantwortlich für die Ängste, die Fiorella ausstand?*

»Woran denkst du gerade, Elmar? Vergiss es besser, denn du stichst dabei in ein Hornissennest. Die Biester werden dich, wenn sie aufgescheucht werden, mit Haut und Haaren auffressen. Das ist eine Nummer zu groß für unsereins. Da beißen sich sogar Polizeieinheiten die Zähne dran aus, die extra zur Bekämpfung der italienischen Mafia gegründet wurden. So mancher Staatsanwalt kam in der Vergangenheit schon durch einen Unfall ums Leben. Deren Macht kannst du dir nicht vorstellen, mein Freund. Es ist besser, die Frauen entrichten die Schutzgebühr, bevor sie irgendwann mit dem Leben bezahlen müssen.«

Elmar hob sein halb volles Bierglas und trank es komplett leer. Sein Gesicht verriet nicht, was er in diesem Augenblick dachte.

»Ich weiß gar nicht, wovon du redest, Sven. Du wirst recht haben. Aber es würde mich schon interessieren, was oder besser, wer dahinter steckt. Da will ich keinen Hehl draus machen. Bist du etwa nicht neugierig? Mach mir doch nichts vor.«

Sven schlug mit der flachen Hand auf die Tischplatte, sodass die Gläser hochsprangen. Einige Gäste sahen zu ihnen hinüber, schüttelten den Kopf.

»Ich wusste es doch. Dieser verrückte Kerl gibt einfach nicht auf. Was bringt dir das, wenn du es bis ins Detail weißt? Du änderst die Welt nicht, sie wird dich höchstens niederwalzen. Für diese Organisationen sind wir nur lästige Insekten, die sie zwischen Daumen und Zeigefinger zerquetschen. Die sind mächtiger, als du es dir in den kühnsten Träumen vorstellen kannst.«

Als hätte Sven vor eine Wand gesprochen, blickte ihn Elmar an, erwartete noch immer eine Antwort auf seine Frage.

»Ja, ja, ja ... ich würde es auch gerne wissen. Ist es das, was du hören wolltest? Bist du jetzt zufrieden? Was hast du vor, du Wahnsinniger? Du wirst mich doch sicher schon in deine Pläne eingebaut haben, oder nicht? Auf keinen Fall lasse ich dich alleine diese Sache recherchieren. Wie gehen wir vor?«

Lange steckten die beiden Männer die Köpfe zusammen und versuchten, den idealen Plan auszuarbeiten. Svens Erfahrung im Beschatten machte sich dabei bezahlt. Gleichzeitig zeigte dieser sich immer wieder erstaunt über die vorausschauende Sichtweise des ehemaligen Serienmörders, der die Psyche der Menschen entscheidend in den Überlegungen berücksichtigte. Sie zählten mit zu den letzten Gästen, als sie sich endlich von Renato verabschiedeten. Karin staunte nicht schlecht, als sich Sven reichlich angetrunken neben sie ins Bett fallen ließ und schon schnarchte, bevor er die Beine nachziehen konnte.

- Kapitel 11 -

Sie stachen allein schon durch ihre Kleidung zwischen den anderen Gästen am Bagno heraus. Niemand sonst setzte sich bei dieser Witterung mit Sakko, Hemd und Schlips am Tage unter einen Sonnenschirm. Es war eine Dauerbewegung, wenn sich die beiden stiernackigen Männer mit den Taschentüchern den Schweiß von Gesicht und Hals entfernten. Einer von ihnen rieb kühlend ein Wasserglas mit Eiswürfeln an seine Wange. Neidisch warfen sie Blicke auf die Touristen, die nur mit dünnem T-Shirt und Shorts bekleidet nach ihrem Eiskaffee griffen.

»Darf es noch was sein für die Herren? Mein Gott, Sie arbeiten bestimmt in einem der Geldinstitute, die von ihren Mitarbeitern stets korrekte Kleidung erwarten. Ich halte das für unmenschlich. Nehmen Sie wenigstens diesen doofen Binder ab, hier sieht das doch niemand.«

Elmar war an den Tisch herangetreten, an dem sich die beiden Kleiderschränke um Haltung bemühten. Einer von beiden blinzelte mit seinen Schweinsaugen gegen die Sonne und erkannte in dem plötzlichen Gesprächspartner den Gehilfen der Inhaberin.

»Mach dir darüber mal keine Gedanken, Sklave. Dafür müssen wir nicht von einem Weib Befehle annehmen und im heißen Sand die Liegestühle für Idioten aus dem Ausland zurechtrücken.«

Ein tiefes Brummen des Partners sollte wohl eine Bestätigung ausdrücken. Seine wulstigen Finger umspannten das feuchte Wasserglas, sie nahmen begierig die letzte Kühle auf.

»Das wundert mich jetzt aber schon, meine Herren.«

Ohne danach gefragt zu haben, setzte sich Elmar auf einen freien Stuhl und streckte die Beine in den Schatten unter dem Tisch.

»Ich meine, gehört zu haben, dass Sie sehr wohl auf die Worte eines Weibes, wie Sie es nennen, hören müssen. Diese Donna Mantonelli scheint doch sehr einflussreich und mächtig zu sein. Warum hat sie zwei gestandene Mannsbilder zu uns geschickt? Sie werden sich doch nicht ohne Grund hier am heißen Strand zu Tode schwitzen, wo es in den klimatisierten Bars im Stadtkern viel angenehmer ist. Meine Chefin serviert Ihnen gerne kalte Getränke, doch da haben wir es wieder. Sie hat ein so gutes Herz und besitzt diese typische Neugierde aller Frauen, dass sie mich gebeten hat, nachzufragen.«

Die große Hand, die bisher das mittlerweile klatschnasse Taschentuch über den kahlen Schädel führte, senkte sich langsam und blieb auf dem Oberschenkel liegen. Mit der anderen Hand rubbelte er über die anscheinend mehrfach gebrochene Nase, wohl um Zeit für eine passende Antwort zu finden. Die nahm ihm jedoch der schlankere der beiden Schläger ab, der vermutlich mit voller Absicht das Sakko öffnete und mit einer Hand nach hinten schob. Elmar sollte einen Blick auf das Schulterholster erhalten, das sich deutlich in der Achselhöhle abzeichnete. Der allerdings blieb davon völlig unbeeindruckt und wartete geduldig auf die Antwort.

»Wer soll das sein? Wir kennen keine Donna Mantonelli. Und dann noch etwas, du mieser Scheißer. Keiner von uns hat dir erlaubt, dich an unseren Tisch zu setzen. Also verpiss dich schnell wieder und leck den Dreckstouris die Füße. Wir reden nicht mit Angestellten aus der dritten Reihe. Aber jetzt, wo du einmal deine Nase in unsere Angelegenheiten gesteckt hast, kannst du deiner Herrin etwas bestellen.

Es dauert ja nicht mehr lange, bis sich der letzte Gast vom Acker gemacht hat. Bevor sich die Frau mit der Knete auf den Weg nach Hause macht, würden wir gerne ein Wort mit ihr wechseln. Das ist es, was du Furz für uns tun darfst – ach ja, bring uns einfach noch eine Rutsche kaltes Wasser ... Prego.«

Das letzte Wort betonte dieser, an ein Wiesel erinnernde Kerl besonders. Das Sakko rutschte erneut nach vorne und verdeckte jetzt wieder komplett die großkalibrige Waffe. Elmas Lächeln stand wie eingemeißelt in seinem Gesicht, als er sich erhob und eine Verbeugung andeutete. Längst hatte er Sven, an der Bocciabahn stehend, als stillen Beobachter ausgemacht. Die Bestellung machte Elmar selbst fertig, indem er zwei Gläser mit lauwarmem Spülwasser füllte und Eiswürfel hineinwarf. Er war versucht, den Typen das Wasser in den Nacken zu gießen, verkniff sich aber diesen Spaß und setzte die Gläser, wieder begleitet von einer höflichen Verbeugung, auf den Tisch.

»Meine Herrin wird Ihnen in Kürze eine Audienz gewähren. Bis dahin bitte noch etwas Geduld, meine Herren. Wir haben noch reichlich zu tun.«

Die Tische am Bagno leerten sich bis auf einen, an dem immer noch die schwitzenden Männer auf ihr Gespräch warteten. Als Elmar sah, dass Lucia zusammenräumte, um dann an den Tisch zu kommen, kam er ihr zuvor und stellte sich mit einem Kassenbon neben die beiden wartenden Männer.

»So, die Herrin macht sich bereit für Sie. Darf ich vorher kassieren, damit auch heute Abend die Abrechnung stimmt? Sie wissen ja, das Finanzamt verlangt immer korrekte Buchführung.«

Ungehalten griff der Dicke in die Tasche und zählte von dem Geldbündel einige Scheine ab, warf sie achtlos auf den Tisch.

»Der Rest ist für dich, Sklave.«

Bevor Elmar eine passende Antwort geben konnte, erschien Lucia an seiner Seite. *Das Wiesel* erhob sich wenige Zentimeter von seinem Stuhl, was dem Dicken kaum möglich war. Er veränderte lediglich seine Sitzposition.

»Elmar, setz dich bitte zu uns. Ich bin gespannt darauf, was ich für die Herrschaften tun kann. Legen Sie los, meine Herren.«

Zunächst verschlug es den beiden die Sprache, als sich Elmar einen vierten Stuhl heranzog und neugierig auf die Eröffnung des Gesprächs wartete. Tödliche Blicke trafen ihn, was ihn jedoch nicht sonderlich störte. Umgekehrt war es allerdings anders, was Elmar mit einem bereits eingefrorenen Lächeln quittierte.

»Ich warte, meine Herren. Sie können im Beisein meines Geschäftspartners offen reden. Wir teilen jedes Geheimnis. Außerdem habe ich nicht unbegrenzt Zeit. Das Abendessen muss noch zubereitet werden. Sie verstehen – die Familie?«

»Nun ja, Signora Moretti. Die Sache ist so. Wir kommen von weit her, um Ihnen und vielen anderen Gewerbetreibenden in diesem wunderschönen, friedlichen Ort unsere Dienste anzubieten. Wir, besser gesagt, unsere Firma, möchte den Bürgern Möglichkeiten schaffen, die Ihnen auch zukünftig ein gefahrloses Betreiben Ihrer Geschäfte garantiert. Es ist bis zu uns durchgedrungen, dass es in der letzten Zeit zu ungeheuerlichen Vorkommnissen kam, bei denen unschuldige Bürger sogar den Tod fanden. Die Polizei scheint der Situation machtlos gegenüber zu stehen. Das darf so nicht weitergehen. Das kann nicht in Ihrem, aber auch nicht im Sinne unserer Firma sein.«

»Darf ich an dieser Stelle unterbrechen? Warum sagen Sie nicht offen, dass Sie von Donna Mantonelli geschickt wurden und nun wieder die Schutzgelder kassieren möchten? Dann könnten Sie sich dieses gestelzte Geschwafel von Ihrer angeblichen Firma doch ersparen. Wie viel möchte sie von mir haben? Nennen Sie Zahlen und gut ist es.«

Die Männer wechselten einen Blick, bevor *das Wiesel* fortfuhr.

»Ich weiß nicht, wovon Sie im Augenblick sprechen, Signora Moretti, wir arbeiten nicht für eine Donna Mantonelli. Ich denke, dass Sie von der Frau sprechen, die jetzt, nachdem ihr Vater vor einiger Zeit einem tragischen Unfall zum Opfer fiel, die umliegenden Geschäftsleute mit den Forderungen von Schutzgeldern erpresst.«

»Was Sie, meine Herren selbstverständlich nicht auf dem Zettel haben. Sie möchten hier in Milano Marittima und Cervia als Friedensstifter, oder sagen wir einmal als Bürgerpolizei auftreten – und das natürlich selbstlos und kostenfrei. Habe ich Sie da richtig verstanden?«

Elmar hatte sich zum Ärger der beiden Ganoven in das Gespräch eingemischt.

»Ja, das ist eine gute Frage, meine Herren. Das würde mich ebenfalls interessieren. Handelt es sich bei Ihrer Firma um eine gemeinnützig arbeitende Organisation, die der Kirche angehört oder wo liegen Ihre Gründe für diese Selbstlosigkeit?«

Lucia hatte erkannt, dass Elmar mit voller Absicht provozierte und so die Männer zu unbedachten Äußerungen bringen wollte. Das Vorhaben ging auf, denn die Faust des Dicken donnerte lärmend auf die Tischplatte.

»Verfluchte Scheiße, wollt Ihr uns etwa verarschen? Bis jetzt waren wir friedlich, wir können aber auch anders. Wenn Ihr glaubt, dass ...«

Weiter kam er nicht, denn die Hand seines Partners hatte sich auf seine Faust gelegt. Augenblicklich verstummte der Fleischberg und schnaufte seine Wut nur noch wortlos heraus. Das Wiesel hatte mittlerweile den wahren Gegner in Elmar ausgemacht. Die Brauen waren eng zusammengezogen, die Augen bestanden aus Schlitzen, als er Elmar anblitzte. Dessen Gesicht hatte für den flüchtigen Betrachter nichts von seiner Fröhlichkeit verloren – nur diese Augen. Es war dem Sprecher der beiden Männer nicht entgangen, dass es diese Augen waren, die eine eigene Stimmung ausdrückten, die nicht lächelten. Sie transportierten eine gefährliche Warnung, die das Wiesel vorsichtiger vorgehen ließ. Plötzlich wurde ihm klar, dass sie in diesem Fall die Strategie ändern mussten. Das wurde ein spezieller Fall mit neuer Vorgehensweise.

»Signora Moretti, glauben Sie bitte nicht, dass wir mit ähnlichen Mitteln wie diese Donna Mantonelli, oder wie zuvor deren Vater, arbeiten. Natürlich können wir unsere Dienste nicht kostenlos anbieten. Wir haben Personal und müssen, wie jeder andere Wirtschaftsbetrieb, unsere Kosten decken. Das geschieht selbstverständlich über einen moderat gestalteten Monatsbeitrag. Der wiederum garantiert Ihnen aber, dass niemand je versuchen wird, Ihnen zu schaden. Sie stehen fortan unter einem Schutz, den Ihnen keiner sonst in der Form bieten kann. Sie befinden sich sozusagen in Abrahams Schoß. Sie können sich mit Ihren Sorgen stets an uns wenden. Es gibt schließlich für alles eine Lösung.«

Elmar konnte sich nicht zurückhalten, als er den letzten Satz hörte.

»Und wer, meine Herren, nennt sich in Ihrem Unternehmen Abraham? Mit wem schließt Signora Moretti diesen ominösen Vertrag, der ihr die absolute Sicherheit bietet? Wie hoch sind die monatlichen Gebühren? Sie reden immer nur um den Kern herum und halten die Fakten zurück. Das gefällt uns nicht besonders.«

»Sie unterschreiben mit niemandem einen Vertrag. Eine Partnerschaft mit uns geht man nicht mit einer Unterschrift auf einem schnöden Stück Papier ein. Nein, das basiert allein auf einem Handschlag und Vertrauen. Allerdings nehmen wir diesen Handschlag sehr ernst, das sollten Sie wissen. Eine Kündigung dieses Vertrages ist nur möglich, wenn beide Parteien, ich wiederhole, beide Parteien damit einverstanden sind. Ansonsten besteht der Schutz fort, solange dieses Verhältnis besteht. Das soll Ihnen Sicherheit ein Leben lang geben. Der Vorteil ist da ganz bei Ihnen.«

Jetzt waren es Lucia und Elmar, die sich mit Blicken verständigten, bevor sie das Wort ergriff.

»Meine Herren. Wir haben nun gehört, was Sie uns anbieten. Über die Konditionen sollten wir noch sprechen, wenn wir uns beraten haben. Wie lange dürfen wir überlegen und wie erreichen wir Sie, um die Entscheidung mitzuteilen?«

»Wir geben Ihnen zwei Tage Zeit, Signora. Und zum zweiten Teil der Frage. Wir melden uns bei Ihnen, da können Sie ganz unbesorgt sein. Überlegen Sie sich das Angebot sehr gut, denn es wird Ihnen nur ein einziges Mal gemacht.«

Während *das Wiesel* sprach, erhob er sich, wobei nun auch Lucia die Gelegenheit hatte, einen Blick auf den Revolver werfen zu können. Obwohl sie darauf vorbereitet war, schockierte sie das dennoch. Es lag wohl in der Absicht des Mannes, als er sich mit einem schmierigen Grinsen verabschiedete. Elmar und Lucia blickten den beiden Figuren noch einen Augenblick nach, die in einiger Entfernung, wild debattierend die Straße überquerten. Aus dem Schatten einer Hauswand näherte sich Sven, der sich zu Ihnen setzte und sich berichten ließ.

- Kapitel 12 -

Das Haus der Mancinis lag auf einer Anhöhe, eingesäumt von Zypressen und herrlich blühenden Blumenarrangements. Elmar hatte mit der Zeit einen Blick für Flora und Fauna des Landes entwickelt, dank Lucia. Während er den breiten Weg von der Obst- und Gemüsehalle rauf zum Wohnhaus schritt, bewunderte er liebevoll angelegte Flächen mit Magnolien, Sternjasmin, Olivenbäumen und Wandelröschen. In dem Moment, in dem er an der Blüte einer Trichtermalve roch, öffnete sich die umrankte Eingangstür einen Spalt. Die Stimme war leise und dünn, die zu einer überaus zarten, jedoch auch gekrümmt dastehenden Frau gehörte, die in jungen Jahren bestimmt eine Schönheit gewesen sein musste. Jetzt war das Gesicht gezeichnet von viel Arbeit und Kummer. Ihre Hand lag um die Schulter eines etwa zehnjährigen Mädchens, das sich ängstlich eng an die Mutter drückte.

»Was wollen Sie? Ich kenne Sie nicht. Sind Sie ein Tourist? Wenn Sie Obst kaufen möchten, wenden Sie sich unten an den Verkaufsstand. Wir sind zwar ein Großhandel, aber wir verkaufen heute auch an ...«

»Nein, nein, ich bin kein Tourist, Signora Mancini. Mein Name ist Elmar Küper. Ich bin ein Freund von Signora Lucia Moretti, die das Bagno ...«

»Ich kenne die Dame. Aber was wollen Sie von mir?«

»Signora, das möchte ich gerne in Ruhe mit Ihnen besprechen. Darf ich Sie um ein Glas Wasser bitten und hereinkommen. Es geht um die Dame, der Sie die Schuld am Tod Ihres Gatten gegeben haben. Ich war zufällig Zeuge Ihres Gesprächs mit dem Commissario auf offener Straße. Bitte.«

Es dauerte noch einen Augenblick, bis sich die Tür komplett öffnete und die Frau, die mindestens zwei Köpfe kleiner war als Elmar, zurücktrat. Der Raum, den er betrat, drückte eine Liebe zum Detail aus, die Elmar Bewunderung abrang. Ein typisch mediterran eingerichtetes Zimmer, das durch vereinzelte Blumeninseln einen kaum beschreibbaren Zauber ausstrahlte. Elmar blieb fasziniert stehen, während Giovanna Mancini das Wasserglas auf einen Tisch stellte, der von einer gemütlichen Eckbank eingerahmt wurde.

»Wieso interessieren Sie sich für diese Hexe? Seien Sie froh, wenn Sie nichts mit der zu tun bekommen. Sie ist die Gespielin des Teufels und gibt selbst dem noch Ratschläge. Sie hat mir meinen Diego und meine Tochter Viola genommen. Gott soll sie dafür bestrafen.«

Während ihre schmale Hand das Wasserglas in Elmars Nähe schob, traten Tränen in dieses Gesicht, das ertragenes Leid zeigte. Mit der anderen Hand rückte sie den Haarknoten zurecht, zu den sie ihr mittlerweile ergrautes Haar gewickelt hatte. Immer noch klammerte sich das zarte Mädchen an ihrem Rocksaum fest und musterte den großgewachsenen Besucher neugierig.

»Kanntest du meinen Papa?«

Die Frage überraschte beide. Signora Mancini lächelte traurig und streichelte ihrer Tochter über das lange, schwarze Haar.

»Nein, Liebes, der Mann kannte Papa nicht. Bist du so lieb und gehst draußen spielen? Ich muss mit dem Signor etwas bereden. Wir kochen nachher wieder dein Leibgericht. Vielleicht isst der Signor ja noch mit uns – ich würde mich freuen. Geh jetzt.«

»Danke für die nette Einladung, aber ich muss gleich selbst noch für meine Familie kochen. Ich wollte auch nur etwas über diese Frau und deren Sippe wissen. In der Stadt unten spricht man nicht so gerne darüber. Da herrscht die nackte Angst. Wie kommt das, Signora?«

Es dauerte eine Weile, bis Giovanna Mancini zu der Erkenntnis kam, dass ihr von diesem freundlichen Mann keinerlei Gefahr drohte. Sie holte sich selbst eine Schorle und setzte sich Elmar gegenüber. Ihre Stimme war zwar immer noch leise, doch mittlerweile etwas fester, als sie begann.

»Ich vermute, ich weiß, warum Sie hier auftauchen. Diese Bande ist bestimmt auch auf Ihre Familie zugekommen, um das Schutzgeld zu erpressen. Aber das müssen Sie mir auch nicht verraten. Genau so fing es auch bei uns an. Sie kamen eines Tages in die Halle. Das war zu Zeiten, als Don Mantonelli noch lebte. Sie machten Diego sehr deutlich klar, dass es besser für ihn wäre, wenn er für einen Schutz durch die *Familie* zahlen würde, da man ansonsten befürchte, dass Schlimmes passieren könne. Sie verstehen sicher diese darin enthaltene Drohung. Man hörte ja immer mal wieder, was mit denen geschah, die sich weigerten. Und tatsächlich, von dem Tag an, als wir das Geld an den monatlich erscheinenden Boten übergaben, lebten wir ohne die Sorge, dass uns jemand bestehlen oder betrügen wollte. Der Don beschützte uns.

Schon seit Jahren ging ein Gerücht um, dass sich eine andere *Familie* hier einkaufen wollte. Angeblich kamen die aus dem Süden. Don Mantonelli ließ sich auf einen Krieg ein, den er bekanntermaßen dadurch verlor, dass er auf der Fahrt zu einem angeblichen Friedensgespräch einen tödlichen Unfall erlitt. So ist zumindest die offizielle Version der Behörden. Die Tochter hatte den Alten noch gar nicht unter der Erde, da erhielten wir die Nachricht, dass sich die monatlichen Zahlungen um zwanzig Prozent erhöhten. Bei uns lief das Geschäft schlecht, da uns ein Konkurrent aus dem Süden einen Großauftrag vor unserer Nase unterbot. Diego konnte die Rate nicht mehr bezahlen und geriet immer mehr in die Schuldenfalle. Zuletzt belief sich die Summe auf mindestens achtzehntausend Euro. Diego war auf dem Weg zu seinem Schwager, als es geschah. Er wollte sich bei dem Dreckskerl das Geld leihen. Wie es ausging, wird Ihnen nicht entgangen sein.«

»Das tut mir wirklich leid um Ihren Mann und Ihre Tochter. Sind Sie sich denn auch ganz sicher, dass hinter dem Tod Ihres Gatten diese Frau steckt? Es könnte doch tatsächlich ...«

Mit beiden Händen umklammerte Giovanna Elmars Arm und drückte verzweifelt zu.

»Niemals, Signor Küper, hätte Diego seine geliebte Tochter mit in den Tod genommen. Niemals. Er hätte bis zum

Schluss gegen dieses Miststück gekämpft. Notfalls hätte er sie getötet und wäre für uns ins Gefängnis gegangen. Sie steckt dahinter, glauben Sie mir. Es war ihre Absicht, allen anderen zu zeigen, was passiert, wenn man seinen Verpflichtungen ihr gegenüber nicht nachkommt. Das ist die bekannte Masche der Mafia. Jetzt warte ich darauf, dass man mir ein lumpiges Angebot macht, um diesen Obsthandel zu übernehmen. Dann werden wir bitterarm sein, Signor Küper, bitterarm. Ich habe doch nichts zurücklegen können, weil die Abgaben an die Mantonellis so hoch waren. Und ich wette schon heute, dass dieses Dreckstück den Großauftrag wieder zurückerhält. Das war ein fingiertes Ding, um Diego zu ruinieren und an die Firma zu kommen.«

»Eine interessante Theorie, Signora, die nicht von der Hand zu weisen ist. Sie haben mir sehr geholfen, das können Sie mir glauben. Darf ich noch eine Bitte an Sie richten, bevor ich wieder verschwinde? Haben Sie Namen und Telefonnummern von irgendwelchen Kontaktpersonen dieser Bande? Außerdem müsste ich wissen, wo ich die Zentrale der sogenannten *Familie* finde. Das, was Ihnen passiert ist, will ich meiner Familie unbedingt ersparen. Ich weiß heute noch nicht wie, aber ich verspreche Ihnen hoch und heilig, dass ich versuchen werde, diese Frau für das Leid bezahlen zu lassen. Und wenn es das Letzte ist, was ich tun werde. Danke für die Auskünfte, für Ihr Vertrauen und das Glas Wasser. Sie werden von mir hören. Ich würde mich sehr darüber freuen, wenn ich Sie, gemeinsam mit Signora Moretti später einmal besuchen dürfte.«

Elmar war sichtlich gerührt, als ihn die kleine Frau umarmte. Zwischen dem hemmungslosen Schluchzen vernahm er die Worte: »Gott beschütze Sie, die Mutter Maria beschütze Sie und gebe Ihnen die nötige Kraft. Gerne erwarte ich Ihren Besuch in meinem bescheidenen Heim.«

- Kapitel 13 -

Der Zettel war nicht zu übersehen, so wie er an der Tür klebte. Die darauf geschriebenen Worte hatten den Charakter einer Kinderschrift oder der einer jungen Frau. Paolo, der die Nachricht als Erster las, verzog geringschätzig sein Gesicht und reichte sie weiter an seinen Kumpel Matteo.

»Wieso weiß diese Schlampe, in welchem Hotel wir wohnen? Ich habe ihr das nicht verraten. Dieses Miststück muss uns gefolgt sein. Verstehst du diese Nachricht? Warum hat die es plötzlich so eilig, die Knete loszuwerden?«

Ein weiteres Mal überlas er die Zeilen, legte die Stirn in Falten.

Ich werde die Gebühr bezahlen. Mein Partner darf jedoch nichts davon wissen. Das ist die Bedingung. Übergabe der bekannten Summe immer am letzten des Monats an der Ecke, wo die Via Argine Sinistro Savio neben der Fiume Savio nach Norden abknickt. Morgen, Treffpunkt dreiundzwanzig Uhr.

»Bei denen zuhause hat er wohl die Hosen an. Was solls´s, ist nicht unser Bier. Vielleicht haben wir ja morgen Abend noch ein bisschen Spaß mit der Kleinen. Die ist

75

schon eine Sünde wert. Und die wird bestimmt nichts davon ihrem Alten erzählen. Hätte nicht gedacht, dass die Sache so einfach abläuft.«

Matteos Grinsen zog sich über das ganze Gesicht.

Der blaue Fiat Tipo fiel zwischen den dichten Büschen kaum auf. Die wenigen Fahrzeuge, die um diese Zeit die Landstraße befuhren, konzentrierten sich mehr auf die kurvenreiche Straße. Paolo lehnte lässig am vorderen Kotflügel und wischte mit seinem Taschentuch über den Außenspiegel. Erst heute noch kam sein gutes Stück in den Genuss einer Wagenwäsche, was ihm sehr wichtig war. Matteo legte auf diese Äußerlichkeiten weniger Wert. Für ihn war es nur ein Gebrauchsgegenstand, weshalb sich sein Partner hier und da Frotzeleien gefallen lassen musste. So auch heute.

»Ich möchte nicht unter dem Federkleid des Vogels stecken, den du dabei erwischst, wenn er auf deine Karre kackt. Ich warte schon lange darauf, dass du einem von diesen Vögelchen deine Fünfundvierziger zu spüren gibst.«

Sein schmieriges Grinsen verstärkte sich noch, als Paolo ihn wütend ansah und versehentlich die Kippe verkehrt herum zwischen die Lippen schob. Begleitet von einem wilden Fluch warf er die angerauchte Zigarette auf die Straße und bewegte sich auf Matteo zu. Mitten in der Bewegung stoppte er und hob die Hand.

»Hast du das auch gehört? Da war doch was hinter dir.«

»Du spinnst. Das waren bestimmt diese verfickten Fische, die sich im Netz verfangen haben. Hast du das nicht gesehen? Da vorne ist eine Fangvorrichtung in den Fluss gebaut. Morgen früh latscht der Fischer bestimmt zu seinem

Netz und hievt den Fang aus dem Fluss. Die Säcke hier sind sogar zu faul zum Angeln. Die Schlampe könnte jetzt so langsam auftauchen. Die ist fünf Minuten drüber. Dafür muss die schon etwas länger die Beine spreizen.«

Paolo nahm langsam wieder die Hand vom Revolver und entspannte sich. Er hielt das Erstaunen in Matteos Gesicht für einen weiteren Scherz, als er sich wieder um die Front des Autos bewegte. Er wäre weniger ruhig gewesen, wenn er die Spitze des Astes bemerkt hätte, die sich unterhalb des letzten Rippenbogens durch seinen Partner gebohrt hatte. Matteos Mund, der sich stumm geöffnet hatte, ließ das Blut in Strömen herauslaufen. Paolo schrak erst hoch, als er den dumpfen Schlag hörte, mit dem der Körper seines Partners auf die Motorhaube genagelt wurde. Der spitze Ast bohrte sich mit aller Gewalt in das noch heiße Blech.

Niemand hätte es dem fetten Leib zugemutet, mit welcher Geschmeidigkeit er sich herumwarf und gleichzeitig die Waffe zog. Seine Schweinsaugen suchten die Dunkelheit hinter der Stelle ab, an der zuvor Matteo stand. Der lag nun flach auf der Motorhaube und spie das Blut aus, das ihm in Schüben durch die Kehle in den offenstehenden Mund gedrückt wurde. Hin und wieder lief noch ein Zucken durch den schlanken Körper. Als Matteo zum letzten Mal ausatmete, verdrehte er die Augen zur niedrigen Stirn und verabschiedete sich mit einer besonders starken Streckung. Paolo glaubte, im Gesicht seines Partners sogar etwas wie Glück und Zufriedenheit erkennen zu können.

»Er hat das beschissene Dasein endlich hinter sich gebracht. Siehst du, wie glücklich er ist? Es dauert nicht mehr lange und sein neuer Herr wird sich seiner annehmen.

Ihr zwei Affen habt wirklich geglaubt, mit dem Satan einen klugen Bund fürs Leben geschlossen zu haben? Einen Bund ja, aber der endet immer gleich. Mit dem vorzeitigen Tod. Glaub mir, du elender Wurm, ich weiß, wovon ich spreche. Ich war sein Partner und werde dir jetzt zeigen, wohin es führt, fordert man den Teufel heraus.

Versuch erst gar nicht, den Revolver auf mich zu richten. Du bist tot, bevor du den Gedanken zu Ende gedacht hast. Lass ihn einfach fallen! Nun mach schon, ich möchte noch eine Runde schlafen.«

»Du bist doch der ...«

»Vergiss es einfach, mein Freund. Was nützt es dir, wenn du es weißt? Mach dir viel mehr Gedanken darum, wie du aus dieser Scheißlage wieder lebend rauskommst. Du hast eine verschwindend geringe Chance, diese Nacht zu überleben. Beantworte mir meine Fragen und du kannst eventuell weiteratmen. Wenn mich etwas auszeichnet, du Pisser, dann sind es die Tatsachen, dass ich gerne töte, dass ich darin große Fantasie entwickle, und dass ich zu meinem Wort stehe ... ach ja, und gerecht bin. Ich glaube, das waren die wichtigsten Eigenschaften.

Und nun zu meinen Fragen. Du hältst die Waffe ja noch immer in deiner Patschhand. Was ist nun?«

»Wer sagt mir, dass du mich anschließend nicht doch umlegst?«

»Niemand, außer mir. Lass sie fallen. Drei ... Zwei ...«

Dumpf schlug der Fünfundvierziger auf dem Boden auf. Gleichzeitig versteifte sich der Dicke, da er nun den tödlichen Stoß erwartete. Stattdessen erreichte ihn die erste Frage.

»Warum hat euch Donna Mantonelli erst jetzt geschickt? Wieso diese lange Schonzeit?«

»Ich kenne keine Donna Mantonelli. Wie kommst du darauf?«

»Wenn es nicht dieses Weibsstück ist, in wessen Auftrag arbeitet ihr dann?«

Als die Pause zu lange dauerte, spürte Matteo einen heftigen Druck im Rücken. Er fühlte instinktiv nach der Stelle des auftretenden Schmerzes und tastete in warmes Blut, das nun in seinen Hosenbund lief.

»Verdammt, ich kann dir das nicht sagen. Du kannst dir nicht vorstellen, was dann mit mir passiert. Die bringen mich um.«

Matteo glaubte, ein Kichern in seinem Rücken gehört zu haben, als ihn die Worte erreichten.

»So, so, die werden dich töten, sagst du. Jetzt hast du noch genau fünf Minuten Zeit, dir die Antwort zu überlegen. Danach werde ich damit beginnen, dir zu schildern, was ich mit dir anstellen werde, solltest du weiter schweigen. Ich liebe es, den Gästen vorab zu beschreiben, wie ihr Essen zubereitet wird. Das schärft die Geschmacksknospen. So ist das auch mit dem Tod. Keiner spricht über ihn, aber jeder fürchtet seine Nähe. Und du, mein lieber Freund, stehst genau vor ihm. Die Zeit läuft.«

Der Körpergeruch veränderte sich bei Paolo genau in dem Augenblick, als er die tödliche Stille hinter sich verspürte. Panik, verkrampfende Angst kroch über seinen Körper, erreichte sogar Blase und die Schließmuskeln des Darms. Beides gehorchte ihm nicht mehr. Mit einem Wimmern gab er sich dem befreienden Gefühl hin und ließ den Körperflüssigkeiten freien Lauf. Die Gedanken jagten sich, schafften es aber nicht, eine klare Entscheidung zu treffen. Die kam erst zustande, als sein Gegner die letzten Sekunden leise herunter zählte. Als die Zahl Drei sich in seinen Restverstand einhämmerte, schrie er den Namen hinaus.

»Aufhören ... ich sage es ja. Aber bitte hör auf!«

»Ich höre.«

»Es ist Don Rizzola. Er hat uns geschickt. Er darf nie erfahren, dass ich dir das verraten habe. Ich muss jetzt für immer das Land verlassen. Kann ich nun gehen?«

»Moment, du Wurm. Mir sagt dieser Don Rizzola erst mal gar nichts. Gib mir den Vornamen und den Ort, an dem ich ihn finden kann, bevor wir hier fertig sind. Los doch, ich bin müde.«

»Don Davide Rizzola. Er kommt aus einem Ort in der Nähe von Piacenza. Wir haben nur die Aufgabe, hier ...«

»Die Aufgabe ist mir sonnenklar, das musst du mir nicht erklären. Kommen wir jetzt zum gemütlichen Teil der Unterhaltung. Ich habe mir für dich etwas Besonderes ausgedacht. Du wirst jetzt diesen Abhang hinuntergehen und den Erfindungsgeist der örtlichen Fischer bewundern können. Auf geht´s. Ich bin direkt hinter dir, deshalb keine Tricks. Es wäre dein letzter.«

Fast wäre Paolo auf seinen eigenen Fäkalien ausgerutscht, als er den ersten Schritt zum Fiume Savio, dem fischreichen Flüsschen, machte. Vor ihm tauchte das Konstrukt auf, dessen sich die örtlichen Fischer bedienten, um ohne größere Anstrengungen die Fische aus dem Flüsschen zu holen. Das riesige, als Quadrat ausgespannte Netz, wurde von ihnen an einem weit ausladenden Metallarm befestigt und in das

Wasser hinabgelassen. Mittels eines Gegengewichts holten sie das Netz wieder aus dem Wasser, sodass sie den Fang bequem einsammeln konnten.

Im Augenblick bestand das Gegengewicht aus einem großen Wassersack, der das Fangnetz weit aus dem Wasser holte. Paolo versuchte, trotz der nächtlichen Dunkelheit, Sinn und Zweck der Anlage zu erklären. Er schrak zusammen, als ihm die Hände nach hinten gerissen wurden und sich blitzschnell zwei Kabelbinder um die Gelenke schlossen, die wiederum miteinander verknüpft schienen. Seinem Gegner konnte er noch eine Frage entgegenschleudern, bevor sich das Klebeband über seinen Mund legte.

»Du hast mir versprochen, dass ich frei ...«

Die Antwort kam prompt, bevor der Rest der Frage im verschlossenen Mund zurückblieb.

»Ich vergaß, dir zu sagen, dass ich noch eine Eigenschaft besitze ... Ich lüge!«

Das Entsetzen in den Augen des fetten Mannes war das Letzte, das seinem Gegner freudige Erregung bereitete. Dann verfolgte er nur noch, wie der schwere Körper in der Mitte des Netzes aufschlug. Es wippte leicht, konnte jedoch noch in der Waage bleiben, da Paolo vom Wasser getragen wurde, in dem er hilflos herumstrampelte. Ein dämonisches Lächeln stahl sich in das Gesicht des Mannes, als er langsam auf den riesigen Wassersack zuging und einmal hineinstach. Ein breiter Strahl schoss daraus hervor. Die Augen des gepeinigten Matteo traten fast aus den Höhlen, als er hilflos mit ansehen musste, wie sich das lebensrettende Netz immer weiter unter ihm ins Wasser senkte. Seine Schreie hörten nicht einmal die Fische, zu denen er sich gesellte.

Lucia bewegte sich vorsichtig auf die andere Seite, rieb sich die verschlafenen Augen. Die grüne Anzeige des Digitalweckers zeigte zehn Minuten vor Drei. Wie gerne hätte sie über Elmars Gesicht gestreichelt, das selbst im Tiefschlaf noch ein friedvolles Lächeln zeigte. Sie legte vorsichtig den Kopf in seine Armbeuge und schlief weiter.

- Kapitel 14 -

Rico trug vorsichtshalber die Glaskanne mit frischen Eiswürfeln zum Pool, in dem seine Herrin einmal mehr ihre Bahnen zog. Kaum jemand wusste besser als er, wie sehr sie darauf bedacht war, ihren Körper in Form zu halten. Ein probates Mittel, die wenigen Augenblicke ihrer guten Laune sekundenschnell zu verkürzen, war eine unbedachte Bemerkung zu möglichen aufkommenden Falten. Wer sich das erlaubte, wagte den Ritt auf einer Rasierklinge. Er stellte die Kanne auf dem im Schatten stehenden Tischchen ab und winkte mit dem Telefon. Die Angorakatze, die es sich im Liegestuhl bequem gemacht hatte, fauchte Rico an, um ihren Unmut über die Störung zum Ausdruck zu bringen.

»Wer ist denn dran, Rico? Ich möchte jetzt nicht gestört werden.«

»Es ist Don Rizzola, Signora. Er lässt sich nicht abweisen und ist sehr wütend. Soll ich ihm sagen, dass Sie später ...?«

Seine große Hand deckte das Mikrofon ab, sodass Rizzola Leas Antwort nicht mitbekam.

»Ach Gott, was will der senile Gauner denn jetzt schon wieder? Leg das Telefon auf den Tisch, ich komme raus.«

Eines musste Rico seiner Chefin lassen. Wenn sie das Wasser des Pools verließ, stieg sie nicht einfach über die Treppe an den Rand – nein, sie schwebte wie ein Model, griff nach dem bereitliegenden Badetuch, legte sich dieses um ihren göttlichen Körper und schüttelte das lange, schwarze Haar aus. Dabei umspielte ständig ein Lächeln ihren Mund, das jedoch nicht zu deuten war. Es wirkte auf eine gewisse Art gefährlich, wie das einer Schlange. Noch nie, solange er in ihren Diensten stand, hatte sie jemals einen Mann an sich rangelassen, obwohl sich viele um ihre Gunst bemühten.

»Was gibt es so Wichtiges, Davide, dass du mich aus dem Pool holst? Um diese Zeit treibe ich Sport, das solltest du mittlerweile wissen.«

»Es interessiert mich einen Scheiß, was du deinem Körper antust, verstehst du? Ich bin stinksauer und will von dir wissen, was da in deiner Stadt vor sich geht. Warum legst du meine Leute um, die sich nur ein wenig umsehen sollen? Gilt unsere Abmachung nicht mehr? Sage es mir, dann kann ich mich darauf einrichten und dir meine Armee auf deinen beschissenen Palast hetzen.«

Lea Mantonelli nahm für einen kurzen Augenblick den Hörer vom Ohr und sah fassungslos darauf herunter. Mit einer Hand deutete sie Rico an, dass er ihr Eis in die Mangoschorle legen sollte.

»Jetzt atme erst einmal ruhig aus und denk an deinen Blutdruck. Was erzählst du mir da? Ich soll deine Männer – welche Männer? Ich wusste gar nicht, dass du Leute hierher schickst, die mich ausspionieren. Bist du jetzt völlig von Sinnen? Dir hat wohl der viele Rotwein das Hirn weggefressen. Jetzt bin ich aber sauer. Würdest du mir mal erklären, warum ich deine Männer beseitigen sollte, die ich nicht einmal kenne? Die hätten sich bei mir anmelden sollen, oder hast du ihnen das untersagt?«

Einen Augenblick vernahm sie nur ein heftiges Schnaufen, als würde ihr Gesprächspartner nach Luft ringen. Schließlich schien sich Davide Rizzola wieder ausreichend mit Sauerstoff versorgt zu haben und schrie ungehalten in den Hörer.

»Ich soll meine Männer bei dir anmelden? Bist du jetzt total übergeschnappt? Die schicke ich wohin und wann ich möchte. Du scheinst zu vergessen, mit wem du redest, Lea. Einen solchen Ton hat selbst dein Vater nicht bei mir angeschlagen, denn er wusste, wie man miteinander verhandelt. Den Frieden zwischen unseren *Familien* hast du nur ihm zu verdanken. Das solltest du nicht vergessen.

Doch zurück zum eigentlichen Thema. Warum mussten die vier Männer ins Gras beißen? Wir haben schließlich eine Vereinbarung, die mir zumindest bisher etwas gilt.«

»Ich weiß nicht, was mit den Kerlen geschehen ist. Ich habe lediglich davon gehört, dass vor wenigen Wochen zwei männliche Leichen gefunden wurden, die selbst der damalige Commissario Paretti nicht identifizieren konnte. Jetzt sage bloß nicht, dass die von dir waren.«

»Ja, verdammte Scheiße, das waren meine Männer. Die sind auf grausame Art hingerichtet worden. Und seit gestern sind zwei weitere verschwunden. Was weißt du darüber? Wenn du deine Hände dabei im Spiel hast, dann Gnade dir Gott. Dann hast du dein eigenes Todesurteil gesprochen. Ich will jetzt eine Erklärung – sofort!«

Lea Mantonelli überlegte fieberhaft, wie sie Don Rizzola aus Piacenza vorerst beruhigen sollte. Sie war sich darüber völlig im Klaren, dass sie sich einen neuerlichen Krieg mit ihm nicht erlauben konnte. Dafür war seine Macht zu groß. Der Plan, die Gebiete im nördlichen Teil der Adria neu aufzuteilen und somit weitere Familien abzuhalten, war genial und durfte nicht durch solche Aktionen gefährdet werden.

»Hör zu, Davide. Du musst mir glauben, dass ich von diesen Morden nichts weiß. Vor allem habe ich bisher nichts von zwei weiteren Toten gehört. Vielleicht kann ich am Abend mehr dazu sagen. Der neue Commissario hat für heute Nachmittag um ein Gespräch gebeten. Es könnte ja sein, dass er mir davon berichten möchte. Hast du schon darüber nachgedacht, dass die Grinissi-Familie dahinter stecken könnte? Die versuchen nicht zum ersten Mal, hier einen Fuß in die Tür zu bekommen. Deren Absicht könnte sein, uns auseinanderzutreiben. Darauf wirst du doch wohl nicht hereinfallen, oder? Nenn mir einen logischen Grund, warum ich es mir mit dir versauen sollte. Unser Plan darf nicht gefährdet werden. Dafür geht es um viel zu viel Geld, mein Freund. Warte das Gespräch heute Nachmittag ab. Wir telefonieren danach. Ist das für dich in Ordnung?«

»Verarsch mich nicht, Lea, denn sonst werde ich dich und deine Clique vernichten, euch komplett auslöschen. Das ist nicht der erste Krieg, den ich durchgestanden habe. Also, ich verlass mich darauf – du rufst mich an. Und ich empfehle dir, gute Argumente vorzutragen, die ich akzeptieren kann.«

Irritiert blickte Lea Mantonelli auf den Hörer, aus dem jetzt nur noch ein Freizeichen erklang. Sie konnte ihren Zorn kaum noch unter Kontrolle halten, sprang in den Pool und schlug beim Schwimmen wie besessen auf das Wasser ein, zog eine Bahn nach der anderen. Selbst Rico, der sich in den Schatten des Hauses verzogen hatte, schrak heftig zusammen, als er die Stimme seiner Herrin hörte.

»Rico, ich will diesen Commissario bei mir sehen – jetzt, sofort. Der soll seinen Arsch auf der Stelle in sein Auto quetschen und sich auf den Weg machen!«

Lea Mantonellis Wohnzimmer besaß etwas von einem Thronsaal, nachdem sie sich einen riesigen Sessel vor das Panoramafenster stellen ließ. Ihr Vater begnügte sich noch damit, seine Gäste in einer kuscheligen Ledergarnitur zu empfangen. Seine Tochter mochte es, über allen zu sitzen, genoss es, wenn ihre Vasallen ihr respektvoll die Ehrbezeugung durch den Handkuss bewiesen. Genau dort saß sie auch mit übereinandergeschlagenen Beinen, als sich Commissario Calabrese mit ausladenden Schritten näherte. Die ausgestreckte Hand mit dem protzigen Brillantring, in dessen Mitte die Abbildung des heiligen Victor von Mailand prangte, küsste er mit gesenktem Blick.

»Wie kann ich Ihnen zu Diensten sein, Donna Mantonelli? Es scheint sehr wichtig zu sein, ich meine, wegen der plötzlichen Eile.«

»Ja, es eilt, Commissario. Setzen Sie sich zu mir und berichten Sie mir von den beiden toten Männern, die nach meinen Informationen in der letzten Nacht gefunden wurden. Ich möchte Sie darum bitten, mir solche Nachrichten in Zukunft unverzüglich zukommen zu lassen. Es ist mir sehr wichtig, dass ich als Erste erfahre, wenn es ein Gewaltverbrechen gibt. Schließlich darf der Tourismus nicht darunter leiden, wenn sich hier solch schreckliche Dinge ereignen. Der Fremdenverkehr, das muss ich Ihnen wohl nicht besonders erklären, ist die größte Einnahmequelle für die Region. Wenn sich hier das Verbrechen einnistet, haben wir große Verluste hinzunehmen. Das nur am Rande. Also, was ist da passiert?«

Fernando Calabrese wagte nicht, sich bequem in die Couchecke zu setzen, saß nur auf der vorderen Kante. Steif, wie ein Gardeoffizier zog er überflüssigerweise einen Notizblock aus der Brusttasche und blätterte darin herum.

»Donna Mantonelli, das war so. Heute Morgen, ich saß gerade beim Frühstück ...«

»Lassen Sie diese Nebensächlichkeiten weg ... ich will Fakten!«

»Nun gut. Ich wurde zur Via Argine Sinistro Savio gerufen, da Fischer dort einen blauen Fiat Tipo vorfanden, der nicht aus dieser Gegend stammte. Meine Recherche ergab, dass er auf einen Davide Rizzola zugelassen war, der einen größeren Fuhrpark in Piacenza betreibt. Die Fischer fanden einen Mann, mittleren Alters, der mittels eines Baumastes quasi auf der Motorhaube festgenagelt wurde. Wir konnten nur noch den Tod feststellen. Ihm wurde dieser Ast mit brutaler Gewalt zwischen die Schulterblätter gestoßen. Der Tote konnte sehr schnell durch noch vorhandene Papiere als Matteo Brentano identifiziert werden. Einen weiteren Leichnam fanden wir im Netz eines Fischers, das der über Nacht über den Fueme Savio zum Trocknen aufspannte. Darin entdeckten wir einen gewissen Paolo Calzo, der an den Händen gefesselt nachweislich ertrank. Der Täter bediente sich dazu einer ausgeklügelten Mechanik, die ...«

»Das interessiert mich nicht, Commissario. Kommen wir wieder zu den Männern. Haben Sie Spuren gefunden, die uns eventuell zum Täter führen könnten? Wie schätzen Sie die Situation ein? Könnte es sich um einen Rachemord handeln, oder sehen Sie bei dieser doch schon außergewöhnlichen Attacke ein anderes Motiv? Ich denke dabei an besondere Zeichen, die ein solcher Mord aussenden will. Wollten uns der oder die Täter etwas damit ausdrücken, uns etwas sagen?«

»Entschuldigen Sie bitte, verehrte Donna Mantonelli, wenn ich das zum jetzigen Zeitpunkt der Ermittlungen noch verneinen muss. Doch ist mir dieses Tötungsmuster während meiner Laufbahn bei der Polizei noch nie untergekommen. So allmählich werden einem die Mordmuster der bekannten Killer schon vertraut. Aber dies? Nein, da muss ich passen. Die meisten Nachrichten der Mafia, die bei Tötungsdelikten vorkommen, kenne ich bereits. Das hier wirkt wie die Tat eines Wahnsinnigen, dem es scheinbar Freude bereitet, seine Opfer in besonderer Weise darzustellen, deren Tod zu genießen. Ich habe sofort diesen Signor Davide Rizzola angerufen und ihn darüber in Kenntnis gesetzt, dass wir seinen Wagen und die Personen tot auffanden, die ihn vermutlich fuhren. Sie waren bei ihm angestellt. Das ist bisher der Stand der Dinge, Signora.«

In Lea Mantonellis Kopf jagten sich die Gedanken, bis sie auf eine Frage stieß, die ihr noch wichtig erschien.

»Sehen Sie zwischen den Morden vor einigen Wochen, die ja auch in dem Gebiet geschahen und den heutigen Taten einen Zusammenhang? Ich meine damit, ob Sie ein Tötungsmuster erkennen? Dafür, dass hier über viele Jahre nichts geschah, außer vielleicht mal ein Taschendiebstahl, häufen sich nun die Morde. Wenn sich das herumspricht, kann das zum Fiasko für die Tourismusindustrie werden. Die Gäste fahren dann in ruhigere Gegenden. Was weiß bisher die Presse? Die sollte am besten gar nichts davon mitbekommen. Halten Sie sämtliche Ermittlungsergebnisse zurück. Ich will die Erste sein, die über neue Fakten informiert wird. Ist das klar, Commissario?«

Wie ein Soldat, der von seinem Offizier angeschissen wurde, sprang der Polizist auf und salutierte überflüssigerweise vor Donna Mantonelli.

»Das ist doch selbstverständlich, Signora. Ich halte Sie auf dem Laufenden. Darf ich jetzt an die Arbeit gehen, oder haben Sie noch Fragen?«

»Hauen Sie ab und schicken Sie mir Rico rein.«

Der Hüne tauchte kurz darauf in der Türfüllung auf und kam mit gemäßigten Schritten auf seine Herrin zu.

»Rico, du bist der Einzige, dem ich hier noch trauen kann. Fahr bitte nach Cervia und hör dich bei den zuverlässigen Quellen um. Da entwickelt sich was, das uns noch große Probleme bereiten könnte. Es darf niemand, ich wiederhole, niemand an meiner Macht zweifeln, die Leute beschützen zu können. Stell aber vorher Wachen ums Haus.«

– Kapitel 15 –

Karin besaß ein feines Gespür dafür, wenn etwas unter der Oberfläche gärte und unausgesprochen blieb. Schon seit zwei Tagen tuschelten vor allem die Männer miteinander, wenn sie sich unbeobachtet fühlten. Tief in ihr entwickelte sich das Gefühl, von den Geschehnissen, was auch immer geschah, ausgegrenzt zu werden. Sven griff nach der Harke, um sich einmal mehr im Garten seiner Gastgeber nützlich zu machen. Nach dem Mittagessen war eine Runde Schwimmen im Meer geplant. Karin zog die Handschuhe aus, die sie beim Sträucherschneiden vor den Dornen schützen sollten. Sven erschrak, als sich ihre Hand auf seine Schulter legte.

»Warum werde ich das Gefühl nicht los, dass Dinge hinter meinem Rücken geschehen, die mir vorenthalten werden? Ich kann ja nachvollziehen, dass unsere Gastgeber das aus bestimmten Gründen tun, aber warum du? Ich möchte noch mal daran erinnern, dass der Vorschulkindergarten bereits weit hinter mir liegt und ich mittlerweile ein großes Mädchen bin. Ich kann schon einige schlimme Sachen verkraften. Also erkläre mir mal, warum man mich bei eurer Geheimniskrämerei ausgrenzt. Komm mir nicht mit der Ausrede, dass es nichts Besonderes gibt. Damit würdest du meine Intelligenz beleidigen. Ich will jetzt und hier wissen, was ihr mir verheimlicht. Hat es mit diesen Schutzgeldforderungen bei Fiorella zu tun?«

Für Sven kam die Ansprache nicht überraschend, da er die fragenden Blicke seiner Partnerin schon lange spürte. Seine Absicht war, den richtigen Zeitpunkt abzuwarten, der allerdings längst verpasst schien. Nun kam er aus der Nummer nicht mehr heraus, ohne einen Streit mit Karin zu riskieren. Er schob sie zur vom Hibiskus eingerahmten Bank.

»Ich weiß, dass ich schon längst mit dir hätte sprechen müssen. Doch ich bin mir selbst nicht klar darüber, ob ich mich in einen Gedanken verrenne oder richtig liege.

Du weißt ja, dass Fiorella dieses Schutzgeld zahlen will, um vor diesen Mafiagangstern ihre Ruhe zu haben und deren Schutz zu genießen. Für mich gut nachvollziehbar, da man es kaum verhindern kann. Dafür sind diese *Familien* in diesem Land zu mächtig. Wir haben dir allerdings vorenthalten, dass vor Tagen zwei Männer bei Lucia am Bagno auftauchten und ebenfalls diese Schutzzahlungen verlangten. Das Fatale an dieser Sache war, dass sie scheinbar einer anderen *Familie* angehören. Elmar war beim Gespräch dabei. Diese Männer wollten sich nach einer von Lucia geforderten Bedenkzeit von zwei Tagen wieder melden. Die Zeit ist abgelaufen.«

Karin war ihm bis hierher gefolgt und wunderte sich, warum Sven eine Pause einlegte.

»Abgesehen davon, dass ich nicht verstehe, warum ihr mir das vorenthalten habt, was ist daran so aufregend? Die werden sich schon wieder melden.«

»Eben das ist das Problem, Karin. Sie werden sich nicht mehr melden – man hat sie gestern gefunden – tot.«

Karin konnte nicht verhindern, dass ihr die Kinnlade herabsank. Sie versteifte sich auf der Bank und starrte Sven fassungslos an.

»Und jetzt glaubst du, dass ...?«

»Ja, genau das. Ich habe ihn darauf angesprochen. Elmar schwört, nichts damit zu tun zu haben. Ich habe hin und her überlegt. Mit Lucia kann ich ja schlecht darüber sprechen, also muss ich ihm glauben, obwohl das Muster der Morde, so wie ich es mitbekam, gut zu ihm passen würde. Man spricht im Ort davon, dass einer der Männer mit einem Baumast auf die Motorhaube gespießt wurde. Der andere Gangster wurde in einem kleinen Fluss in der Nähe ertränkt. Liege ich da mit meiner Einschätzung so falsch? Und es scheint sich bei den Gefundenen tatsächlich um die beiden Männer zu handeln, die am Bagno waren. Zufall?«

Wortlos schüttelte Karin den Kopf. Ihre Gesichtsfarbe hatte die gesunde Bräune für einen Augenblick verloren. Fassungslos starrte sie auf Svens Lippen, die jedoch verschlossen blieben. Nach einer Weile des Schweigens überraschte sie Sven mit der Frage.

»Hättest du etwas dagegen, wenn ich mich mit ihm unterhalte? Du weißt am besten, dass ich weiter in ihn eindringen kann. Mir wird er die Wahrheit sagen, da bin ich mir sicher. Doch kann ich dir nicht sagen, wie ich mich verhalten werde, sollte er mir Dinge berichten, die wir beide nicht hören möchten. Was tun wir dann, Schatz? Wir dürfen einen Mord nicht decken. Wir sind aber auch durch eine Freundschaft auf gewisse Art gebunden. Scheiße. Selbst wenn unsere Vermutung stimmt, hat er doch nur Lucia, Fiorella und den kleinen Nico schützen wollen. Nun ja, Fiorella und Nico sind in diesem Fall außen vor, doch was ist, wenn er vor dieser ominösen, anderen *Familie* nicht halt macht? Es besteht doch immerhin die Möglichkeit, dass er versucht, auch diese Erpresser zu beseitigen? Verdammt, Sven, jetzt gehe ich schon davon aus, dass er es war. Das steht ja noch gar nicht fest. Ich werde ihn mir vornehmen.«

Karin beobachtete Sven, der mit einem Gesichtsausdruck, den sie nicht einordnen konnte, nickte. Er stand auf und harkte stoisch das Laub zusammen, das über der Wiese verteilt lag. Sie spürte es deutlich, dass schwierige Stunden vor ihr lagen.

Schon von Weitem bemerkte Karin Lucia und Elmar, die verliebt die Hände haltend, um die Ecke bogen und eifrig winkten, als sie ihren Feriengast am Gartentor stehen sahen.

»Essen fertig? Wir haben einen Mordshunger. Wir haben Ciabatta mitgebracht, so für alle Fälle. Mensch Karin, warum guckst du so traurig? Du hast Urlaub und darfst fröhlich sein. Also ran an den Tisch und beim Essen abschalten.«

Karin konnte sich der immerwährenden Fröhlichkeit dieser besonderen Frau nicht entziehen, die in den letzten Tagen zu einer sehr guten Freundin herangewachsen war. Genau das brauchte Elmar, um in das normale Leben zurückkehren zu können. Bei dem Gedanken an mögliche Ausrutscher überkam sie wieder eine gewisse Traurigkeit, die sie jedoch diesmal verbergen konnte.

Heute hatten Sven und Nico einen Teil des Kochens übernommen. Kurz nachdem alle am Tisch saßen und Karin, Fiorella, Lucia und Elmar rhythmisch und lachend den Löffel auf den Tisch schlugen, erschien Nico in der Tür. Seinen Kopf verdeckte eine Riesenschüssel, aus dem zwei große Rührlöffel herausragten. Elmar nahm dem Knirps den Behälter ab, bevor der blind vor den Tisch stieß.

»Wow, jetzt sag bloß, dass du diesen Salat ganz allein zubereitet hast. Das sieht ja toll aus. Aber wo sind denn die Tomaten, ich sehe keine Tomaten?«

»Die habe ich ganz unten versteckt - gut nicht wahr? Da musst du erst umrühren, Onkel Elmar. Onkel Sven bringt jetzt den Fisch. Ihr dürft nicht schimpfen, weil er ihm angebrannt ist, der schämt sich, weil ...«

»Petzt du schon wieder, du Halunke? Das hätte doch keiner bemerkt, so hungrig wie die alle sind. Aber jetzt ist es raus. Wenn sich jemand beschweren möchte, ich stehe zur Verfügung.«

»Hunger, Hunger, Hunger.«

Wieder knallten die Löffelstiele auf den Tisch und Sven stellte die große Servierplatte in die Mitte. Geschickt überdeckten Zitronenscheiben die angebrannte Haut der Fische, was zu kleinen Neckereien führte. Das Abendessen entwickelte sich einmal mehr zum krönenden Abschluss eines sonnigen Tages. Zum wiederholten Mal prosteten sich die Freunde zu. Diese Gelegenheit nutzte Karin, Elmar etwas zuzuflüstern. Sven war das nicht entgangen, wusste Gott sei Dank, worauf das hinauslaufen sollte. Svens Gesicht ließ wieder einmal keine Rückschlüsse auf seine Gedanken zu. Niemand störte sich daran, dass sich Elmar und Karin nach dem Essen mit ihren Weingläsern auf die Hollywood-Schaukel verabschiedeten und sich intensiv unterhielten.

»Du machst mich jetzt aber neugierig, Karin. Was ist denn so wichtig, dass es die Anderen nicht hören sollen? Ist was Schlimmes passiert?«

»Genau das möchte ich von dir erfahren. Ich muss zugeben, dass ich mir große Sorgen mache, was diese verdammte Mafiageschichte angeht. Bisher weiß ich nicht allzu viel, doch zumindest bin ich darüber im Bilde, dass es um Schutzgeldforderungen an Lucia und Fiorella geht. Sven sagte, dass zumindest Fiorella ein Agreement mit dieser Donna Mantonelli getroffen hat und zahlen will. Das beruhigt mich. Doch was ich noch nicht so ganz verstehe, ist diese zweite Forderung an Lucia. Sven sagte mir, dass es sich dabei um ganz andere Leute dreht. Gibt es in diesem Nest etwa zwei von diesen Banden, die sich vielleicht sogar bekriegen?«

Karin wartete die Zeit ab, bis Elmar seine Gedanken geordnet hatte. Sie spürte bei ihm eine Nervosität, die ihn äußerst selten erfasste. Endlich hatte er seine Hände zwischen die Schenkel gelegt, nachdem er dafür verzweifelt einen Ablageort gesucht hatte. Der Rest des Kreises war mit einem Brettspiel beschäftigt und zeigte kein Interesse an den beiden.

»Über diese Möglichkeit habe ich auch schon nachgedacht. Darin lag auch der Grund, warum wir uns zwei Tage Bedenkzeit ausgebeten haben. Das Problem hat sich jedoch, zumindest für den Augenblick erledigt. Wie du ja sicher schon weißt, hat man diese beiden Männer ... Halt ... Moment einmal. Ist das etwa der Grund, warum du mit mir sprechen willst? Du nimmst doch hoffentlich nicht an, dass ich da meine Finger im Spiel habe, oder doch?«

Zwei Menschen, die ein besonderes Geheimnis im Geiste verband, sahen sich tief in die Augen. Elmar sprang auf und lief mit tief in den Taschen vergrabenen Händen vor der Schaukel auf und ab. Karin beobachtete das eine Weile, bis sie ihn stoppte.

»Bitte, Elmar, setz dich wieder! Mit keinem Wort habe ich dich beschuldigt. Verstehe nur, dass ich dich zumindest fragen muss. Diese Verbrechen, wenn man diese Bestrafung als solche bezeichnen will, tragen irgendwie deine Handschrift, das musst du doch zugeben. Ich bin deine Freundin, nicht dein Richter. Und nur als solche möchte ich dich fragen. Hast du ...?«

»Nein, nein, nein ... diese Ratten haben ihre verdiente Strafe bekommen, aber damit habe ich nichts zu tun. Ich möchte diesem Täter die Füße küssen, das gebe ich ja zu, aber ich ...«

»Es ist ja gut, ich glaube dir. Ja, das tue ich wirklich. Du könntest mich nie anlügen, Elmar. Das würde ich sofort merken. Aber du verstehst mich sicher, dass ich dich das fragen musste ... nur so für mich. Selbst, wenn du es getan hättest, würde sich nichts ändern. Da kannst du sicher sein.

Aber das macht diese Morde umso geheimnisvoller für mich. Warum bringt jemand diese Männer auf so grausame Art und Weise um? Zumindest beweist derjenige einiges an Fantasie, das muss man zugeben.«

»Welche Probleme wälzt ihr zwei denn da? Kommt lieber rüber zu uns. Dieser kleine Betrüger zieht uns gewaltig über den Tisch. Wir brauchen Verstärkung.«

Fiorella zog Nico am Ohr, was der Kleine mit einem lauten Lachen beantwortete, das in ein Quietschen überging.

»Was hat er gesagt? Er wird doch wohl nicht zugegeben haben, dass er ...?«

»Nein, er hat es nicht getan. Ich glaube ihm das auch. Er würde mich niemals belügen.«

Wieder einmal spürte sie bei Sven diese Reaktion, die alles oder nichts bedeuten konnte. Seine Antwort, bevor er sich zum Schlafen umdrehte, war nur kurz.

»Na dann.«

Noch lange lag Karin wach auf dem Rücken und wusste, dass Sven ebenfalls über die Situation nachdachte. Schließlich drückte sie ihm einen Kuss hinter das Ohr und drehte sich zum Fenster, das den Blick auf eine kristallklare Kontur des Halbmondes zuließ. Mitten in der Nacht schnellte sie hoch und versuchte, dieses schreckliche Bild loszuwerden. Schon vor etwa einem Jahr versuchte bereits ein widerlicher Triebtäter, die Kunst des Tötens von seinem Vorbild Elmar Pehling zu imitieren. Sie hatte, gemeinsam mit Sven, das zweifelhafte Vergnügen, die übel zugerichtete Leiche an den Restmauern der Essener Isenburg zu bewundern. Wie würde Elmar jetzt reagieren?

- Kapitel 16 -

Jeder Einheimische in Renatos Bar kannte diesen Mann, der sich bei einem Glas Wasser in der Ecke niedergelassen hatte und still die Gäste betrachtete. Selbst die Touristen, die jetzt allmählich aus den Hotels in die Stadt einfielen, hielten rein intuitiv Abstand zu diesem Tisch. Selten sah man in der Stadt einen solchen Koloss, der ausschließlich aus Muskeln zu bestehen schien. Die Proportionen waren gut verteilt, sodass man eine gute Beweglichkeit vermuten durfte. Etwas an ihm mahnte jeden zur Vorsicht. Niemand konnte genau sagen, ob dafür alleine sein Body verantwortlich war oder doch eher diese Augen, die scheinbar bis auf den Grund der Seele blicken konnten. Rico besaß den Touch eines ruhenden Löwen, der bei der leisesten Berührung zubeißen konnte.

Auch Renato wusste, wen er da im Augenblick zu seinen Gästen zählte. Rico wich nur sehr selten von der Seite seiner Herrin, war er doch der Mann für die *besonderen Aufgaben*. Umso erstaunlicher war die Tatsache, dass er ohne sie auftauchte. Da lag was in der Luft, wovon Renato eigentlich nichts wissen wollte. Für ihn zählte nur, dass er seine Zahlungen pünktlich geleistet und demzufolge nichts zu befürchten hatte. Das hoffte er zumindest. Er atmete befreit auf, als der Muskelberg sich erhob und die Bar verließ, allerdings ohne zu bezahlen. Als Rico die Straße ein Stück hinuntergegangen war, verlor ihn Renato aus den Augen. Endlich konnte er sich zu hundert Prozent auf seine Gäste konzentrieren.

Fredo, der schräg gegenüber des Harleycafés, an der Viale Jelenia Gora, einen kleinen Stand für Andenken betrieb, zuckte aus dem Halbschlaf hoch, als sich ein Riesenschatten vor ihm aufbaute. Erst mit Verzögerung registrierte er, dass es sich nicht um einen Kunden handelte, sondern um seinen schlimmsten Albtraum.

»Verdammt, Rico, schleich dich nicht so ran. Ich habe mir fast in die Hose geschissen. Ich habe doch gezahlt – was willst du von mir?«

»Glaubst du wirklich, ich käme wegen deiner paar Kröten in die Stadt? Ich möchte wissen, was es Neues in der Gegend gibt. Besser gesagt, wen es in unsere schöne Stadt zieht, der nicht hierhergehört. Du siehst und hörst doch Dinge, die anderen entgehen. Du wirst ja mitbekommen haben, dass vorgestern zwei Typen den Abflug gemacht haben. Was erzählt man sich in deinen Kreisen so darüber? Gibt es Vermutungen? Läuft hier noch mehr von diesem Drecksvolk rum? Du weißt, was ich meine – also?«

Die listigen Augen, die wie ein Flipper zwischen seinem unheimlichen Gast und der Umgebung irrten, drückten tiefe Besorgnis aus. Fredo unterschätzte die augenblickliche Freundlichkeit Ricos nicht. Er wusste, dieser Muskelberg war eine lebende Maschine, die das Töten aus purer Lust betrieb. Ein Mann, der seiner Herrin wie ein Sklave folgte und deren absurde Befehle ohne jede Rückfrage ausführte. Er stellte sein eigenes Leben hinter das dieser Donna Mantonelli, da er seinen Eid schon bei ihrem Vater leistete. Ein falsches Wort, das wusste Fredo, konnte den Tod bedeuten.

»Diese beiden Halunken haben den Tod verdient, Rico. Die gehörten einfach nicht hier hin. Über den Täter, also deren Mörder, gibt es tausend Gerüchte und Versionen. Keine ist für mich so richtig schlüssig. Man munkelt nur, dass diese Typen versucht haben sollen, diverse Geschäftsleute zu erpressen, also Schutzgebühren zu bekommen. Bei mir waren sie auch. Als ich denen sagte, dass ich von euch beschützt werde, sind sie abgezogen. Diese Pisser können mich mal, die ...«

»Ja, ja, Fredo, mach mal halblang. Bei wem waren die denn noch? Weißt du, ob die irgendwo Erfolg hatten? Da muss doch was durchgesickert sein, Mann.«

»Bis jetzt habe ich da noch nichts gehört, aber ich stell die Lauscher mal hoch und ruf dich an, wenn ich was rauskriege. Du kannst dich darauf verlassen.«

Näher ging Rico auf das Geschwätz des Andenkenverkäufers nicht ein, warf ihm einen Geldschein auf die Theke und drehte sich ab. Das Geld verschwand in dessen Tasche, bevor es zum Liegen kam. Minuten später befand sich Fredo wieder im Halbschlaf auf seinem Hocker.

»Das ist Rico da drüben.«

Sven und Elmar richteten ihre Blicke in die Richtung, in die Renatos Finger zeigte.

»Wer ist Rico und was ist an dem so besonders, außer, dass er den Schatten eines Kleinbusses erzeugt?«

Renato betrachtete die beiden Besucher fassungslos und zog sich einen Stuhl heran.

»Ich glaube das nicht. Ihr habt noch nie von diesem Mann gehört? Das ist die rechte und die linke Hand der Teufelin. Rico ist der Bodyguard dieser Donna Mantonelli. Es wundert mich, dass er sie auch nur eine Sekunde aus den Augen lässt. Entweder sitzt die gerade beim Abendessen bei Camello, oder er hat ihr eine kleine Armee an Aufpassern an die Seite gestellt. Der muss einen sehr wichtigen Auftrag für diese Wahnsinnige ausführen. Ich wage mir gar nicht auszumalen, was das sein mag. Der führt nur diese bestimmten Sonderaufträge aus, die sie nur an ihn delegiert. Er schweigt bis zum Tod, wenn ihr wisst, was ich meine.«

Natürlich wussten die beiden Männer, was Renato damit ausdrücken wollte. Diese Getreuen brauchte jeder Boss, wenn er in der Szene überleben wollte. Sie waren es, die ihm das Überleben durch ihre Skrupellosigkeit ermöglichten, ihnen den Rücken deckten. Der Chef denkt und diese hirnlosen Kämpfer erledigten den schmutzigen Rest, räumten Probleme schweigend aus dem Weg. Renato entging nicht, dass Sven und Elmar einen langen Blick wechselten, fuhr mit seinen Mutmaßungen aber fort.

»Ich denke, dass dieses Miststück rauskriegen will, ob sich noch mehr von diesen Typen in der Stadt rumtreiben und auf Kundenfang gehen. In deren Haut möchte ich dann nicht stecken. Die wissen jetzt noch gar nicht, dass sie bereits tot sind. Oder glaubt ihr vielleicht, dass die Donna Konkurrenz in der Stadt duldet?«

Dem Gedanken konnten sich Elmar und Sven nur anschließen. Renato erhob sich wieder, als ein Gast vom

Nebentisch mit einem Geldschein wedelte. Die Augen der Freunde verfolgten weiter dieses Monster und sprachen erst wieder miteinander, als sich Rico in der gegenüber liegenden Bar an den Tisch setzte, an dem früher der Commissario Paretti saß. Sven meldete sich zuerst.

»Glaubst du, dass der vielleicht ...?«

»Könnte gut sein«, antwortete Elmar wortkarg, »zuzutrauen wäre es diesem Tier sicherlich. In dessen Hände würde ich auch nur ungern fallen.«

Sven fiel auf, dass sich Elmar zum ersten Mal in dieser Art äußerte. Noch nie zeigte er auch nur die geringsten Anzeichen von Furcht. Selbst dem Teufel hatte er sich entgegengestellt. Doch bei näherer Betrachtung dieses Riesenkerls auf der anderen Straßenseite konnte er das gut nachvollziehen. Nur ein massiver Bergrutsch könnte diesen Menschen umbringen. In die andauernde Stille hinein vernahm Sven die schockierende Bemerkung seines Freundes.

»Trotzdem wüsste ich gerne, warum sich der Kerl hier rumtreibt. Ich werde ihn mal fragen. Kommst du mit?«

Zum ersten Mal zweifelte Sven am Verstand seines Freundes, den er bisher nur als coolen Strategen kennenlernte. Sein Blick ging hinüber zu dem Mann, den Elmar sich als nächsten Gesprächspartner auserkoren hatte und der alleine am Tisch saß. Bevor Sven antworten konnte, legte Elmar einen Geldschein auf den Tisch und marschierte los. Sven hatte keine Zeit mehr, sich die Schweißperlen von der Stirn zu wischen, stolperte Elmar hinterher.

Rico blickte nur gelangweilt hoch, als sich die beiden Männer neben ihm aufbauten. Schnell erkannte er, dass es sich zwar um stattliche Kerle handelte, die aber unbewaffnet waren. Dafür besaß er einen langjährig geschulten Blick, der ihm das Überleben bisher garantierte.

»Dürfen wir uns einen Augenblick zu Ihnen gesellen? Da gibt es einige Fragen, die Sie uns wohl am ehesten beantworten könnten.«

Ricos Mund blieb verschlossen, nur seine Augen wiesen auf die freien Stühle, was die Freunde als Zustimmung werteten. Die Augen der anderen Gäste ruhten auf dieser Szene, da sie absolut ungewöhnlich wirkte. Nur sehr selten gesellten sich Menschen freiwillig zu dieser Tötungsmaschine.

»Macht es kurz, Leute. Ich will in Ruhe meinen Drink nehmen. Was bedrückt euch?«

Es war Elmar, der zwei Bier beim eiligst herbeigeeilten Kellner bestellte, bevor er die erste Frage an Rico richtete.

»Mein Name ist Elmar Küper, das ist mein Freund Sven Spelzer aus Deutschland. Ich lebe mit Signora Moretti zusammen, die weiter im Süden ...«

»Ich kenne die Signora, weiter.«

»Also, es geht einfach darum, dass vor Tagen zwei Männer bei uns waren, die uns unmissverständlich klarmachten, dass es besser für uns wäre, eine gewisse Summe an sie zu zahlen, um ihren Schutz zu genießen. Ich machte ihnen klar, dass wir Signora Mantonelli gerne das Geld gäben. Im gleichen Augenblick erfuhren wir, dass sie nicht für Donna Mantonelli arbeiteten. Ich bat sie um zwei Tage Bedenkzeit. Von wem sie geschickt wurden, wollten sie nicht verraten. Bis heute haben sich diese Typen aber nicht mehr bei uns gemeldet. Jetzt hören wir, dass man zwei unbekannte Männer am Kanal gefunden hat. Ich möchte annehmen, dass es sich genau um diese Kerle handelt. Die haben also schon ihre gerechte Strafe erhalten. Richten Sie bitte der Signora unseren besten Dank dafür aus, dass sie das Problem schnell beseitigen ließ. Ich hätte mich sowieso bei ihr gemeldet, um ihr von dem ungeheuerlichen Vorfall zu berichten.

Wir hoffen alle, dass damit das Thema vom Tisch ist, dass sich hier in der friedlichen Stadt irgendwelche Ganoven breitmachen. Eigentlich war es das, was wir Ihnen berichten wollten. Richten Sie der Signora unsere besten Grüße aus.«

Bis dahin hatte Rico still zugehört. Keine Miene verzog sich, als er den Kellner heranwinkte.

»Für die beiden Freunde noch mal das Gleiche.«

»Oh, vielen Dank, Signor, aber das wäre nicht nötig gewesen.«

»Wie war noch mal dein Name? Elmar, nicht wahr? Es war klug von dir, mich anzusprechen. Doch behaupte niemals wieder in der Öffentlichkeit, dass die Donna da ihre Hände im Spiel hat ... haben wir uns verstanden? Habt ihr übrigens noch weitere Gesichter in der Gegend bemerkt, die durch die Geschäfte ziehen? Donna Mantonelli vergisst nebenbei bemerkt niemals Freunde, die sich zu ihr bekennen. Ich werde ihr von dir berichten. Sie wird sich bestimmt auf ihre Art bei dir bedanken. Wunder dich nicht, wenn sie dich zu sich einlädt. Ich muss jetzt wieder zurück. Sobald ihr was erfahren könnt, ruft an. Jeder hier kennt die Nummer. Noch einen schönen Abend ... Elmar.«

Als er sich erhob, konnten Elmar und Sven erst einschätzen, wie groß dieser Menschenberg tatsächlich war. Sven wischte sich den Schweiß von der Stirn, der sich während des Gesprächs auf seiner Stirn vermehrt hatte. Renato stand schon am Eingang seiner Bar, als die beiden wieder bei ihm eintrafen.

»Was war das denn? Bist du von allen guten Geistern verlassen? Hast du den Killer angepumpt, oder soll der einen Auftrag für dich ausführen? Ich dachte schon, ich würde einen Stammgast für immer verlieren. Mensch, das muss ich dir lassen – du hast wirklich Eier in der Hose.«

»Ich weiß nicht, warum alle so ein Theater um den Kerl machen, der ist doch cool drauf. Der hat sich ganz normal mit uns unterhalten, oder Sven?«

Der schwieg nur und wedelte mit der flachen Hand vor seinem Gesicht herum, was Renato deutlich machte, dass selbst er seinen Kumpel für völlig durchgeknallt hielt.

- Kapitel 17 -

»Ich hab die Schnauze voll von deinen Ausflüchten, Lea. Da stimmt was nicht mit dir. Diese Geschichte, dass irgendeine Familie sich in unser Gebiet drängen will, ist doch an den Haaren herbeigezogen und klingt absurd. Keiner würde sich gleichzeitig mit uns beiden anlegen. Für mich steht fest, dass du meine Leute auf dem Gewissen hast. Wie krank und dämlich muss ich sein, Leute meines Partners umlegen zu lassen, die sich nur in der Gegend umsehen möchten, in denen sie später einmal arbeiten sollen.«

Lea Mantonellis Augen sprühten vor Hass gegen Davide, der ihr brutal offen die Schuld am Tod von vier seiner Männer gab. Niemals zuvor sprach jemand in diesem Ton mit ihr. Hätte er es versucht, hätte er am nächsten Tag tot vor ihr gelegen. Bei Davide war es ein anderer Fall. Er war mächtiger als sie, hatte eine wahre Armee um sich geschart. Hier musste sie taktisch klug vorgehen, obwohl es ihr gewaltig gegen den Strich ging.

»Du sagst es ja selber, Davide. Ich müsste wirklich bescheuert sein, gegen unsere Absprache zu arbeiten. Nenn mir einen Grund, warum ich einen Krieg gegen dich führen sollte, wo wir gerade erst Frieden und eine Zusammenarbeit vereinbart haben. Ich kann dir bisher auch keine Antwort auf die Frage geben, wer deine Männer meuchelt. Wenn ich es tatsächlich gewesen wäre, hättest du die Leichen nie mehr gefunden. Hier will uns jemand ein deutliches Zeichen setzen. Doch frag mich nicht, worauf derjenige hinaus will.«

Lea konnte es förmlich durch die Leitung hören, wie ihr Partner nachdachte.

»Wir müssen reden, müssen uns treffen. Du musst mich noch diese Woche besuchen. Das soll endgültig geklärt werden.«

Davides Gesicht verfärbte sich in wilder Wut, als er Leas Lachen vernahm.

»Aber ich bitte dich, mein Freund. Das hast du doch gerade nicht im Ernst gesagt, oder? Du glaubst wirklich, dass ich in dein Haus komme? Die Hitze hat noch lange nicht meinen Verstand und mein Gedächtnis verbrannt. Ich habe nicht vergessen, dass du genau dieses Angebot meinem Vater gemacht hast, der gutgläubig in die Falle lief. Dieser Unfall war kein Zufall – auf deinen Schwur, dass du damit nichts zu tun hattest, scheiß ich. Das machst du nur einmal, Davide. Wenn wir uns treffen, dann findet das auf neutralem Boden statt, dort, wo ich mich sicher fühlen kann. Ich glaube es einfach nicht, für wie einfältig du mich hältst.«

»Du bist und bleibst eine Schlange. Dein Vater und ich sprachen oft darüber, wie hinterhältig du schon als Kind warst. Mich hat es damals nicht verwundert, dass du tatenlos zugesehen hast, als dein kleiner Bruder im Pool ertrank. Schließlich wäre Manuel der legitime Erbe gewesen. Doch davon wollte der Don nichts hören. Er vergötterte seine Prinzessin zu sehr. Aber dein Bruder stand dir im Weg, weil er die Nachfolge eures Vaters angetreten hätte. Es würde mich nicht wundern, wenn du selbst für den Tod des Don verantwortlich wärst.«

Lea Mantonelli hämmerte in blinder Wut das Telefon gegen die Terrassentür, horchte sofort, ob es noch funktionierte. Die Katze sprang fauchend auf den Boden und stellte den Schwanz steil auf. Lea nahm das erregte Atmen von Don Rizzola immer noch wahr. Ihre Stimme nahm einen Ton an, als käme sie aus einer Eishöhle – kalt und gefährlich leise.

»Das hättest du besser für dich behalten, alter Mann. Es wird zwischen uns kein Gespräch mehr stattfinden. Die Vereinbarung kannst du dir in deinen faltigen Arsch stecken. Du solltest von jetzt an immer die Augen auch nach hinten richten, denn du kannst nirgendwo mehr sicher sein. DU BIST BEREITS TOT!«

Nur die letzten Worte schrie sie durch die Leitung, bevor der Hörer jetzt endgültig, beim erneuten Schlag gegen die Tür, den Geist aufgab. Ihr war entgangen, dass sie sich nicht mehr allein im Raum befand. Rico, der seelenruhig dem Telefonat gefolgt war, kam näher und sammelte die Einzelteile des Telefons vom Boden auf.

»Ich hole Ihnen das Ersatzgerät aus dem Bad, Herrin. Gibt es Neuigkeiten, von denen ich wissen sollte? Muss ich etwas vorbereiten?«

Lea stützte sich mit den Händen gegen die Wand ab und dachte nach. Sie hatte sich zu etwas hinreißen lassen, was sie eigentlich vermeiden wollte. Ihre Stärke bezog sie eigentlich aus ihrer inneren Ruhe und Coolness. Sie brauchte Don Rizzola, um ihre Macht auszuweiten und auf einen stabilen Sockel zu stellen. Nun war ihre Idee, die beiden Familien eventuell durch eine Heirat mit Davide zu verbinden, zum Scheitern verurteilt. Dieser senile, alte Sack musste sterben – und damit sein Einfluss in dieser Gegend. Seine Impotenz verhinderte, dass er Kinder hatte, die seine Macht übernehmen konnten. Eine Planänderung musste her, denn ein Krieg schien unvermeidbar.

- Kapitel 18 -

Lea wartete im Fond ihres Wagens, bis Rico ihr die Tür von außen öffnete. Um sich gegen die sengende Sonne zu schützen, spannte sie einen kleinen Schirm auf, sah sich um. Rico zeigte mit seiner mächtigen Hand auf das Bagno, das zu dieser Zeit mäßig besucht war. Die Gäste lümmelten lieber im Schatten der Sonnenliegen oder auf dem Wasser herum.

Elmar und Lucia war nicht entgangen, dass sich eine wunderschöne, schlanke Frau in teurer Garderobe dem Bagno näherte. Begleitet wurde sie von diesem Mann, der die selbst schon nicht kleine Frau um einen ganzen Kopf überragte. Die Limousine ließen sie ohne Rücksicht auf Regeln in der Feuerwehreinfahrt stehen. Rico rückte seiner Herrin den Stuhl zurecht, nachdem er ihr ein Sitzkissen vom Nebentisch besorgt hatte.

Lucia kam Elmar zuvor, der sich mit ruhigen Schritten näherte, um die neuen Gäste zu begrüßen. Geschäftsmäßig legte sie die Speisenkarte vor und wollte sich wieder entfernen.

»Signora Moretti? Das sind Sie doch, oder? Darf ich einen Augenblick Ihrer wertvollen Zeit beanspruchen?«

Die freundliche Stimme Leas ließ Lucia anhalten. Mit einem Lächeln drehte sie sich um und sah ihren neuen Gast fragend an.

»Wer möchte das wissen, Signora?«

Rico setzte zu einer Bemerkung an, wurde aber von Lea unterbrochen.

»Mein Name ist Lea Mantonelli. Zumindest mein Name sollte Ihnen etwas sagen. Ich nehme an, dass dieser gut aussehende, junge Mann, der uns beobachtet, Ihr Partner ist. Rico durfte ihn bereits kennenlernen. Er hat mir nur Gutes über Sie beide erzählt. Für Ihre Loyalität und Treue möchte ich mich bedanken. Ich hörte von Ihrer Begegnung mit diesem Lumpenpack, das Ihnen Schutzgeld abpressen wollte. Ihre Reaktion ringt mir Hochachtung ab. Diesen Mut besitzen nur die Wenigsten. Das wollte ich persönlich bei Ihnen loswerden, Signora Moretti. Kann ich Ihnen in irgendeiner Art und Weise einen Dienst erweisen, mich dankbar zeigen?«

Lucia hatte viel erwartet, aber keine Dankesrede von dieser Frau, der ein Ruf vorauseilte, unversöhnlich und unvorstellbar brutal zu sein. Sie kam einen Schritt näher zum Tisch und stützte ihre Hände auf die Kante.

»Ja, Donna Mantonelli, das können Sie. Erlassen Sie meiner besten Freundin, der Signora Fiorella Mascara, das Schutzgeld. Sie hat im Kampf gegen diese falsche Brut von außerhalb ihren Mann Toni verloren. Sie muss von ihren Einnahmen ihren kleinen Sohn Nico großziehen. Nach Abzug der Zahlung an Sie bleibt ihr nicht mehr viel, zumal die Summe ja aus unerfindlichen Gründen erhöht wurde. Zeigen Sie ein Herz, denn sie hält das nicht lange durch.«

Niemand hätte in diesem Augenblick sicher sagen können, was in den Gedanken dieser Frau ablief. Leas Gesicht zeigte immer noch das freundliche, verbindliche Lächeln, als sie die Antwort formulierte.

»Mein Herz wurde berührt, Signora Moretti. Ich wünschte mir, ich besäße ebenfalls eine so gute Freundin. Doch leider muss ich Ihnen sagen, dass es mir nicht möglich ist, Ihrem Wunsch zu entsprechen. Sehen Sie, die Aufgaben, die ich im Zuge Ihres Schutzes zu erfüllen habe, sind vielfältig. Ich muss nicht nur Mittel bereitstellen, um hohe Beamte zu schmieren, ich finanziere damit auch einen großen Mitarbeiterstab. Jeder von ihnen ist ein wichtiges Rädchen in der Organisation. Ich stelle Ihnen eine Maschinerie an die Seite, die funktionieren muss. Dazu gehört auch das Bereitstellen von Geldmitteln, über die ich selber nicht verfüge. Meine Aufgabe ist es, Ihr Geld in Kanäle fließen zu lassen, die ein sorgenfreies Leben für Sie ermöglichen. Schon mein Vater hat sich für diese Aufgabe hingegeben, verlor sogar dabei sein Leben.

Gerne würde ich Ihnen eine andere Antwort geben, was Ihre Freundin betrifft. Aber bitte verstehen Sie auch mich. Ich helfe gern, aber ...«

Lucia presste in ihrer Enttäuschung die Lippen fest aufeinander, auch, um zu verhindern, dass sie in diesem Augenblick etwas Falsches sagen könnte. Es gelang ihr sogar, ein geschäftsmäßiges Lächeln zu produzieren.

»Darf ich Ihnen einen Espresso oder was Kaltes bringen? Das geht natürlich aufs Haus, Donna Mantonelli. Ebenfalls das, was Ihr charmanter Begleiter trinken möchte. Solche Sonderausgaben sind noch soeben im Etat eingeplant. Sie werden mich jetzt entschuldigen, ich muss mich um meine Gäste kümmern.«

Zu diesem Zeitpunkt konnte sich Lucia noch nicht vorstellen, welche Rachegedanken sie durch diese sarkastische Bemerkung bei der Clanführerin auslöste. Deren Gesicht zeigte jedoch erste Verärgerung. Elmar, der sich im Hintergrund hielt, sah Lucias Abgang, gleichzeitig aber auch das Flüstern zwischen Donna Mantonelli und Rico. Der nickte nur und blickte stoisch geradeaus.

- Kapitel 19 -

Der schlaksige Typ, dessen gegelte Haare auf die Schultern fielen, vergrub seine Hände tief in den Taschen seiner schmuddeligen Jeans und stieß die Tür der Panetteria auf. Der Bäckereiinhaber Mario Crono kannte den Spinner gut genug, um nicht davon überrascht zu werden, dass dieser, ohne vorher zu fragen, hinter die Glastheke griff und sich ein Biscotto aus der Auslage nahm. Nachdem er sich das Gebäck zwischen die löchrigen Zahnreihen schob, wischte er sich die klebrigen Finger an einem sauberen Tuch ab, das Mario stets an einem Haken unterhalb der Theke befestigt hielt.

Nur mit Mühe konnte Mario den Zorn verbergen, als dieser Schmierfink zur Kasse ging und grinsend auf eine Taste tippte. Rasselnd öffnete sich die Schublade und gab den Blick auf etwas Kleingeld und wenigen Geldscheinen preis. Mittlerweile besaß der Dreckskerl Übung darin, die Geldkassette anzuheben und den braunen Umschlag herauszuziehen. Bevor er sich noch einen weiteren Biscotto aus der Auslage holte, zog er einen Zwanzigeuroschein aus dem Fach und stopfte sich den in die Hosentasche.

»Heute ist der Tag der Geschenke, Signor Crono. Einen lieben Gruß von Donna Mantonelli soll ich übrigens ausrichten. Dann bis zum nächsten Zahltag.«

Sein überhebliches Lachen beim Hinausgehen ließ den Zorn in Mario hochkochen. Er konnte nicht verhindern, dass der Schnösel noch seinen geflüsterten Fluch mitbekam.

»Das habe ich gehört, Signor Corno. Ich werde der Donna bestellen, dass sie zur Hölle fahren soll. Das wird sie nicht gerne hören, wenn man bedenkt, was sie alles für euch Loser tut.«

»Ja, sag es ihr ruhig. Dann werde ich ihr auch berichten, dass du Dreckskerl dir selbst was in die Tasche ziehst. Das hat sie nicht so gerne.«

Der schmierige Kerl kam zurück zur Theke und baute sich davor auf. Sein mahnender Finger wies auf Mario.

»Wenn du das tust, bist du tot. Dann schneide ich dir deine mickrigen Eier ab und stopfe sie dir ins Maul. Merke dir das, du Versager.«

Mit einem scheinbaren Hochgefühl einer geglaubten Darbietung seiner Macht, stand er nun vor der Panetteria und beobachtete die vorbeiströmenden Touristen, die jetzt am Abend wieder viel Geld in die Kassen der Geschäftsleute spülten. Gut für ihn. Noch ein Besuch und er war für heute fertig. Das Geld wurde erst morgen früh bei ihm abgeholt. Mittlerweile hatte sich seine Tasche mit dem heutigen *Extrabonus* ordentlich gefüllt. Gina würde sich über sein Geschenk freuen und die Beine besonders breit machen.

Bisher war ihm der Mann nicht aufgefallen, der ihn bereits seit einer Weile wie ein Schatten verfolgte. Immer noch mit den Händen in den Taschen schlenderte Claudio in

Richtung des Juweliers, bei dem er die letzte große Zahlung für heute abholen musste. Gina würde Augen machen. Das Amulett, das er heute zu einem *Sonderpreis* mitnehmen wollte, würde sie vor Entzücken tanzen lassen. Danach war sie zu allem bereit – das wusste er aus Erfahrung. Kleine Geschenke erhielten schließlich die Freundschaft.

Sein Moped, das er in der Viale Corsica abgestellt hatte, startete selbst beim dritten Versuch nicht. Seine Flüche hallten durch die Straße, die um diese Zeit noch relativ unbelebt war, zumal es hier kaum Geschäfte gab. Der große Schatten, der sich neben ihm aufbaute, fiel ihm erst auf, als sich die Hand auf seine Schulter legte.

»Verdammte Scheiße, hast du mich erschreckt. Schleich dich bitte nicht noch mal so ran, schließlich möchte ich noch die Dreißig erreichen. Diese Wichskarre springt einfach nicht an. Ich verstehe das nicht. Die lief vorhin noch wie eine Nähmaschine.«

Claudio sah fasziniert auf die Zündkerze, die ihm der Schatten unter die Nase hielt.

»Wieso ... was soll das? Ich muss die Kiste ...«

»Jetzt mach mal halblang, Kleiner. Ich will was mit dir besprechen, ist sehr wichtig. Komm, wir gehen ein paar Schritte!«

Claudio wurde die Antwort bereits dadurch abgenommen, indem ihn sein Begleiter einfach Richtung Strand und der verlassenen Bagni drängte. Das gleichmäßige Rauschen des Meeres beruhigte an diesem Abend nicht, ganz im Gegenteil. Claudio spürte ein unangenehmes Kribbeln im Nacken, als er das Stop am letzten Liegestuhl vor dem Wasser hörte.

»Setz dich!«

»Was soll das Ganze? Ich habe doch nur meinen Job gemacht.«

»Siehst du, genau darüber wollte ich mit dir quatschen. Rück jetzt erst einmal die Umschläge raus. Und dann will ich die Kohle sehen, die du dir außerdem noch eingeheimst hast. Versuch erst gar nicht, das zu leugnen, weil ich dann sehr böse werde. Raus mit dem Geld!«

Obwohl sich Claudio bemühte, cool zu wirken, konnte er das Beben in seinen Beinen und Händen nicht verbergen. Mit zittrigen Fingern zog er zuerst die Umschläge unter dem Hemd hervor, bevor er auch die Geldscheine auf den Liegestuhl warf.

»Das ist alles, ich schwöre.«

»Auf deinen Schwur piss ich, mein Freund. Wer auf Dauer seine Chefin beklaut, darf nicht auf die heilige Maria schwören. Ich finde das gar nicht gut, wenn man in die Hand beißt, die einen füttert. Die Donna bezahlt dich Furz doch gut. Was machst du? Du besserst dein Einkommen auf, indem du auf eigene Kasse Geld erpresst. Das gefällt ihr sicher nicht. Rück jetzt noch den Klunker raus, den du beim Juwelier geklaut hast. Ich habe dich beobachtet. Deine Kleine wird heute nicht von dir gevögelt, da kannst du sicher sein.«

»Aber das war doch nichts Schlimmes. Das machen alle Kassierer so. Jeder von uns holt sich einen kleinen Bonus.«

»Du bist nicht nur ein Dieb, sondern auch ein schäbiger Verräter, der seine Kollegen anschwärzt, um seinen Arsch zu retten. Du kotzt mich an.«

Claudio hatte nicht die geringste Chance auf Gegenwehr, als sich zwei große Hände gleichzeitig auf seinen Hals und in seinen Nacken legten. Sein Schreien erstickte bereits im Ansatz und wurde vom eingedrückten Knorpel des Kehlkopfes abgefangen. Nur Blut erreichte seinen Rachen und floß als kleines Rinnsal aus dem Mundwinkel. Die kräftige Hand hielt den mageren Körper solange am Boden fest, bis das heftige Strampeln im Todeskampf endgültig erstarb. Der Liegestuhl verdeckte Claudios Körper so gut, dass man ihn auch nicht zufällig in der Dunkelheit finden konnte. Als Abschiedsgeschenk steckte ihm der Killer einen Geldschein in den offenen Mund. Dann machte er sich daran, seine Spuren im Sand zu beseitigen. Die Flut umspülte die Schuhspitzen des Kleinganoven, dessen Augen, weit aufgerissen, gegen die Unterseite des Liegestuhls starrten.

- Kapitel 20 -

»Elmar, ich muss mit dir reden – allein.«

Sven wendete sich bereits ab, sah also nicht, dass Elmar erstaunt die Brauen hob. Wieder einmal standen die Freunde vor dem Gartentor, um sich zu bereden.

»Was gibt es so Geheimnisvolles, dass wir es nicht offen diskutieren können?«

»Verdammt, ich weiß nicht mehr, was ich denken soll. Vor Tagen verabschieden sich zwei fremde Männer in die ewigen Jagdgründe. Schon ihre Todesart hat hier im Ort für wilde Spekulationen gesorgt. Heute Morgen finden Kinder die Leiche eines jungen Mannes am Strand, dem kunstvoll der Kehlkopf eingedrückt wurde. Einige Stimmen erzählen, dass es sich dabei um einen Kassierer von Donna Mantonelli handelt. Ihm wurde ein Geldschein ins Maul gestopft. Ein untrügliches Zeichen dafür, dass er sich ohne Wissen des Auftraggebers bereichert hat. Nun könnte man meinen, dass es sich um ein internes Problem innerhalb der *Familie* handelt.«

»Na und? Wäre doch naheliegend. Eins von diesen Schweinen weniger. Ich finde das klasse, wenn sich die Saukerle selbst reduzieren. Die Bullen sind doch sowieso machtlos. Übrigens wusste ich das schon, ist ja schließlich schon den ganzen Tag Strandgespräch. Moment mal, Sven. Hast du mich etwa fragen wollen, ob ich ...? Bist du verrückt geworden?«

Elmar war einen Schritt zurückgetreten, betrachtete seinen Freund mit großen Augen.

»Sven, wir hatten eine Abmachung, einen Plan. Hast du das vergessen? Glaubst du wirklich, dass ich mich abends oder nachts aus dem Haus schleiche, um die Mantonelli-Clique zu dezimieren? Ich würde das Leben von Lucia, Fiorella und Nico gefährden. Vielleicht sogar das von euch beiden. Ich kann es nicht glauben, dass du mir das zutraust.«

»Verstehe mich bitte nicht falsch, Elmar. Ich kenne deine Art zu töten recht gut und gewisse Parallelen sind erkennbar. Außerdem ist man an deine Leute herangetreten, hat sie massiv bedroht. Da könnte sogar ich in Versuchung kommen, denen auf die Füße zu treten. Du und ich wissen, dass du immer noch, sagen wir mal, anfällig bist für Racheaktionen. Ich wollte ja eigentlich nur sicher gehen, dass wir an unserem Plan festhalten. Aber selbst wenn es passiert sein sollte, stehe ich zu dir. Das will ich an dieser Stelle deutlich machen. Also schenk mir bitte reinen Wein ein. Ich weiß sonst nicht, ob ich dir auch zukünftig vertrauen kann.«

Elmar war schon auf dem Weg zurück zum Haus, als ihm Sven die letzten Worte hinterherschickte. Nachdenklich blieb er stehen, wendete schließlich wieder und näherte sich Sven bis auf wenige Zentimeter. Zwei Männer standen sich gegenüber, deren Nasen sich fast berührten. Ihre Blicke waren ineinander verschlungen. Ein Bild, das Karin, die bereits nach ihnen suchte, im Garten stehend einen kalten Schauer über den Rücken trieb. Sie konnte nicht verstehen, warum sich die beiden Freunde wie Gegner gegenüberstanden und belauerten. Sie atmete tief durch, als sie sah, dass sie sich die Hände reichten. Sie konnte die Worte nicht verstehen, die Elmar zu Sven sprach.

»Vertrau mir, sonst würde etwas in mir zerbrechen. Ich habe nur euch. Niemals werde ich diese Freundschaft aufs Spiel setzen. Ich war es nicht. Aber wir sollten alles daran setzen, die Hintergründe herauszufinden.

Ich sehe die Sache so. Die Zahlungen an diese Mantonelli sind zum Kotzen, aber notwendig. Bisher hat es für Frieden in der Stadt gesorgt. Da taucht eine fremde Gruppe auf, die das Geflecht zerreißt. Das dürfen wir nicht zulassen. Wir müssen verhindern, dass hier Chaos entsteht. Solange dieser Dreckskrieg läuft, ist hier keiner sicher. Das klingt irgendwie bescheuert, aber ich hoffe, dass dieses verfluchte Weibsbild als Siegerin vom Schlachtfeld geht. Und jetzt lass uns wieder zurückgehen.«

Karin saß längst wieder am Tisch, als die Männer erschienen. Die Frauen erhoben die Gläser und prosteten sich gut gelaunt zu.

Karin nahm für einen Augenblick die Zahnbürste aus dem Mund und spuckte den Speichel ins Waschbecken.

»Was gab es denn vorhin so Wichtiges, dass ihr euch auf die Straße verziehen musstet? Das sah ja fast danach aus, als hättest du Elmar einen Heiratsantrag gemacht. Gott noch mal, das wirkte wie der berühmte Rütli-Eid vom Schweizer Tell. Ist was passiert? Hatte euer Gespräch eventuell etwas mit der Leiche vom Strand zu tun? Sage mir bitte nicht, dass Elmar ...«

Eine Weile lauschte sie, wartete auf eine Antwort von Sven. Als sie schon glaubte, dass er darüber eingeschlafen war, drang seine Stimme ins Bad. Er lehnte an der Türfüllung.

»Genau das war meine Befürchtung. Deshalb wollte ich ihn direkt darauf ansprechen. Ich hätte sogar verstanden, wenn er es getan hätte. Diese Brut bedroht die Menschen, die ihm mehr bedeuten, als sein eigenes Leben. Ich wüsste nicht, wie ich an seiner Stelle handeln würde. Lange habe ich darüber nachgedacht und dich an Lucias Stelle gesehen. War gar nicht gut, Schatz. Eigentlich bewundere ich ihn dafür, dass er so an sich halten kann. Ich habe das Schlimmste befürchtet.

Er hat mir versichert, dass er nichts mit diesen Morden zu tun hat. Ich glaube ihm. Gleichzeitig quält mich aber die Angst, dass er kurz davor steht, zu explodieren. Diese Ruhe bei ihm ist nicht normal – da baut sich was Schreckliches auf. Und Gnade denen Gott, wenn er von der Leine geht. Dann wird viel Blut fließen. Ich bete darum, dass diese Morde endlich aufhören, denn sie fordern das Böse in ihm förmlich heraus.«

Karin tupfte sich die letzten Wassertropfen aus dem Gesicht und lehnte sich an den Waschtisch, Sven das Gesicht zugewandt.

»Es ist seltsam, ich dachte seit Tagen über das gleiche Problem nach. Du wirst es nicht bemerkt haben, aber ich habe hin und wieder in der Nacht wach gelegen, bin sogar aufgestanden, um nachzusehen, ob er im Bett liegt. Die Tür steht ja meistens auf. Der schläft friedlich wie ein Kind neben Lucia.«

»Doch, Schatz, das habe ich gemerkt, wenn du aufgestanden bist. Aber es hat mich nicht belastet. Ich weiß doch, dass es eine Verbindung zwischen euch gibt, die uns aber nicht schadet. Mach dir deshalb keine Sorgen. Was mich im Augenblick bedrückt, ist der Gedanke, dass wir in zehn Tagen wieder zurückfliegen. Was passiert mit ihm, wenn ihm unser Rückhalt fehlt? Dann besteht die Möglichkeit, dass er unkontrolliert agiert.«

»Ich danke dir für deine Worte, für dein Vertrauen. Aber zur Not könnte ich noch ein paar Tage mehr an Urlaub herausholen. Und du hast doch noch unglaublich viele Überstunden, die du ausgleichen könntest. Ich denke, ein Gespräch mit Kriminalrat Fugger dürfte da Klarheit schaffen. Außerdem finde ich es hier sehr schön, zumal wir viel mehr Zeit füreinander haben.«

Wie eine Katze schmiegte sie sich an Sven. Ihr lasziver Blick ließ keinerlei Fragen aufkommen, was sie beabsichtigte. Ohne jegliche Gegenwehr ließ er sich zum Bett drängen, auf das sie sich mit einem Lachen fallen ließen.

- Kapitel 21 -

Donna Mantonelli tobte durch den Salon und warf immer wieder ihre Arme hoch, während ihre schrille Stimme bis in den letzten Winkel des Hauses schallte.

»Das glaube ich einfach nicht. Dieser Wahnsinnige bringt jetzt schon meine Leute auf meinem Grund und Boden, direkt unter meinen Augen um. Du warst doch vor Ort, Rico. Dir ist kein fremdes Gesicht aufgefallen? Wir bezahlen so viele Informanten, da muss doch einer von denen was bemerkt haben.

Ich habe die Schnauze voll. Wir werden jetzt anders vorgehen. Du wirst die Nachricht verbreiten, dass ich eine Belohnung von zehntausend Euro an den auszahle, der mir Hinweise auf den Täter liefert. Ich will einen Namen – und dann Gnade ihm Gott. Da kann doch nur wieder Davide hinterstecken. Keiner sonst hätte den Mut und die Macht, das zu tun.«

Rico war ihr ins Wohnzimmer gefolgt, wo sie sich schweratmend in ihren thronähnlichen Sessel fallen ließ. Die Katze konnte sich nur durch einen schnellen Sprung in Sicherheit bringen. Er wartete mit stoischer Ruhe auf weitere

Befehle. Sein Blick war wieder einmal in die Ferne gerichtet, ließ keinen Rückschluss auf seine Gefühlswelt zu. Er besaß die Kühle und die Emotionen eines Roboters. Das bekamen schon etliche Gegner gnadenlos zu spüren.

»Soll ich heute noch in die Stadt fahren? Ich könnte dabei weiter nachforschen. Ein paar Quellen stehen noch aus, die üblicherweise über außergewöhnliche Geschehnisse Bescheid wissen. Dabei könnte ich gleichzeitig das Geld bei Signora Moretti und Signora Mascara abholen. Die stehen noch als Letzte aus. Ich werde die Männer um das Gelände verteilen. Wenn wir mit Don Rizzola Krieg führen, können wir nicht vorsichtig genug vorgehen.«

Völlig in Gedanken versunken winkte Lea wortlos, was Rico als Zustimmung ansah. Am Fenster stehend verfolgte sie eine halbe Stunde später, wie Ricos Wagen in einer Staubfahne am Horizont verschwand. *Wer konnte hinter diesen Attacken stecken?* Die Frage ließ sie nicht mehr los, zumal, von dem Mord an den beiden Fremden mal abgesehen, alles wie vorgesehen lief. Jetzt allerdings drohte ihr Plan zu platzen, mithilfe Davides ihren Machtbereich weiter auszuweiten. Wie er jetzt weiter vorgehen würde, blieb für sie die wichtigste Frage. Die Zeit des Friedens war abgelaufen, hinter jeder Ecke konnte ein Scharfschütze lauern. Der Gedanke bereitete ihr Angst, die sie bisher nicht kannte. Sie wich vom Fenster zurück und verschränkte die Arme schützend vor der Brust.

Lucia beobachtete den Mann schon eine Weile, der noch gestern mit Donna Mantonelli an ihrem Bagno saß. Er unterhielt sich mit Fiorella, die er mit seinem massigen Körper vollständig verdeckte. Trotz der gefährlichen Lage konnte Lucia den amüsanten Gedanken nicht unterdrücken, dass er ihr dadurch aber auch einen gewaltigen Schutz vor der sengenden Sonne lieferte. Kurz bevor ein Gast die Sicht auf die beiden verdeckte, glaubte sie, gesehen zu haben, dass dieser Rico einen Umschlag in der Seitentasche verstaute. Kurz darauf verließ er den Bootsverleih und trabte genau auf sie zu. Lucia war sich darüber im Klaren, dass nun der Zeitpunkt für die erste Zahlung gekommen war. Nun fiel der Riesenschatten auch auf sie. Lucia hatte ihren Standort nicht verändert, seit sie die Geldübergabe verfolgt hatte.

»Buongiorno Signora. Ich hoffe, es geht Ihnen gut. Einen lieben Gruß soll ich Ihnen von der Signora bestellen. Sie wissen sicherlich, warum ich heute bei Ihnen vorbeischaue?«

»Klar, weiß ich das. Ihr wollt Geld einheimsen, für das andere schwer gearbeitet haben. Moment noch, ich hole den Umschlag. Hatte eigentlich schon früher mit Ihnen gerechnet.«

Noch während sie sich umdrehte, bemerkte sie, dass sich Elmar näherte und neben Rico stehen blieb. Obwohl Elmar schon zu den großgewachsenen Männern gehörte, musste er zu dem Riesen hochsehen. Ein Lächeln umspielte Ricos Mund, als er den Mann erkannte, der ihm in die Augen sah.

»Ich müsste lügen, wenn ich behaupten würde, dass ich mich freue, Sie heute hier zu sehen. Auch wenn wir unser sauerverdientes Geld lieber an Sie zahlen, als an eine fremde Gruppe, ist es immer noch die Wahl zwischen Pest und Cholera. Entschuldigen Sie den harten Vergleich, aber ich bin es gewohnt, offen zu reden. Dort, wo ich herkomme, kennen wir solche Geschäftsverbindungen nicht in der Häufigkeit. Wir lehnen das ab und das Gesetz schützt uns davor.«

Rico schien auf eine solche Konfrontation nicht vorbereitet, überlegte, wie er auf diese provozierende Offenheit reagieren sollte. Gleichzeitig hielten ihn Botschaften zurück, die er in den ungewöhnlich hellen, wasserblauen Augen dieses Mannes zu lesen glaubte. Da gab es etwas, das ihn zu äußerster Vorsicht mahnte. Noch nie zuvor erlebte er eine solche Aggressivität, die sich hinter den Augen und dem Lächeln eines Menschen verbarg. Er nahm sich vor, mehr über diesen Mann herauszufinden. Die eintreffende Lucia spürte intuitiv diese Spannung, die sich zwischen diesen beiden imposanten Männern während ihrer Abwesenheit aufgebaut haben musste. Ihre Hand zitterte leicht, als sie den Umschlag in die mächtige Hand des Killers legte. Ohne den Blick von Elmar abzuwenden, verstaute der Riese das Geld in der Innentasche seines Sakkos.

»Danke, Signora Moretti. Sie haben eine kluge Entscheidung getroffen. Wir sehen uns sicher des Öfteren.«

»Ob es klug ist, Schutzgelderpressungen zu unterstützen, steht in den Sternen. Doch wäre es sicher unklug, sie zu verweigern. Sagen wir das mal so. Wir hoffen inständig, dass wir Ihren Schutz niemals einfordern müssen. Noch einen guten Tag, Signor. Elmar, wir haben noch zu tun, kommst du?«

Karin und Sven, die sich dem Bagno näherten, blickten dem Killer nach, der mit ruhigen Schritten auf sein Auto zuging. Dessen Blick war noch lange auf Elmar gerichtet.

»Oh, oh, das ist aber nicht der Beginn einer immerwährenden Liebe, mein Guter. Du hast ihm wohl gerade die

Freundschaft gekündigt, die du doch erst vor einigen Stunden mühevoll aufgebaut hast. Hat das miese Schwein bei euch abkassiert?«

Die Freunde setzten sich an einen freien Tisch und freuten sich darüber, dass Lucia ihnen unaufgefordert eine Kanne mit Eiswasser und zwei Gläser hinstellte. Sofort kümmerte sie sich um die Bestellung einer gerade eingetroffenen Familie. Elmar war noch völlig in Gedanken, als ihn Karin am Arm zog.

»Hallo, Erde an Elmar. Vergiss es. Du wusstest doch schon vorher, dass es irgendwann passieren würde. Jetzt ist es eben geschehen und das Leben geht trotzdem weiter. Du musst dich mit der Normalität einfach abfinden.«

Sie erschrak, als sie endlich in Elmars Augen blicken konnte, der sie anblitzte. Diese Einfärbung der Iris kannte sie zur Genüge. Trotz der Hitze überzog ein kalter Schauer ihren gesamten Körper. Bevor sie weitersprechen konnte, verschwand die Gletscherfarbe und der neue Elmar trat in den Vordergrund. Sven, dem diese Situation entgangen war, starrte auf Karin.

»Was ist los, Schatz. Hast du dir wehgetan? Du bist ja völlig blass.«

»Ach nichts weiter, ist wohl die Hitze, an die ich mich immer noch nicht gewöhnt habe.«

Elmar, der Frage und Antwort erst jetzt bewusst wahrnahm, legte Karin die Hand auf die Schulter.

»Das wird schon noch. Für morgen sind Regenfälle angesagt. Den Vollmond werdet ihr dann nicht sehen können. Möchtet ihr was essen?«

Karin hatte es sich angewöhnt, Lucia beim Bedienen oder hinter der Theke zu helfen, wenn es viel zu tun gab. Dafür zeigte sich ihre Gastgeberin sehr dankbar. Dadurch gewann Sven Zeit, sich einen Augenblick mit Elmar zu unterhalten.

»Was gab es gerade zwischen euch? Du willst dich doch wohl nicht mit dem anlegen, oder? Wenn du das tust, stichst du in ein Hornissennest, das dich umbringen wird. Lass uns weiter beobachten und auf den richtigen Zeitpunkt warten.«

Sven hätte gegen eine Wand reden können und dabei wohl das gleiche Ergebnis erzielt. Er spürte, dass es in seinem Freund arbeitete. Elmar wirkte immer noch abwesend, blickte an Sven vorbei auf einen Punkt, den nur er sah. Vor dem Zustand, in dem sich sein Freund augenblicklich befand, hatte er sich gefürchtet. Svens innigster Wunsch war der, dass diese Situation niemals eintreten würde. Jetzt war es doch geschehen, auch wenn Elmar für den flüchtigen Betrachter ganz normal wirkte. Karin und er wussten, was jederzeit passieren konnte. Mit dieser Phase, in der sich Elmar befand, stand aber auch die Entscheidung an, wie sich Sven verhalten würde.

Beide wussten, dass Elmar mittlerweile zwischen unschuldigen und verdienten Opfern unterscheiden konnte. Seine Mordlust konnte er kanalisieren. Noch in der Nacht hatte er sich darüber mit Karin ausgetauscht. Sie teilte seine Ansicht nicht, dass es doch die Richtigen treffen würde. Für Karin lag das Leben aller in Gottes Hand, sie duldete kein Eingreifen durch Menschenhand, lehnte sogar die Todesstrafe ab. Er selbst besaß in diesem Punkt weniger Hemmnisse. Er kannte, genau wie Karin, die Opfer, die oft verstümmelt vor ihnen lagen. Sven war in der Lage, Hass gegen den Täter aufzubauen. Er wollte sie oft schon tot sehen. Bilder von verstümmelten, zuvor missbrauchten Kindern tauchten vor seinen Augen auf. Auch sah er die verunstalteten Menschen, die brutalen Gangstern im Wege gestanden hatten. In seinem tiefsten Inneren war die Entscheidung, Elmars Tun auf jeden Fall zu decken, längst gefallen. Er würde irgendwann lernen, mit dieser Schuld zu leben.

Erst jetzt bemerkte er, dass Elmars Blick auf ihm ruhte. Ihre Augen fanden sich, wobei Sven das Gefühl bekam, da würde jemand in seinem Kopf, in seinen Gedanken wühlen. Elmars Worte erreichten ihn dennoch.

»Danke, Sven. Ich wusste es von Anfang an. Sie werden ihrer gerechten Strafe nicht entgehen.«

– Kapitel 22 –

Der Geldschein, den Rico auf die Theke legte, verschwand wie von Zauberhand in den Tiefen der schmutzigen Jeans. Marco hatte angedeutet, dass ihm vor Stunden ein Wagen mit vier Männern auffiel, der nicht aus dieser Gegend kam. Rico versprach, weitere Scheine locker zu machen, wenn er den derzeitigen Aufenthalt der Männer erfahren würde. Marcos Zunge fuhr nervös über die Lippen, leckte Reste der Bolognese-Soße ab, die er täglich in großen Mengen verschlang. Mittlerweile war das Pastagericht kalt, was dem schmierigen Spitzel allerdings nichts ausmachte. Während Rico die Trattoria verließ, stieß Marcos Gabel erneut in sein Lieblingsessen.

Die Information, wo sich die Fremden einquartiert hatten, erschien nur knapp eine Stunde später auf dem Bildschirm von Ricos Smartphone. Obwohl es sich um eine Adresse handelte, die sich weit außerhalb des Ortes in einer ruhigen Straße befand, kannte Rico sie. Ihm sollte es recht sein, wenn er unauffällig agieren konnte. Der beschriebene Seat parkte in einer Seitenstraße. Commissario Calabrese bestätigte schnell auf Ricos Anfrage, dass dieses Fahrzeug in Piacenza zugelassen war. Für den Profikiller stand fest, dass Don Davide seine ersten Kämpfer in die Stadt einschleuste. Wenn Donna Mantonelli davon erfuhr, würde sie sämtliche Mitglieder der *Familie* auf die Matratzen schicken. So nannte man das, wenn absolute Alarmbereitschaft für die Männer bestand. Dann hieß es, die eigenen Familien zu verlassen, um das Hauptquartier und das Familienoberhaupt zu schützen.

Der Hotelblock konnte auf eine glorreiche Zeit zurückblicken, als der Tourismus noch in den Kinderschuhen steckte. Heute jedoch entsprach das Haus nicht mehr dem geforderten Standard, was die Zimmerausstattung betraf. Der angesagte Regen tat der ausgedörrten Natur gut, plätscherte in Strömen aus den durchlöcherten Dachrinnen. Niemand hielt sich freiwillig außerhalb der vom Schimmel befallenen Mauern auf. Baufällige Spielgeräte schaukelten quietschend im Wind, der von der unruhigen See wehte. Eine Geräuschkulisse, die jedem Horrorfilm den besonderen Touch verleihen konnte. Das Wetter passte eher in den Oktober, wenn die Touristen längst die Gegend verlassen hatten. Die schwenkenden Schirme über den Straßenlaternen lenkten das mäßige Licht wie herumspringende Gespenster über das Straßenpflaster und verdeutlichten, wie der Wind den Regen herumwirbelte.

Die Männer, die sich in der Umgebung eine Deckung gesucht hatten, zogen fröstelnd die Schultern zusammen, obwohl der Regen die hohen Tagestemperaturen nur auf ein erträgliches Maß gesenkt hatte. Nein, sie mochten keinen Regen bei der Arbeit. Er ließ Konturen verschwimmen und das mögliche Ziel undeutlicher erscheinen. Nur wenige Fenster waren erleuchtet, was keinen von ihnen verwunderte. Niemand zog freiwillig in eine solche Unterkunft, außer Rucksacktouristen oder Menschen, die Öffentlichkeit vermeiden wollten. Der Schimmel beschränkte sich nicht nur auf die Außenwände, hatte bereits die Zimmer befallen. An den Duschvorhängen blühte er prachtvoll und verteilte sich von dort gierig über die Fugen der Badfliesen.

Der Mann an der Rezeption verlor fast den Halt mit dem Stuhl, auf dem er schon seit Minuten versuchte, auf zwei Füßen zu balancieren. Sechs dunkle, aber mächtige Gestalten schoben sich vor seinen Tresen.

»Verflucht, könnt ihr nicht anklopfen? Ich hätte mir fast den Hals gebrochen.«

»Womit wir bereits beim Thema sind, du großmäuliger Scheißer. Genau das wird nämlich passieren, wenn du uns nicht innerhalb weniger Sekunden verrätst, in welchen Zimmern du die vier Männer aus Piacenza untergebracht hast. Du wirst uns jetzt den Universalschlüssel für die Zimmer geben und dich nach draußen verpissen. Rufst du jemanden an, bist du so gut wie tot. Also? Ich warte.«

Der Portier wischte sich das ungepflegte Haar aus der Stirn, wodurch zwei angstvoll aufgerissene Augen zum Vorschein kamen. Einer der Männer donnerte demonstrativ seinen Revolver auf die Theke, was ein erneutes Zucken des dürren Angestellten zur Folge hatte. Ohne den Blick von den Gästen zu nehmen, fingerte er über das Schlüsselbrett, erwischte endlich den Generalschlüssel.

»Die Zimmernummern!«

»Hundertneun, Hundertelf und Hundertdreizehn.«

»Und der Vierte, wo wohnt der?«

Die Antwort war kaum zu verstehen, so sehr saß dem Portier die Angst in den Knochen.

»Zwei von denen wollten unbedingt ein und dasselbe Zimmer. Ich glaube, die waren ...«

»Ja, ja, wir wissen, was das bedeutet. Jetzt beweg deinen kleinen Arsch raus auf die Straße. Und komm nicht auf die Idee, abzuhauen. Da sind noch einige von uns, die dir dann die Eier wegschießen und an die Schweine verfüttern. Liegen die Zimmer links oder rechts vom Aufzug?«

Das *rechts* bekamen die Eindringlinge schon fast nicht mehr mit, so schnell verschwand der Mitarbeiter durch die Schwingtür. Nur mit Blicken verständigten sie sich, als sie den Aufzug verließen. Routiniert bauten sie sich immer zu zweit neben den Türen auf, nachdem sie lautlos die Schlösser entsperrt hatten. Drei von ihnen hielten den Finger am Abzug ihrer Spectre M4, die mit 9x19 mm Parabellum-Munition in einem Stangenmagazin geladen waren. Sie vertrauten dieser in Italien gebauten Maschinenpistole, zumal sie eine Folge von immerhin 850 Schuss pro Minute zuließ. Dem Kugelhagel konnte niemand entkommen. Der jeweilige Partner umklammerte die Beretta, um den möglichen Rest erledigen zu können.

Von innen gab es keinen Laut, wenn man von leichten Schnarchtönen und einem unüberhörbaren Furz einmal absah. Der Anführer zählte lautlos von fünf rückwärts.

Die Schüsse zerrissen die Stille und ebbten erst ab, als das Bettzeug blutbesudelt in Fetzen herumlag. Die schlafenden Männer besaßen nicht den Hauch einer Chance, als die grellen Feuerlanzen durch die halbdunklen Räume auf sie zurasten. Einer der Killer verzog geringschätzig die Lippen, als er bei der Endkontrolle die zerrissenen Körper von zwei Männern betrachtete, die sich an den Händen hielten.

»Dreckige Wichser!«

Wütend trat er dem nächstliegenden Leichnam ein letztes Mal ins Gesicht. Auf dem Flur standen abwartend die Mörder. Erst als der Letzte von ihnen das Zimmer verließ, verschwanden sie in aller Ruhe durch den Eingang. Die Fahrzeuge warteten bereits mit laufenden Motoren. Sie mussten einen kleinen Bogen um den Portier fahren, der tot auf der Straße lag. Keinem Polizisten der Welt würde er verraten können, wer in dieser Nacht das Hotel aufsuchte.

Der mächtige Schatten, der still das Geschehen beobachtet hatte, entfernte sich nun. Sein Lächeln ließ keine klare Deutung zu. Er verschwand so unauffällig, wie er gekommen war – als hätte ihn die Hölle verschluckt.

- Kapitel 23 -

In der gesamten Stadt war die Unruhe unter den Einheimischen spürbar. Wie ein Lauffeuer verbreitete sich das Gerücht, dass es ein Massaker in einem Hotel am Stadtrand gegeben haben sollte. Die Anzahl der Toten schwankte zwischen vier und acht. Es liefen sogar Gerüchte, dass zwei Frauen unter den Toten wären. Die *stille Post* funktionierte wie immer mit all seinen unangenehmen Nebenwirkungen. Commissario Calabrese konnte trotz Absperrung nicht verhindern, dass Fotografen der umliegenden Gazetten Bilder vom Abtransport schossen und die wildesten Horrormeldungen über das Aussehen der Leichen in die Welt schickten.

Natürlich drangen die Meldungen auch zu Karin und Sven durch, die sich beim Frühstück mit Lucia, Elmar und Fiorella besorgt darüber austauschten.

»Das ist jetzt ein offener Krieg zwischen zwei *Familien*, das steht für mich fest. Wir sollten hoffen, dass keine unbeteiligten Personen da mit hineingezogen werden. Was wir im Vorfeld befürchtet haben, ist nun offenbar eingetroffen. Da kämpft jemand mit Donna Mantonelli um die Vorherrschaft. Mir ist im Augenblick nur noch nicht klar, welcher Familie die Toten angehörten. Ich werde nachher mal rüberwandern und versuchen, Details zu erfahren. Spätestens Renato wird Näheres wissen.«

Svens Erklärungen schienen für alle schlüssig.

»Ich kann dich leider nicht begleiten, am Bagno gibt es einfach viel zu viel zu tun. Gestern ist wieder ein Reisebus am Hotel Majestic angekommen. Aber heute Abend gehen wir mal zu Renato auf ein Bier. Ich müsste lügen, wenn ich sagen würde, dass mich das Ganze nicht beunruhigt. Wir wissen nicht, wer als Sieger aus diesem Krieg hervorgeht. Und deshalb ist es gut möglich, dass es die Einheimischen, die Geschäftsleute sein werden, die später die Kriegskasse wieder füllen müssen. Mich kotzt es an, dass überall, wo man hinschaut, nur der Mammon an erster Stelle steht. Selten habe ich so deutlich wie hier gespürt, dass man dafür über Leichen geht.«

Elmar erntete dafür ein kollektives Nicken.

»Ich gehe aber gleich mit, damit das klar ist, Sven. Ich will nicht wieder hören, dass es für mich zu gefährlich ist. So, wie ich hörte, ist dort ein Riesenaufgebot an Polizei vor Ort. Da passiert nichts mehr, was mir, als schutzbedürftige Frau, zur Gefahr werden könnte.«

Karin wartete die Zustimmung gar nicht erst ab. Sie stellte ihre Tasse auf die Ablage und suchte sich ihre Laufschuhe aus dem Koffer. Als Sven ins Zimmer trat, stand sie schon, bewaffnet mit kleinem Rucksack und Schirm, vor dem Bett. Sie schien einen Einwand erwartet zu haben. Umso mehr fiel ihr Erstaunen auf, als Sven auf sie zuging, ihr einen Kuss auf den Mund presste und wortlos nach seinen Schuhen suchte.

»Verdammt, das vergammelte Haus erinnert mich irgendwie an das *Bates-Motel aus Psycho*. Das wirkt ja gruselig mit den runterhängenden Holzmarkisen. In diesem Hotel hätte man gar nicht auf mich schießen müssen, da wäre ich schon vor Furcht gestorben. Glaubst du, die Polizisten sprechen mit uns, wenn wir höflich fragen?«

Sven schüttelte den Kopf, bevor er antwortete.

»Das schmink dir ab. Die werden einem deutschen Polizeibeamten keine Auskunft geben. Außerdem lege ich auch keinen gehobenen Wert darauf, hier auffällig zu werden. Aus diesem Krieg möchte ich uns so weit wie eben möglich raushalten. Und außerdem ist immer zu bedenken, dass wir nie genau wissen, wer von denen auf wessen Lohnliste steht. Ich denke, dass wir lieber im Hintergrund recherchieren. Ist das da hinten nicht der Wagen von diesem Miststück, dieser Mantonelli? Die darf sogar eine Tatortbesichtigung vornehmen. Interessant.«

»Vielleicht waren es ja auch ihre eigenen Männer, die da umgelegt wurden. Das wissen wir ja noch nicht. Warte mal, ich versuch was.«

Sven hatte keine Möglichkeit, Karin davon abzuhalten, den nächstbesten Polizisten auf die Schulter zu klopfen.

»Signora, bitte, hier können Sie nicht durch.«

»Was glauben Sie denn, wann ich in mein Zimmer kann? Ich habe für eine Woche dort gebucht und nun stehen die Koffer am Bahnhof. Was ist denn passiert? Warum lässt man uns nicht durch? Ich muss dann eventuell auf ein anderes Hotel umsteigen.«

»Es tut mir sehr leid, Signora. Eigentlich darf ich darüber nichts sagen, aber wenn Sie dort Gast sind, mach ich mal eine Ausnahme. Da sind vier fremde Männer und außerdem der Portier erschossen worden. Ich habe die Toten gesehen. Ich kann Ihnen sagen, die erkennt jetzt die eigene Mutter nicht mehr. Nur noch Blut und rohes Fleisch. Sie befinden sich schon auf dem Weg in die Gerichtsmedizin. Die sind so mit Blei vollgepumpt worden, dass die bestimmt gehörig an Gewicht zugenommen haben. Oh, entschuldigen Sie bitte. Ich vergaß, dass Sie eine Signora sind und so was nicht kennen.«

Sven, der zwischenzeitlich näher herangetreten war, konnte die letzten Worte noch verstehen, die ihm ein Grinsen abrangen.

»Trotzdem danke ich Ihnen für die Auskunft. Wenn der Portier auch tot ist, wäre es vielleicht wirklich besser, wenn ich umbuche. Ach, wie gruselig. Ihren Job möchte ich wirklich nicht haben, Commissario.«

»Nein, nein, Signora, das geht schon. Das ist ja Gott sei Dank nicht jeden Tag so, dass wir Tote in dieser Stadt haben. Jetzt müssen Sie aber gehen, mein Chef schaut schon rüber.«

Sven zog Karin am Rucksackriemen zurück und kniff ihr feixend in die Taille.

»Du bist ein listiges, altes Weib. Das ist ja ...«

»Das *alte Weib* nimmst du auf der Stelle zurück, sonst reise ich noch heute ab!«

»Natürlich, Schatz. Ich entschuldige mich dafür und behaupte das Gegenteil.«

Die umstehenden Touris amüsierten sich über die Frau, die lachend und einen Schirm schwenkend, hinter einem großen, gut aussehenden Mann herlief.

»...damit dürfte ja feststehen, dass es sich nicht um Mantonellis Männer handelte. Gleichzeitig fällt aber auch ein Verdacht auf sie, wenn die Frage nach den Tätern gestellt werden muss. Trotzdem gab man ihr die Gelegenheit, den Tatort zu besichtigen. Das gibt mir sehr zu denken. Arbeitet hier der Polizeiapparat ausschließlich für die Lady? Hat diese Frau hier Narrenfreiheit?«

Da Nico heute Abend zu einem Kindergeburtstag eingeladen war, gesellte sich auch Fiorella zu den Freunden. Renato konnte nur noch die Tatsache beisteuern, dass die Männer mit einem in Piacenza angemeldeten Wagen angereist waren. Der Verdacht lag nahe, dass sie alle zur Familie des dortigen Don Rizzola gehörten. Es zeichnete sich allmählich ein klares Bild davon ab, wer hier gegen wen um die Vorherrschaft kämpfte. Als Elmar mehr über diese Familien wissen wollte, wich Renato auffällig schnell aus und musste sich um die restlichen Gäste kümmern.

»Was ist denn mit dem los? Werden wir hier abgehört, oder warum macht der sich bei dem Thema vom Acker?«

Elmar war ein wenig enttäuscht über das Verhalten des Barbetreibers. Sven holte ihn wieder zurück in die Realität.

»Du musst die Menschen hier verstehen. Die leben schon immer mit diesen Abgaben. Was für uns undenkbar scheint, hat hier Tradition. Schutzgelderpressung wurde im Süden dieses Landes erfunden und hat sich wie eine Seuche über die ganze Welt gefressen. Jeder hier weiß davon, aber man spricht nicht drüber. Wenn du den Schutz eines *Paten* genießt, kannst du dir ziemlich sicher sein, dass du in Frieden leben kannst. Selbst Streitigkeiten unter den Nachbarn werden durch ihn geregelt. Du darfst Renatos Zurückhaltung nicht in den falschen Hals bekommen. Wer zuviel erzählt, lebt gefährlich.«

Für diese Erklärung erntete er von Lucia und Fiorella ein dankbares Nicken. Elmar verstand zwar, was sein Freund ihm sagen wollte, wirkte dennoch unzufrieden mit dem Status quo. Er gab es auf, offen gegen die Mafiamethoden zu wettern, wofür ihm die Frauen dankbar waren. Den Abend schlossen sie mit einer fröhlichen Unterhaltung ab. Der Krieg um sie herum bekam eine Pause. Die Gefahr, die unaufhaltsam auf sie zustürmte, konnten sie an diesem Abend nicht erahnen.

- Kapitel 24 -

»Ich will, dass die Hunde die ganze Nacht über auf dem Gelände frei herumlaufen. Diese Schweine werden sich hüten, hier aufzutauchen.«

Lea bemerkte sofort die Stille im Raum, nachdem sie den Befehl erließ. Die Männer standen mit Blick auf den Boden herum und schwiegen. Sie trat näher heran und stemmte die Arme in die Hüften.

»Was ist los? Habe ich was Falsches gesagt?«

»Signora, bei allem Respekt«, meldete sich Rico zu Wort, »das halte ich für sehr gewagt. Diese Bestien sind erst kurze Zeit bei uns und kennen die Männer noch nicht. Der Hundeführer meinte noch vor Tagen, dass es mindestens zwei bis drei Monate dauern könnte, bis die sich an das Personal gewöhnt haben. Da sind Angriffe nicht ausgeschlossen. Würde es nicht reichen, wenn wir sie über das Gelände verteilen und anbinden? Die machen bestimmt einen Höllenlärm, wenn sich einer dem Haus nähert.«

Lea versuchte erst gar nicht, ihre Verärgerung darüber zu verstecken. Sie schlug mit der Faust auf die Glasplatte einer Anrichte, die daraufhin Risse aufwies. Erschrocken riss sie ihre Hand zurück und überprüfte, ob sie Verletzungen davongetragen hatte. Als ihr einer der Männer zu Hilfe kommen wollte, stieß sie ihn so wild zurück, dass er von einem seiner Kollegen am Sturz gehindert werden musste. Seinen hasserfüllten Blick übersah sie, da sie sich gleichzeitig abwandte.

»Was nützen mir diese Viecher, wenn ich sie nicht einsetzen kann? Die werde ich mir nachher ansehen. Rico, sag dem Hundeführer Bescheid, dass er mir die Bestien vorführen soll. Anschließend kontrollierst du, wie weit die Techniker mit den Videokameras sind. Jetzt macht euch daran, das Haus sicher zu machen. Muss ich mich denn um alles selbst kümmern?«

»Bitte gehen Sie nicht so nah an den Käfig, Donna. Die Tiere sind sehr nervös. Die warten auf ihr Fressen.«

Lea zog die Hand schnell wieder zurück, mit der sie sich dem Gitter genähert hatte. Keine Sekunde zu früh, denn vor ihr tauchte das kräftige Gebiss des Staffordshire-Terriers auf, das, begleitet von einem ekligen Kratzen, in das Gitter schlug. Sabber spritzte auf ihre Hose. Ihre Augen glühten vor Hass, wechselten doch sogleich um in Begeisterung.

»Ja, das sind Kämpfer, das gefällt mir. Gib ihnen endlich das Fressen, ich will das sehen. Warum sind die Hunde getrennt? Die wollen doch bestimmt auch mal miteinander rumtoben.«

Der Hundeführer warf seiner Auftraggeberin einen Blick zu, der eine Mischung aus Mitleid und Verwunderung zeigte.

»Signora, das geht nicht. Sie wollten Hunde kaufen, die töten. Die haben Sie nun. Aber die sind darauf abgerichtet worden, alles zu töten, das sich bewegt. Also auch Ihresgleichen. Die Rumänen, von denen wir die Tiere haben, setzten sie ein, um bei ekligen Schaukämpfen gegen Bären anzutreten. Die kennen keine Schmerzen, verbeißen sich in alles und jeden.

Nicht dass Sie mich falsch verstehen, Signora. Mir tun diese armen Tiere leid, denn sie sind von Natur aus gar nicht gefährlich. Zumindest sind sie nicht gefährlicher als ein Labrador. Das Töten liegt eigentlich nicht in ihren Genen. Wir Menschen haben sie erst durch Kreuzzüchtungen und falscher Erziehung zu dem gemacht, was Sie gerade vor sich sehen. Das Ergebnis gefällt mir nicht. Daraus mache ich keinen Hehl.

Treten Sie bitte noch einen Schritt zurück, damit ich das Fressen reinschieben kann. Und bitte sehen Sie dem Tier nicht gerade in die Augen. Das macht den Rüden unnötig aggressiv.«

»Das Drecksvieh soll sehen, wer hier die Herrin ist. Ich habe keine Angst vor dem Tier.«

»Tja, Signora, wenn Sie sich da mal nicht irren. Der Rüde hat Ihre Angst längst gerochen, den täuschen Sie nicht durch ihr Auftreten. Sie könnten niemals seine Herrin werden. Er wartet nur auf den Augenblick, dass er Sie zerreißen kann. Dazu wurde er erzogen. Gehen Sie also besser zurück.«

Obwohl der Hund den Hunger spürte und den Futternapf in greifbarer Nähe wusste, starrte er noch lange in das Gesicht, das gierig darauf wartete, dass er über sein Fressen herfiel. Als würde zwischen ihm und dieser Frau ein Kampf ausgetragen, blitzten sie sich an. Erst als der Hundeführer den Rüden beim Namen rief, wendete er blitzschnell und verschlang sein Futter. Seine funkelnden Augen waren nach wie vor auf diese Frau gerichtet, die begierig jede seiner geschmeidigen, kraftvollen Bewegungen verfolgte.

- Kapitel 25 -

Der Tipp kam aus absolut zuverlässiger Quelle. Drei Gangster der Rizzola-Familie hatten sich in einem Wohnhaus am Stadtrand von Cervia einquartiert. Donna Mantonelli verzog geringschätzig den Mund, als sie diese Nachricht erreichte. Für wie dumm musste sie Davide halten, wenn er glaubte, dass sie davon nichts erfuhr. Das war ihre Heimat, hier lebten die Menschen, denen ihre Familie schon über Jahrzehnte Schutz lieferte. Nichts geschah, von dem sie nicht zeitnah Nachricht erhielt. Der Vorfall vorgestern im Hotel war ein einmaliger Fehler, der sich nicht wiederholen durfte. Im aktuellen Fall konnte sie strategisch klug vorgehen. Genau aus diesem Grund saß sie mit ihren engsten Vertrauten auf der Terrasse zusammen. Der Plan nahm klare Formen an.

Schon seit vielen Jahren kannten sich die Frauen, später freundeten sich auch die Männer an. Fiorella legte den Zettel beiseite, auf den sie sich die neue Adresse von Emilia Albano notiert hatte. Lange hatte sie von ihr nichts mehr gehört. Zwischenzeitlich war die kleine Mia schon drei und feierte nun ihren vierten Geburtstag. Nico wuselte schon seit Stunden durch das Haus, zerrte immer wieder an seiner roten Fliege, die er partout nicht umtun wollte. Schließlich gab er auf und akzeptierte, dass er ordentlich auftreten musste. Noch eine halbe Stunde bis Mama wieder vom Strand zurückkam. Onkel Sven und Tante Karin hatten sich bereit erklärt, den Nachmittagsdienst zu übernehmen. Die beiden fand er absolut cool. Eine letzte Kontrolle der Spielsachen, bevor sie im Spezialköfferchen verstaut wurden. Das Kartenspiel, die Spielpuppen der Comicfiguren Calimero, SpongeBob und Batman lagen bereit. Nico konnte nur rätseln, was Mama in dem kleinen Geschenkpaket versteckte, das er Mia übergeben sollte. Egal, feiern und herumtollen war angesagt. Die Albanos sollten sogar einen Pool haben. Der Tag war gerettet, die Badehose eingepackt.

»Nein, du schnallst dich noch nicht ab, mein Freund, du bleibst schön da hinten sitzen. Es sind noch gut zwei Kilometer.«

Nico verschränkte die Hände vor der Brust und zog ein Schnütchen. Längst hatte er auf die Uhr gesehen und erkannt, dass es sechzehn Uhr war. Um genau diese Zeit wollten sie bei Mia sein. Mama war unpünktlich. Endlich tauchte das Anwesen vor ihnen auf. Nico war jetzt nicht mehr zu halten. Der Sicherheitsgurt knallte gegen die Seitenwand und ein hochrotes Gesicht schob sich zwischen die Vordersitze. In dem Augenblick, als Fiorella den Wagen in der Auffahrt stoppte, stieß der Kleine die hintere Tür auf und lief auf die Treppe zu, die ins Haus führte. Fiorellas Rufen stieß auf kleine, taube Ohren. Für ihn gab es nur einen Weg, den er suchte. Den geraden zu Mia und dem Pool. Und den vermutete er genau hinter dem Haus.

Lachend begrüßten sich die Frauen im Eingangsbereich. Emilia hakte sich bei Fiorella unter und führte sie über die Terrasse direkt mitten ins Geschehen. Fasziniert beobachtete Fiorella das heillos scheinende Durcheinander von spielenden Kindern, die sich größtenteils im Wasser vergnügten. Nach einer längeren Suche entdeckte sie auch Nico, der seine Badehose verkehrt herum angezogen hatte und noch seine Fliege um den Hals trug. Emilia fiel das erst jetzt auf, stieß Fiorella lachend in die Seite. Sie winkte ab und nahm das Glas mit dem gespritzten Aperol entgegen. Die Zeit verging wie im Fluge und der Geburtstag gestaltete sich zum absoluten Highlight für die Kinder.

»Eigentlich schade, dass Adamo heute nicht hier ist. Es hat Vor- und Nachteile, wenn unsere Männer gutes Geld verdienen, das sie aber mit häufiger Abwesenheit von zuhause bezahlen müssen. Ich hätte ihn gerne wiedergesehen. Beim nächsten Mal vielleicht.«

Fiorella hob ihr Glas, in dem sich jetzt nur noch Mineralwasser befand und prostete ihrer Freundin zu. Einen Moment irritierte sie ein Funkeln in einiger Entfernung, als würde sich die Sonne in einem Glas spiegeln. Sie schenkte dem aber keine weitere Aufmerksamkeit. Emilia fand es sehr schade, dass Fiorella trotz ihres Aussehens noch keinen Partner gefunden hatte. Die allerdings zeigte sich darüber in keiner Weise enttäuscht. Wieder dieses kurze Aufblitzen. Nur Mia und Nico tobten noch im Pool herum, da die anderen Kinder längst von ihren Eltern abgeholt worden waren.

»Nico, komm jetzt bitte aus dem Wasser, es geht wieder nach Hause.«

Der Schlingel tat, als hätte er Fiorellas Aufforderung nicht gehört, tauchte mit einem lauten Jauchzer unter. Mia folgte ihm sofort. Sie schienen wahrscheinlich weder den ohrenbetäubenden Lärm unter Wasser wahrzunehmen, noch sahen sie die riesige Feuerwalze, die über den Pool hinwegfegte. Die Detonation riss die gesamte obere Etage des Hauses auseinander und verteilte das Mauerwerk über eine breite Fläche. Fiorella schrie nicht einmal auf, als ihr ein Teil der Seitenmauer den rechten Unterschenkel zerquetschte. Nur ihr Unterbewusstsein bemerkte die blutüberströmte Emilia, deren leere Augen in den wolkenlosen Himmel starrten. Ein Fensterpfosten hatte sich durch ihren Brustkorb gebohrt und ihr jede Chance auf ein Weiterleben geraubt. Verzweifelt versuchte Fiorella, den schweren Stein von ihrem Bein zu wälzen. Das eingeschossene Adrenalin nahm ihr für den Augenblick noch den Schmerz. Als sie registrierte, dass sie keine Chance hatte, sich fortzubewegen, kam er jedoch mit aller Gewalt. Der Schrei enthielt alle Verzweiflung, die sich in ihr aufgebaut hatte.

»N E I N ! Nico, wo bist du?«

Vereinzelt verirrten sich Luftblasen an die Wasseroberfläche. Von den Kindern war nichts zu sehen. Sie erschrak heftig, als sie neben sich eine Bewegung bemerkte.

»Sind Sie verletzt, Signora? Können wir helfen?«

Fiorella erkannte in den herbeieilenden Männern zwei Nachbarn, die zuvor mit ihren Kindern ebenfalls bei der Feier waren. Immer wieder zeigte sie, nicht fähig, ein vernünftiges Wort zu sprechen, auf den Pool. Einer der Männer schien zu verstehen und rannte zum Wasser. Mit einem beherzten Sprung tauchte er ein. Sekunden später, die Fiorella wie Stunden erschienen, tauchte er prustend wieder auf. Auf seinen Armen trug er den leblosen Körper eines Kindes. Als Fiorella die rote Schleife am Hals entdeckte, schallte ihr Ruf über die Terrasse.

»Oh Gott, das darf nicht sein. Gebt mir mein Kind zurück. Er ist nicht tot. Bitte tut doch etwas. Er muss leben!«

Der Mann legte Nico vorsichtig am Beckenrand ab und legte sein Ohr auf den schmalen Brustkorb. Mit weit aufgerissenen Augen verfolgte Fiorella die Wiederbelebungsversuche des Nachbarn. Noch während er weiterarbeitete, rief er dem anderen Mann eine Aufforderung zu.

»Ruf an, Renzo, der Junge hat noch einen Puls. Er lebt. Die sollen sich beeilen.«

- Kapitel 26 -

»Raus hier, alle raus. Sie können morgen bezahlen. Wir müssen schließen. Es ist was passiert.«

Lucia und Elmar scheuchten alle Gäste von den Tischen und schlossen die Türen vom Bagno. Sven hatte schon das Auto vorgefahren, ließ den Motor laufen. Kaum hatte Lucia ihr Bein ins Auto gezogen, raste Elmar los, ohne Vorfahrten oder rote Ampeln zu beachten. Der Anrufer, der Lucia vor wenigen Minuten informierte, machte nur vage Angaben, bevor er abbrach. Es war nur die Rede davon, dass es zu einer Explosion kam, die das Leben zweier Menschen gefordert hatte. Zwei weitere waren mit teils lebensgefährlichen Verletzungen ins San Giorgio Krankenhaus gebracht worden.

Vier Menschen, die sich an den Händen hielten, standen vor einer Scheibe, die den Blick auf einen kleinen Körper erlaubte, der an Schläuchen und Kabeln angeschlossen, um sein noch so junges Leben kämpfte. Der Arzt, der die Daten an den Geräten ablas, erschien endlich in der Tür und blieb einmal durchatmend stehen.

»Was können Sie ... kommt der Junge durch?«

Karin war die Erste, die Worte fand. Die anderen starrten lediglich schweigend auf den Arzt.

»Gerne würde ich Ihnen Mut machen und sagen, dass er es schafft. Das größte Problem ist nicht eine mögliche Lungenentzündung, die wir natürlich nicht unterschätzen dürfen. Das Kind war sehr lange unter Wasser und hat verunreinigte Flüssigkeit in die Lungen gepumpt. Wir haben einen Bruch des dritten Nackenwirbels diagnostiziert und befürchten, dass die Nervenbahnen durchtrennt wurden. Etwas sehr Schweres muss das Kind noch unter Wasser von hinten getroffen haben. Die Reflexe in den unteren Extremitäten sind gleich null. Was das bedeutet, kann ich Ihnen ...«

»Danke, das müssen Sie nicht, Herr Kollege. Ich bin selbst Gerichtsmedizinerin in Deutschland.«

»Könnten Sie dann den Angehörigen ...?«

»Natürlich, das mach ich. Wann glauben Sie, dass Sie nähere Angaben machen können? Und wo finden wir Signora Mascara, die Mutter des Kleinen?«

»Rufen Sie mich morgen um etwa die gleiche Zeit an. Vielleicht sind wir dann weiter. Tut mir leid, Signora. Die Mutter liegt auf Zimmer 311.«

Drei Augenpaare ruhten auf Karin, die sich plötzlich unwohl fühlte in ihrer Haut. Sie wusste, dass dieses Kind niemals wieder mit dem Tretroller durch die Straßen rasen würde, sofern Nico überhaupt wieder wach wurde. Wieder einmal standen sie vor einem Kranken, dem durch die Gewalteinwirkung von Verbrechern ein normales Weiterleben unmöglich gemacht wurde. Sven und Elmar lasen in ihren Gedanken, da machte sie sich keinerlei Illusionen. Nach langer Zeit verspürte sie wieder tiefen Hass in sich.

Als sie in die Augen der Männer schaute, glaubte sie, direkt in die Tiefen der Hölle zu blicken. Vor allem Elmars Veränderung war für sie unübersehbar. Mit Sorge sah sie auf Lucia, die verzweifelt und völlig irritiert ihren Partner betrachtete.

»Was ist mit dir, Elmar. Du bist ... du wirkst so verändert. Sprich mit mir. Wo willst du hin? Oh Gott, was mach ich nur, Karin? Ich kann ihn doch so nicht gehen lassen.«

Lucia spürte Svens harte Hand an ihrem Arm, der sie mit aller Gewalt zurückhielt. Entsetzt sah sie ihn an.

»Lass ihn jetzt gehen. Glaube mir, es ist besser so. Du wirst ihn jetzt nicht aufhalten können. Er ... er hört dir im Augenblick nicht einmal zu. Gib ihm Zeit. Morgen früh hast du ihn wieder, so, wie du ihn kennst. Du weißt selbst, wie er an dem Jungen hängt. Dieses Verbrechen an dem Kind hat ihn für den Augenblick aus der Bahn geworfen. Aber er schafft das ganz allein. Komm bitte mit uns zu Fiorella.«

Karins geschulter Blick sagte ihr sofort, dass die Ärzte den verletzten Unterschenkel dieser wunderschönen Frau amputieren mussten. Die Augen waren geschlossen, was darauf hindeutete, dass die Narkose immer noch nachwirkte. Die absolute Stille im Raum wurde nur vom monotonen Geräusch der angeschlossenen Geräte und dem Scharren der Füße der Besucher unterbrochen. Keiner der drei Freunde fühlte sich in der Lage, ein Wort zu sprechen. Das Entsetzen über das grausame Geschehen lähmte jeden Gedanken. Lucia beugte sich schließlich über ihre beste Freundin und drückte ihr einen langen Kuss auf die Stirn. Was sie der Kranken ins Ohr flüsterte, konnten Karin und Sven nicht verstehen. Schweigend verließen alle das Krankenhaus. Karin übernahm das Steuer und fuhr zurück zum Haus.

Es wirkte wie die Szenerie nach einer Trauerfeier, als sie sich immer noch wortlos im Wohnzimmer versammelten. Karin und Sven saßen eng aneinandergedrückt auf der Couch, hielten sich still die Hände. Lucia umfasste schon eine Weile ein Wasserglas, von dem sie noch nicht einen Schluck getrunken hatte. In der anderen befand sich Nicos Stoffteddy, den sie mit tränengefüllten Augen anstarrte. Niemand stellte die Frage danach, wo sich Elmar aufhielt.

Nur zwei Menschen kannten das gefährliche Geheimnis um diesen Menschen und sahen eine blutige Zukunft voraus.

- Kapitel 27 -

Zwei eiskalte Augenpaare beobachteten die Szene, die sich vor dem Haus der Albanos abspielte. Keiner der Männer wusste von der Gegenwart des anderen. Doch beide sahen die Fahrzeuge der Feuerwehr, die noch letzte Glutnester löschten. Männer der Carabinieri und weiß gekleidete Figuren der Spurensicherung versuchten, Hinweise auf das Geschehen zu erhalten. Das Haus wirkte wie nach einem kriegerischen Bombenangriff, was der Realität wohl am nächsten kam. Die Detonation, die bis ins Zentrum von Cervia zu hören war, führte dort zu abenteuerlichsten Spekulationen. Die Einwohner wussten, dass spätestens jetzt der Krieg der Familien endgültig ausgebrochen war.

Schnell sprach sich herum, dass Signora Albano von einem Holzrahmen eines Fensters durchbohrt wurde. Die kleine Mia fanden die Feuerwehrleute erst, als sie große Geröllteile aus dem Wasser holten. Das Kind war darunter ohne jede Chance zerquetscht worden.

Elmar machte sich auf den Weg zurück in die Stadt. Mechanisch setzte er einen Fuß vor den anderen, bemerkte kaum den Wagen, der auffällig langsam an ihm vorbeirollte. Der Fahrer betrachtete ihn noch lange nachdenklich im Rückspiegel, bis er ihn nach der nächsten Kurve aus den Augen verlor.

Lucia vermied, ihn anzusprechen, obwohl sie mit offenen Augen im Bett lag. Sie fühlte seine Nähe, als er sich neben sie legte und seinen Arm vorsichtig um ihren Körper legte. Trotzdem war es anders als sonst. Das Vibrieren seines Körpers übertrug sich auf sie, ließ keinen normalen Schlaf zu. Doch irgendwann übermannte er sie doch. Sie schrak hoch, als die Sonne durch die Ritzen der Jalousie blitzte und sie in den Augen kitzelte. Ihre Hand tastete zu der Stelle, an der sie sonst Elmars warmen Körper wusste. Nichts. Nur die Kuhle zeugte davon, dass er noch vor kurzer Zeit dort ruhte. Sein unverkennbarer Geruch lag noch in der Luft.

Die Geräusche aus der Küche zeigten untrüglich, dass Elmar bereits das Frühstück zubereitete. Der Duft des Milchkaffees drang durch die Räume. Lucia wusste, dass er für sie ein Cornetto und eine Scheibe Ciabatta zurechtgelegt hatte, das sie gerne morgens mit Marmelade bestrich. Er selbst bevorzugte immer noch das Brot, Wurst und ein Ei, so wie er es aus seiner Heimat gewohnt war.

Es trieb ihr die Tränen in die Augen, als sie bemerkte, dass er den Tisch wieder einmal für vier Personen gedeckt hatte. An dem Platz, wo üblicherweise Nico saß, fand sie einen Lolly auf dem Teller. Lange beobachtete sie ihn, wie er mit geübten Fingern die Tassen für sie beide füllte. Lucia erschrak, als sie seine Worte vernahm, ohne dass er sich umwandte.

»Bitte setz dich Schatz. Es dauert nicht mehr lange.«

Wortlos nahm sie Platz und dachte wieder einmal mehr darüber nach, warum dieser Mann Dinge spürte, zu denen sie nicht in der Lage war. Schon oft bemerkte sie, dass er auf Gedanken reagierte, die gerade in diesem Augenblick durch ihren Kopf schwirrten. Eine Tatsache, die ihr ab und zu unheimlich wurde. Kaum saßen sie, führte er dieses Spiel fort.

»Entschuldige bitte, dass ich dich gestern Abend alleine ließ, aber ich musste unbedingt zu dem Ort, an dem alles geschah. Das Geschehen war so unwirklich, dass ich es mit eigenen Augen sehen wollte. Es tut mir so leid um das kleine Mädchen und Fiorellas Freundin Emilia. Es darf keine Kriege geben, bei denen Frauen und Kinder die Leidtragenden sind. Ich muss immer an den Mann denken, der nun ohne seine geliebten Angehörigen weiterleben muss. Alles nur, weil Machtkämpfe ausgetragen werden? Es geht bei diesen Verbrechern nur um diese verfluchte Macht, um Geld. Sie sollen an diesem Geld ersticken, Gott wird sie dafür bestrafen. Nur der Satan kann diese Tat bewundern. Und genau zu dem soll man diese Unmenschen schicken.«

Schweigend hörte Lucia seine Worte und verharrte mit der heißen Tasse in den Händen. Ungläubig sah sie ihm in die Augen.

»Schatz, ich erkenne dich nicht wieder. Du bist plötzlich so voller Hass gegen die Verbrecher. Es ist ein Hass, den ich so in dir nicht vermutet hätte. Natürlich empfinde ich ähnlich, doch bin ich davon überzeugt, dass Gott für die gerechte Strafe sorgen wird. Wir Menschen dürfen uns nicht über ihn erheben und Selbstjustiz üben. Sie haben unrecht getan, das wird nicht ohne Folgen bleiben.«

Lucia konnte es sich nicht erklären, was heute anders war. Waren es die Worte, die Elmar sprach, seine kalte Wut, seine Traurigkeit – nein, es waren diese Augen. Die Farbe seiner Augen war eine andere. Ihr fiel erst jetzt dieser helle Blauton auf, der sich ab und zu in das normale Braun der Iris mischte. *Wie war das möglich?*

Elmar schien ihre Gedanken zu erraten, was dazu führte, dass er von einem zum anderen Augenblick wieder normal wirkte. Lucia tat diesen vorherigen Eindruck als Sinnestäuschung ab, schüttelte ungläubig den Kopf.

»Gehst du heute Abend mit ins Krankenhaus? Ich will mit Karin nach Nico und Fiorella sehen.«

Seine Antwort überraschte sie anfangs, verstand aber seine Argumente auch als nachvollziehbar.

»Ich habe mit Sven beschlossen, dass wir uns noch mal am Ort der Explosion umsehen. Er hat als Kriminalbeamter einen ganz anderen Blick für das Geschehen. Vielleicht kann er Spuren finden, die von den Carabinieri übersehen wurden. Ich bin mir überhaupt nicht sicher, ob die überhaupt welche finden wollen.«

»Das ist ja lobenswert, Elmar, aber was macht er dann mit seinen Erkenntnissen? Wenn ich klare Spuren finde, macht mich das doch nur noch wütender auf die Schuldigen. Den Carabinieri wird es nicht gefallen, wenn sich Fremde einmischen.«

»Sollte es wirklich so sein, werden wir das trotzdem dem verantwortlichen Commissario weitergeben. Die Polizei könnte dann die notwendigen Maßnahmen einleiten. Für uns ist es aber ein Anliegen, dort helfen zu können. Verstehst du das?«

»Aber sicher, Schatz. Seid aber vorsichtig. Man kann nie wissen, was als Nächstes passiert. Der Krieg ist damit nicht zu Ende, er beginnt jetzt erst. Ich muss zugeben, dass ich große Angst davor habe.«

- Kapitel 28 -

»Verdammt, du Dreckskerl, das macht keinen Sinn. Warum sprengst du Wahnsinniger das Haus einer Familie in die Luft, mit der ich absolut nichts zu tun habe? Darin wohnte nicht einmal einer meiner Leute. Wenn du glaubst, dass die Leute mir das in die Schuhe schieben, hast du dich schwer getäuscht. Daran denkt hier niemand. Davide, ich hätte dich für klüger gehalten.«

Lange musste Lea auf eine Antwort warten, wusste nicht einmal, ob ihr Kontrahent überhaupt noch am Apparat war.

»Ich überlege gerade, ob es überhaupt einen Zweck hat, dir noch zu antworten. Dich kann eh keiner davon überzeugen, dass ich bisher mit den Morden nichts zu tun habe. Für dich bin ich derjenige, der das in Auftrag gab. Aber meine Männer gehen komplett auf dein Konto. Und das kann ich dir versprechen, dafür werde ich dir die Haut abziehen. Du kannst dich noch so sehr verschanzen, ich werde dich töten. Du hattest die Möglichkeit, Frieden mit mir zu schließen. Du hast in die Hand gebissen, die ich dir gereicht habe. Das wirst du büßen, du Schlange. Apropos beißen – deine beschissenen Köter werden dir auch nichts nützen. Oder haben die Viecher etwa schusssichere Westen? Das ist lächerlich, du Miststück. Ich muss in der heutigen Zeit nicht mehr auf dein Grundstück kommen, um dir dein Licht auszupusten, das solltest du wissen.«

Jetzt war es Lea, die ihm die Antwort schuldig blieb. Verzweifelt suchte sie nach einer letzten Lösung, um ein Massaker zu vermeiden.

»Du weißt, dass es die Familie Mantonelli war, die den ersten Schritt in Richtung Friedensgespräche tat. Mein Vater kann da ein Lied von singen. In mir fließt sein Blut, nur mein Verstand ist schärfer, Davide. Trotzdem mache ich dir ein neues Angebot, das uns beiden nur von Nutzen sein kann. Lass uns miteinander reden, Auge in Auge. Ich will dir ins Gesicht sehen, wenn du mir sagst, dass du nichts mit Vaters Tod zu schaffen hast, und dass auch die Anschläge nicht auf dein Konto gehen.

Sollte es tatsächlich so sein, dass eine dritte Familie uns gegeneinander ausspielt, können wir der nur geschlossen entgegentreten. Ansonsten warten die nur darauf, bis wir uns aufgerieben haben.

Mein letztes Angebot. Wir treffen uns an einem neutralen Ort, den nur wir beide kennen. Niemand wird zuvor davon in Kenntnis gesetzt. Dort können wir uns abstimmen. Was hältst du davon?«

»Das muss ich mir durch den Kopf gehen lassen, Lea. Das will gut überlegt sein. Ich muss das Risiko durchdenken, das wirst du verstehen, oder? Mir sind schon zu viele meiner Männer auf der Strecke geblieben, wobei du keinerlei Verluste zu vermelden hast. Das gibt mir zu denken. Ich melde mich morgen um die gleiche Zeit.«

Die Leitung war tot. Rico legte den zweiten Hörer beiseite und sah schweigend auf seine Herrin, die sich für einige Augenblicke in ihre Gedankenwelt zurückgezogen hatte. Kurze Zeit später kehrte das gemeine Lächeln wieder auf ihre Lippen zurück.

»Rico, du wirst einen guten Treffpunkt aussuchen, der günstig für uns liegt. Du weißt, was ich meine. Der Dreckskerl muss glauben, dass es nur zu seinem Vorteil ist. Er darf ihn nicht ablehnen, so gut muss der sein. Der soll sich wundern, was wir vorbereiten. Kümmer dich darum, ich habe noch eine Besprechung.«

Rico verfolgte seine Chefin, die lediglich mit einem dünnen Morgenmantel bekleidet war, mit den Augen. Als der Anruf kam, war sie gerade dem Pool entstiegen. Nun bewegte sie sich auf die Schlafräume zu. Die Gestalt einer jungen Frau erschien aus den Tiefen des Flures und wartete mit auf den Boden gerichteten Blick auf Lea. Diese legte einen Arm um die Besucherin und drückte ihr einen zarten Kuss auf das lange blonde Haar.

»Siehst du, es hat nicht lange gedauert. Jetzt habe ich Zeit für uns. Komm mit mir.«

Die Tür des Schlafzimmers schloss sich hinter den beiden Frauen, sodass sich Rico um die gestellte Aufgabe kümmern konnte.

- Kapitel 29 -

Die Dämmerung war längst über die Landschaft gezogen, überdeckte sie sogar schon früh mit ihrem feuchten Dunst. Der Regen, der den ganzen Tag anhielt, kam den beiden Freunden zugute. Sven übergab den Feldstecher an Elmar, der jedes Detail des Grundstücks in sich aufnahm. Nichts entging seinen scharfen Augen. Ihr Plan, das Gelände zu erkunden, stand und sollte heute Nacht auf jeden Fall fortgeführt werden. Sven sollte die Aufgabe übernehmen, die Wachposten abzulenken, ohne dass sie wussten, wer sich in dem Wagen befand, der auf der Hauptstraße eine Panne vortäuschte.

»Ich würde die Parkbucht vorschlagen, die sich schräg gegenüber vom Tor befindet. Da kann ich vier Wachposten erkennen. Auf der Rückseite befinden sich weitere zwei. Ich vermute in dem Gebäude, das wie ein Gästehaus aussieht, den Rest dieser Drecksbande. Wie viele sich im Haus selbst befinden, muss ich herausfinden. Bist du bereit? Ich brauche zehn Minuten bis zur Rückseite. Du beginnst mit deinem Theater also um genau einundzwanzig Uhr. Los geht´s!«

Die Sirene der Autoalarmanlage war ohrenbetäubend. Der Fahrer des Seat setzte den Wagen sofort in die Parkbucht und sprang aus dem Wagen. Fluchend öffnete er die Motorhaube und verschwand mit dem halben Oberkörper über dem Motor.

»Stell endlich diesen verdammten Lärm ab, du Pfeife. Zieh doch den Zündschlüssel raus.«

Der Fahrer stieß sich den Hinterkopf, als er das Geschrei der drei Männer am Tor durch den Lärm vernahm. Er winkte mit der Hand, als Zeichen dafür, dass er verstanden hatte. Obwohl er den Schlüssel über dem Kopf schwenkte, nervte die Alarmanlage weiter. Er zuckte entschuldigend mit den Achseln und wühlte weiter im Motorraum.

Zotige Sprüche erreichten den Mann, der verzweifelt versuchte, seinen Seat wieder zum Schweigen zu bringen. Irgendwann verloren die Männer am Tor ihr Interesse und verschwanden wieder im Schatten, um sich eine Zigarette anzuzünden. Das Gelächter hörte Sven sogar bis unter die Motorhaube. Zufrieden grinsend zog er die Kapuze seines Pullis weiter über das Gesicht.

Schon als Elmar sich wie eine Katze über die mit Blumen überrankte Mauer gleiten ließ, bemerkte er das leise Knurren, das aus einem Verschlag kam, der sich hinter dem Gästehaus befand. Das konnte er jetzt gar nicht gebrauchen. Damit, dass sich Hunde hier befinden könnten, rechnete er nicht. Nun musste er die Gefahr mit einbeziehen, dass ihn plötzliches Gebell verraten würde. Obwohl er eigentlich direkt ins Haus wollte, musste er sich um das Tier, gegebenenfalls mehrere Tiere, kümmern. Jeden falschen Tritt auf einen Ast vermeidend, näherte er sich dem Verschlag, der völlig im Schatten lag und keinen Blick auf das Innere zuließ.

Elmar schob sich auf allen vieren an die Gitter heran und wartete ab. Die gefletschten Zähne, die plötzlich vor ihm auftauchten, ließen ihn zurückzucken. Dem Trieb, sich schnellstmöglich aus dem Staub zu machen, widerstand er tapfer. Zwei glühende Augen starrten ihn an, aus dem geöffneten Rachen erklang ein tiefes Grollen. So stellte sich Elmar das Antlitz des sagenumwobenen Höllenhundes vor. Oft genug hatte Elmar trainiert, Angst zu verdrängen und selbst zur Bedrohung zu werden. Sein Puls verringerte sich schnell wieder auf ein Minimum, als sich die Farbe seiner Augen veränderte. Immer noch sahen sie in die schwarzen Pupillen des Hundes, der jetzt das beängstigende Grollen eingestellt hatte. Nur der bestialische Geruch von verwestem Fleisch schlug Elmar noch entgegen.

Er glaubte sogar, dass dieses Riesentier einen Schritt zurückgewichen war und den Kopf hob, so, als würde er eine Witterung aufnehmen. Einen Versuch war es wert. Elmar schob seinen Handrücken näher an das Gitter, wartete darauf, ihn schnellstmöglich wieder zurückzuziehen, falls das Ungeheuer zubiss. Als Reaktion erhielt er ein leises Wimmern und betrachtete voller Zweifel die stinkende Zunge, die ihm die Hand lecken wollte. Als er den Sabber auf dem Handrücken spürte, begann Elmar, dem Hund Worte zuzuflüstern. Erstaunlicherweise legte dieser den Kopf schief und hörte aufmerksam zu. Elmar nahm allen Mut zusammen und streichelte den mächtigen Kopf des Tieres. Zumindest diese Gefahr schien gebannt, als sich Elmar umdrehte und zur rückseitigen Terrasse schlich. Die neugierigen Blicke des Hundes folgten ihm. Elmar suchte auf seinem Weg nach weiteren Käfigen, fand sie jedoch im näheren Umfeld nicht.

Die beiden Wächter hatten die Ärmel ihrer weißen Oberhemden hochgekrempelt und sich unter dem Vordach vor dem Nieselregen in Sicherheit gebracht. Nur die Glut ihrer Zigaretten und das leise geführte Gespräch verriet ihre Anwesenheit. Das Gemurmel verstummte augenblicklich, als sie das Klackern etwa fünf Meter entfernt an der Rosenhecke hörten. Elmar, der den Stein über ihre Köpfe hinweg geworfen hatte, lächelte zufrieden, als einer der Männer dem Kameraden ein stummes Zeichen gab, dass er nachsehen wollte. Den Zeigefinger legte er auf die Lippen und erhob sich. Gebannt blickte der andere Kerl solange hinter seinem Kumpel her, bis der sich in der Dunkelheit verlor. Nur noch seine leisen Schritte wiesen die Richtung, in die er gegangen war.

Lediglich ein nahezu lautloses Knacken begleitete die letzten Atemzüge des Zurückgebliebenen, als sein Halswirbel brach. Stumm fiel er gegen Elmar, der verhindern musste, dass die noch zuckenden Glieder irgendwo anstießen und ihn verrieten. Als der Körper endgültig erschlaffte, lehnte er den Toten gegen die Wand und entfernte sich einige Schritte. Lange musste er nicht warten, bis sich der zweite Wächter wieder enttäuscht näherte.

»Diese Dreckskaninchen werden wohl bald ausgescharrt haben, wenn diese Bestien über das Gelände jagen. Hoffentlich beschränken die sich auch nur auf ...«

Hier brach der Satz ab. Die lange Klinge des Buschmessers schob sich wie ein Skalpell durch die Bauchdecke, durchtrennte die Magenwände und schob sich in den rechten Lungenflügel. Die Folge davon war ein verzweifeltes Gurgeln, das einen Blutsturz zur Folge hatte. Mit einem schnellen Schritt brachte sich Elmar vor dem Erbrochenen in Sicherheit. Blitzschnell zog er die breite Klinge heraus und zog sie quer über den Hals des röchelnden Mannes. Jeder, der vorbeikam und nur flüchtig hinsah, würde vermuten, dass die beiden Kerle während des Dienstes ein Nickerchen eingelegt hätten. Nur die breite Blutlache klärte bei näherem Hinsehen unmissverständlich auf. Um das realistischer zu gestalten, machte sich Elmar die Mühe, die ungläubig geöffneten Augen der Männer zu schließen. Erst dann wagte er einen Blick durch die gewaltige Terrassentür.

Immer noch nervte die Sirene vom Eingangstor. Genau das hielt Elmar davon ab, die Tür gewaltsam zu öffnen. Das eindringende Geräusch könnte ihn zu früh verraten. Als er sich schon auf dem Weg zurück zur Mauer befand, entstand die glorreiche Idee. Schon wollte er sie wieder als zu gewagt abtun, da reizte ihn dieses Wagnis so sehr, dass er es ausprobieren wollte.

Der Kopf des Hundes tauchte wieder am Gitter auf, so als hätte er auf Elmar gewartet. Es klang jetzt wie ein freudiges Begrüßungswinseln, als er näher kam. Die große Zunge schleckte über Elmars Handrücken und hinterließ einen beißenden Geruch, der die Geruchsnerven stark strapazierte. Wieder sprach Elmar beruhigend auf das Tier ein und stellte fest, dass er ihm aufmerksam zuhörte. Die Augen des Hundes verfolgten jede seiner Bewegungen, blieben an ihm hängen, als Elmar vorsichtig die Tür des Gästehauses öffnete. Durch den entstandenen Türschlitz konnte Elmar die vier Männer am Tisch ausmachen, die heftig gestikulierend in einem Pokerspiel vertieft waren.

Die tiefschwarzen Augen des Hundes richteten sich fragend auf den neuen Freund. Erst als Elmar bereits auf dem Weg zur Mauer war, bemerkte der Hund, dass seine Käfigtür offen stand. In dem Augenblick, als er diese endgültig mit der Schnauze aufschob und die neue Freiheit witterte, erstarb das Sirenengeheul auf der Straße. Elmar beeilte sich, den Wagen zu erreichen, bevor im Haus der Alarm losbrach. Nur noch wenige Meter fehlten, als er das Gebell wahrnahm, das sich unter die Hilfeschreie von Männern und diversen Pistolenschüssen mischte.

Mit durchdrehenden Reifen schoss der Seat auf die Straße und wurde eins mit dem tief liegenden Dunst, der die Landschaft jetzt komplett überdeckte.

»Was war los, Elmar? Hast du gefunden, wonach du gesucht hast?«

»Du magst es nicht glauben, aber ich habe sogar eine neue Freundschaft geschlossen.«

- Kapitel 30 -

Karin sah den beiden Männern sofort an, dass sie bei dem, was sie sich auch immer vorgenommen hatten, erfolgreich gewesen sein mussten. Nicht, dass sie lachten und scherzten, dazu war die Lage zu ernst, aber sie wirkten zumindest gelöst. Sie saß mit Lucia immer noch beim späten Abendbrot, als Sven mit Elmar auf die Terrasse trat.

»Wie geht es dem Kleinen? Macht er Fortschritte?«

Elmar erhielt bereits die bedrückende Antwort, als er Karins diskretes Kopfschütteln bemerkte. Auch Sven bemerkte das, ersparte sich daraufhin eine weitere Frage. Lucia war das entgangen, glaubte deshalb, die Antwort schuldig zu sein.

»Na ja, so richtig klar und mutmachend war die Auskunft vom Doktor nicht unbedingt, aber er hat immerhin die Hoffnung, dass der Kleine wieder wach wird. Dann werden sie mit ihm eine Therapie beginnen. Der Schatz wird schon wieder.«

Als sich Karins Hand wortlos auf ihre legte, konnte Lucia die Tränen nicht mehr zurückhalten. Karin half ihr hoch und nahm sie in den Arm. Die beiden Frauen wanderten über die

Wiese, intensiv im Gespräch vertieft. Mit Sorge fielen Sven die zusammengepressten Lippen und die zu Fäusten geballten Hände seines Freundes auf. Nicht um alles in der Welt wollte er jetzt zu seinen Feinden zählen. Elmar erhob sich und entfernte sich ins Wohnzimmer. Sven befürchtete, dass dieser Stadt nun unwiderruflich ein Blutbad bevorstand.

Das Geschrei hinter dem Haus holte Lea Mantonelli aus dem Schlaf. Der Zorn über diese Belästigung kochte hoch und ließ sie die Gardinen beiseitereißen und auf die Terrasse treten. Augenblicklich wurde es still unter den Männern. Lea glaubte, fast ihre gesamten Angestellten dort versammelt zu sehen, als sie sich über die Brüstung beugte, um die Ursache des Aufruhrs erkennen zu können. Die Leichen lagen immer noch so, wie sie von Elmar dort drapiert wurden. Die Blutlache ergoss sich mittlerweile über die halbe Terrasse und verbreitete einen Geruch, der bereits tausende von Fliegen angelockt hatte.

Leas Sonnenbräune wechselte zu einer schneeweißen Maske, was den anwesenden Männern ein klares Signal dafür lieferte, dass ihre Chefin kurz vor einem ihrer berüchtigten Anfälle stand. Jeder versuchte, ihrem Blick auszuweichen, suchte den Anführer Rico, von dem man jetzt erwartete, dass er Donna Mantonelli die Lage erklärte und den Kopf hinhielt.

»Was ist das? Will mir mal jemand erklären, wie es möglich war, an einem Dutzend Wachposten vorbeizukommen und das hier unter meinen Augen zu veranstalten? Wo sind die Männer, die in der Nacht Dienst hatten? Ich will diese Versager sofort sehen.«

Noch immer ruhten alle Blicke auf Rico, der sich nun gefordert fühlte. Er drängte sich durch die Gruppe und raffte seinen gesamten Mut zusammen. Seinen Blick richtete er ohne jegliche Angst auf die Herrin.

»Die anderen Leute vom Nachtdienst können wir nicht mehr fragen – sie sind tot – alle vier. Es ist vielleicht besser, wenn Sie sich das selber ansehen. Ich weiß im Moment nicht, wie ich Ihnen das erklären sollte. Wäre es möglich, dass Sie ...?«

Er konnte den Satz nicht beenden, da Lea wutschnaubend wieder im Zimmer verschwand. Sie warf einen Morgenmantel über die Schultern und erschien Minuten später in der Terrassentür.

»Wohin?«

Rico zeigte in Richtung Gästehaus, während sich eine breite Gasse vor den beiden auftat. Zögernd folgten ihnen die Männer schweigend in gebührendem Abstand. Keiner von ihnen wollte sich in absoluter Nähe befinden, wenn Donna Mantonelli die Bescherung mit eigenen Augen sah. Die Tür stand noch weit offen, sodass Lea einen Teil der Szene schon aus der Entfernung erkennen konnte.

Das Erste, was ihr ins Auge fiel, war der Kadaver eines Hundes, der langausgestreckt halb in der Eingangstür lag. Mehrere Schusswunden waren über den Körper verteilt. Doch am auffälligsten war das über und über mit Blut besudelte, offenstehende Maul, das noch immer die messerscharfen Reißzähne zeigte. Leas sicherer Gang stockte für einen kurzen Augenblick, bevor sie entschlossen den großen Raum betrat. Erst jetzt erkannte sie das gesamte Ausmaß dieser Gewaltorgie.

Drei Männer lagen, im Raum verteilt, auf dem Boden, die Gesichter derart verzerrt, als hätten sie einen langen Blick in die Hölle getan. Ihre Kleidung, vom Blut durchtränkt, hing nur noch in Fetzen an ihnen herunter. Offene Fleischwunden legten Zeugnis davon ab, wo sich der Hund scheinbar festgebissen hatte. Teilweise konnte sie bis auf die freiliegenden Knochen sehen. Ein leises Stöhnen lenkte sie ab. Es kam aus einer Ecke des Raumes, wo sich der vierte Wächter scheinbar in Sicherheit bringen wollte. Eine Hand hielt noch immer die schwere Waffe, während er die andere auf eine stark blutende Wunde in der Bauchdecke drückte. Immer wieder pulsierte dunkelrotes Blut durch die Finger. Die Augen waren zu Schlitzen zusammengezogen. Mühsam versuchte er, zu sprechen.

»Helft mir ... bitte. Ist sie tot, diese Bestie ... ist sie ...? Helft mir, es tut so weh.«

Rico reagierte auf den stummen Blick seiner Herrin und riss den vor Schmerzen aufkreischenden Mann hoch. Brutal zog er ihn mitten in den Raum und drehte dessen Kopf so, dass er direkt in Leas Augen blicken musste.

»Was war hier los? Ich will sofort wissen, wer dafür verantwortlich ist. Mach dein elendes Maul auf, sonst werfe ich dich den anderen Hunden vor!«

Augenblicklich, als sie das Wort Hund aussprach, trat tiefes Entsetzen in die Augen des Verletzten.

»Nein, Donna Mantonelli, nicht die Hunde. Ich kann nicht ... ich weiß wirklich nicht, warum diese Bestie ... das Vieh war plötzlich da und fiel die anderen Männer wie der Teufel persönlich ... ich konnte nur noch die Waffe ziehen. Dann weiß ich nichts mehr.«

»Wo ist dieser verdammte Hundeführer?«

Rico ließ den Gepeinigten wie einen nassen Sack fallen und blickte sich unter den Männern um, die sich vor dem Gästehaus versammelt hatten. Die Ratlosigkeit stand den Leuten ins Gesicht geschrieben.

»Rico, ich will den Dreckskerl in fünf Minuten auf der Terrasse sehen. Hol mir das Schwein aus den Federn. Das soll er mir büßen.«

Die verbliebene Wachmannschaft bildete einen Halbkreis um die Terrasse, hielte sich jedoch mehrere Meter zurück. Alle Augen richteten sich abwechselnd auf Donna Mantonelli, Rico und dem armen Kerl, der hilflos zwischen den Fäusten des Leibwächters hing. Eine blutunterlaufene Stelle unter dem linken Auge zeigte deutlich, dass er zum Aufstehen überredet werden musste. Verständnislos ruhte sein Blick auf seiner Auftraggeberin, die sich zwischenzeitlich angekleidet hatte und nun mit enger Jeans und rotem Shirt vor ihm stand. Ihre Augen schossen Blitze ab, die der Hundeführer noch nicht deuten konnte. Um ihre Beine schnurrte wieder diese Katze, die das Geschehen aus Augen verfolgte, die unterschiedliche Farben aufwiesen.

»Warum hast du den Käfig nicht verschlossen, als du deinen Kadaver aufs Bett geschwungen hast? Wieso konnte diese Bestie meine Männer töten?«

Sein Blick wechselte noch immer fragend zwischen Rico und dieser Frau. Die harte Faust des Riesen erinnerte ihn unmissverständlich an die Beantwortung der gestellten Frage. Der Schlag riss ihm nun die andere Wange auf.

»Ich weiß es nicht, Signora, das müssen Sie mir glauben. Ich habe alle Käfige sorgfältig verschlossen, nachdem ich die Tiere gefüttert habe. Dass der Hund ohne fremde Hilfe da raus kam, ist unmöglich. Die Tür wurde von jemandem geöffnet.«

Erneut traf ihn ein Schlag gegen den Hals, der ihm die Luft für einen Moment nahm. Die aufkeimende Angst sorgte für ein durchgehendes Zittern seines Körpers. Lea trat näher heran und legte ihren Zeigefinger unter das blutende Kinn des Mannes.

»Du willst mir und den anwesenden Männern wirklich verkaufen, dass es ein Fremder schaffte, sich unbemerkt dem Käfig zu nähern, die Tür zu öffnen und den Hund frei zu lassen. Das geschah alles, nachdem dieser mysteriöse Kerl zuvor zwei meiner besten Wächter massakriert hat? Der Hund, der sich nur wenige Meter entfernt aufhielt, hat das, ohne zu Bellen, mitangesehen? Genau das willst du mir verkaufen? Ist der Köter, nachdem du dich zum Schlafen gelegt hast, von Taubheit und Blindheit überfallen worden?

Soll ich dir sagen, was ich denke, du Wurm? Du selbst warst es, der das Tier beruhigt und die Männer getötet hat. Dann hast du die Tür offengelassen und dich ins Bett verkrümelt. Du wusstest genau, was dann geschehen würde. Mir stellt sich nur die Frage nach dem Warum. Aber ich bin guter Hoffnung, dass du uns noch deinen Auftraggeber nennen wirst. Dazu gebe ich dir zwei Möglichkeiten. Nennst du mir freiwillig den Namen, wirst du schnell und relativ schmerzlos sterben. Es bleibt aber auch Version zwei. Also? Ich höre.«

Die Worte waren kaum verklungen, als sich die Angst wie ein Feuer durch seinen Körper zog, ihn lähmte. Verzweifelt suchte er nach Worten, mehr als unverständliches Gestammel kam dabei nicht heraus. Flehentlich erhob er die Hände wie im Gebet. Lea zeigte deutlich, wie sie dieses Verhalten anwiderte. Sie drehte sich um und verschwand im Wohnzimmer. Im Weggehen schaute sie auf Rico. Die Worte waren für jeden zu hören.

»Zieh dem Mistkerl die Sachen aus.«

Wenige Augenblicke später, nachdem Rico dem armen Kerl die Kleidung vom Körper gerissen hatte, trat Lea wieder auf die Terrasse. In ihren Fingern hielt sie einen Lippenstift. Bevor auch nur eine Frage diesbezüglich aufkam, stellte sie selbst eine.

»Rico, was glaubst du? Wo genau befindet sich die Leber? Kannst du mir das zeigen?«

Mit den Fingern zeichnete er die Konturen der Leber nach. Genau dort zog Lea grinsend eine rote Linie auf. Sie schien mit ihrem Werk zufrieden, als sie sich wieder aufrichtete und ein morbides Lächeln zeigte.

»Du kannst dich einfach nicht erinnern, sehe ich. Nun gut, du verräterischer Mistkerl. Ich habe Rico ein Schnittmuster aufgezeichnet, damit er präzise arbeiten kann. Er wird dir gleich die Leber herausschneiden und an die restlichen Mistviecher verfüttern. Das sollte jedem hier eine Warnung dafür sein, was passiert, wenn man ein falsches Spiel mit mir treibt. Schafft mir den Kerl aus den Augen.«

Sie verschwand mit schwingenden Hüften von der Terrasse, warf die Tür hinter sich zu und drückte auf den Startknopf ihres CD-Players. Sie schloss die Augen, als *Mendelssohns Ouvertüre zum Sommernachtstraum* aus den Lautsprechern erklang. Das genießerische Lächeln verstärkte sich, als die leise Musik von einem unmenschlichen Kreischen unterbrochen wurde, das aus der Hölle zu kommen schien. Erwartungsvoll lauschte sie. Endgültige Befriedigung erfasste die Frau, als sie das ungeduldige Bellen und die anschließende Stille wahrnahm.

- Kapitel 31 -

Der Anruf kam, als sich Lea auf den Weg machen wollte, um eine Bekannte in Cesenatico zu besuchen. Rico reichte den Hörer, flüsterte ihr den Namen *Don Rizzola* ins Ohr.

»Was ist denn bei dir los? Alle Welt spricht hier noch von dem Bombenanschlag. Ich nehme nicht an, dass du mir das immer noch in die Schuhe schieben willst. Warum sollte ich Häuser in die Luft jagen, mit denen du nichts am Hut hast? Weißt du schon Näheres, oder tappt dieser hirnige Commissario noch im Dunkeln? Mach dem mal Feuer unter dem Arsch, damit wir endlich rausfinden, wer dauernd diese Scheiße baut. Das nervt und kann nur dem Versuch dienen, unseren Deal zu verhindern. Hast du dir inzwischen Gedanken darüber gemacht, wo wir uns treffen?«

Lea schluckte die Beschimpfungen runter, die sie Davide gerne an den Kopf geworfen hätte. Für sie stand fest, dass auch bei diesem Anschlag der Saukerl möglicherweise die Finger im Spiel hatte. Sie war sich nur noch nicht völlig im Klaren darüber, was er damit bezweckte.

»Dein Anruf kommt noch rechtzeitig. Ich wollte gerade wegfahren. Ich habe für uns einen neutralen Punkt gefunden,

den auch du sicher akzeptieren wirst. Am kommenden Samstag hat der Carpi FC ein Heimspiel gegen Perugia Calcio. Ich würde sagen, wir treffen uns eine halbe Stunde vor dem Anpfiff auf der Südtribüne. Ich würde dir die Eintrittskarten früh genug zukommen lassen. Da an diesem Tag ein paar Tausend Besucher im Stadion sein dürften, besteht kaum Gefahr, dass einer von uns was Dummes veranstaltet. Ich sage es dir von vorneherein, dass ich zwei Leute dabei haben werde. Das ist kein Misstrauen gegen dich, sondern meine Lebensversicherung gegen mögliche Gegner, von denen wir beide derzeit noch nichts wissen. Wenn du diesen Ort und die Optionen annimmst, kann ich das einstielen.«

»Hört sich erst mal recht gut an. Du wirst verstehen, dass auch ich nicht alleine auftauche. Lass mir vier Karten zukommen und endlich einen Strich unter die Angelegenheit ziehen. Es wäre doch gelacht, wenn wir nicht gemeinsam den Schuldigen finden würden. Dann Gnade ihm Gott.«

Lea verdrehte die Augen, da sie dieses leere, heuchlerische Geschwafel als plumpe Verbrüderungstaktik ansah. *Hatte der senile Greis immer noch nicht gemerkt, dass sie den Kinderschuhen längst entwachsen war? Niemand konnte sie mit noch so klugen Worten einlullen. Erst recht kein alter Mann, der es schon nicht schaffte, mit ihrem Vater zurechtzukommen.* Geld und brutale Gewalt waren die Waffen der wirklich großen Herrscher. Sie besaß beides in ausreichendem Maß.

- Kapitel 32 -

Nur dreimal klingelte das Telefon, als Sven die angenehme Stimme und ein *Hallo* von Krassnitz vernahm. Sie rief noch in den Raum, dass man doch bitte leiser diskutieren sollte, bevor sie sich wieder meldete. Erfreut stellte sie fest, dass es ihr Chef war, der sich am anderen Ende der Leitung befand.

»Sehnsucht? Oder wollten Sie nur mal wieder deutsche Laute hören? Warum, um alles in der Welt, genießen Sie nicht mal Ihren Urlaub richtig und schalten komplett auf Reset? Geht es der Frau Doktor gut? Ich will später keine Klagen hören.«

»Ich wollte nur mitteilen, dass wir uns entschlossen haben, für immer hierzubleiben. Sie verstehen, Krassnitz? Die Sonne, der Wein, Amore ... muss ich noch deutlicher werden?«

»Kein Anschluss unter dieser Nummer. Kein Anschluss unter ...«

»Ja, ja, Krassnitz, ich habe verstanden. Jetzt mal im Ernst. Ich rufe nicht ohne triftigen Grund an. Würden Sie mich bitte zu Kriminalrat Fugger durchstellen? Ich will noch eine Woche dranhängen.«

»Das würde ich ja gerne tun, Chef, aber der allseits verehrte Kriminalrat ist bei einem Termin beim BKA. Ich weiß noch nichts Genaues, aber man munkelt, dass sich hier in Essen eine Terrorzelle des IS angesiedelt hat und wir die Ermittlungen des Staatsschutzes unterstützen sollen. Ich kann ihm ihr Anliegen gerne vortragen. Aber das dürfte ihm gar nicht gefallen, wenn sein bester Mann sich die Sonne auf den Pelz brennen lässt, während wir in Arbeit ersticken. Könnten wir denn nicht ein verdrehtes Knie oder was richtig Fieses vorschieben? Ich könnte ihm ja sagen, dass Sie im Krankenhaus ...«

»Krassnitz, so kenne ich Sie ja überhaupt nicht. Sie würden tatsächlich so was für mich tun? Sie würden Ihren Vorgesetzten anlügen?«

»Moment, mein Herr, Moment. Sie haben mich doch gerade erst angerufen und von dem Bootsunfall erzählt, bei dem Sie sich verletzt haben. Gott sei Dank war Erste Hilfe vor Ort in Person der Frau Doktor. Die hat Sie ...«

Das heftige Lachen ihres Chefs unterbrach die treue Seele in Svens Vorzimmer. Schließlich stimmte sie mit ein, wurde direkt danach wieder ernst.

»Ist bei Ihnen wirklich alles in Ordnung, Chef? Sie hören sich so ... ja, so irgendwie komisch an. Ich muss mir doch wohl keine Sorgen machen, oder? Ich setz mich sofort in ein Flugzeug und düse los. Sagen Sie nur Bescheid, wenn Sie Hilfe brauchen.«

»Mensch, Krassnitz, jetzt machen Sie nicht so einen Bahai um eine Urlaubsverlängerung. Es ist schön hier, ich bin glücklich und das Wetter ist gut, basta. Mehr müssen Sie nicht wissen.«

Karin verfiel in Gelächter, als sie erfuhr, wie viel Sorgen sich die gute Frau Krassnitz um ihr gemeinsames Wohlergehen machte.

»Ich habe auch kein Problem gehabt, die Verlängerung durchzukriegen. Mein fleißiger Assistent vermittelte mir sogar den Eindruck, als wäre er froh, dass er sich noch eine weitere Woche beweisen kann. Ach, ich finde den prima, der wird seinen Weg machen.

Aber ich mach mir so langsam Sorgen um das, was hier so abgeht. Warum habt ihr uns nicht erzählt, was da im Haus von Donna Mantonelli in der Nacht passiert ist? Das müsstet ihr Männer doch längst erfahren haben. Sage mir bitte nicht, dass Elmar da seine Hände im Spiel hatte. Seine Handschrift könnte das sein. Es wird gemunkelt, dass da zwei Männer getötet wurden und ein Kampfhund ein Gemetzel veranstaltet hat. Und das alles, während du und Elmar unterwegs ward. Zufall? Hast du mir was zu sagen?«

Sven stand auf und wanderte durch das kleine Zimmer, das ihnen als Schlafplatz diente. Angestrengt überlegte er, bis zu welchem Punkt er Karin einweihen durfte, ohne dass er einen wirklichen Verdacht auf Elmar lenkte. Er entschloss sich zur halben Wahrheit, da er ja selbst nicht auf dem Gelände war. Mit keinem Wort hatte er Elmar nach den Geschehnissen gefragt. Damit wollte er Spannungen zwischen ihm und Elmar gar nicht erst entstehen lassen.

»Ja, wir waren gestern Abend an dem Haus von diesem Miststück. Wir wollten wissen, wie sie wohnt, wer dort ein- und ausgeht. Ich habe die Wachposten abgelenkt, während Elmar das Gelände hinter dem Haus erkundete. Als er verdächtige Geräusche am Haus hörte, ist er wieder zurückgekommen. Als wir wegfuhren, hörten wir noch eine wilde Schießerei. Damit kann Elmar nun wirklich nichts zu tun haben. Er saß schließlich zu diesem Zeitpunkt in meinem Auto. Die hatten bestimmt einen internen Streit.«

Karins Blick sagte nichts darüber aus, was sie gerade dachte, ob sie ihm das abnahm. Nachdenklich nippte sie an ihrem Aperol und starrte auf das Gemälde, das den Untergang eines Fischkutters in der rauen See beschrieb. Schließlich nickte sie, so als hätte sie eine Lösung für ein Problem gefunden. Sie ergriff Svens Hand und zog ihn zur Treppe.

»Ich denke, dass die beiden das Essen fertig haben. Lass uns runter gehen. Vielleicht können wir noch helfen.«

Der flüchtige Kuss auf die Wange beendete das Thema *Wo ward ihr gestern Abend?*

- Kapitel 33 -

Die Via Ugo da Carpi bot dem Wagen von Donna Mantonelli die einzige Einfahrt zum Parkgelände des Stadio Sandro
Cabassi, in dem heute das Spiel gegen Perugia Calcio statt-
fand. Erwartungsvoll saß Lea im Wagenfond eingebettet
zwischen Rico und einem weiteren Leibwächter. Ein weiterer Beschützer befand sich noch auf dem Beifahrersitz, während der Fahrer im Auto bleiben sollte. Gemeinsam suchten
sie nach dem Wagen von Don Rizzola. Der Zufall kam ihnen
zu Hilfe, als sie beim Einparken die drei Männer bemerkten,
die etliche Reihen vor ihnen einem dunklen Mercedes entstiegen. Lea berührte ihren Leibwächter auf dem Vordersitz
an der Schulter, als dieser Aussteigen wollte.

»Einen Moment noch. Lasst die drei erst verschwinden.
Dann werden wir sehen, mit wie viel Leuten wir es tatsächlich zu tun haben werden. Ich trau dem alten Sack nicht über
den Weg. Der könnte uns schon hier eine Falle aufgebaut
haben. Kann jemand von euch ausmachen, ob da noch ein
Fahrer im Fahrzeug sitzt?«

Alle Köpfe reckten sich, ohne Genaues erkennen zu
können. Schließlich gaben sie auf und entstiegen nacheinan-

der, um sich dem Wagen aus Piacenza von hinten zu nähern. Lea fasste den eigenen Fahrer am Ärmel und zog ihn näher heran.

»Eigentlich war das ja klar, dass auch dieser Dreckskerl einen Fahrer zurücklässt. Du musst den Typen irgendwie dazu bringen, die Kiste zu verlassen. Du weißt Bescheid, was du zu tun hast. Geh wieder zum Wagen zurück. Wir werden wahrscheinlich in spätestens zwei Stunden zurück sein. Ich warte nicht bis Spielschluss. Mach deine Sache gut.«

Lea hatte vorsichtshalber zehn Plätze um sie herum gebucht, damit sie halbwegs ungestört miteinander reden konnten. Einmal noch atmete sie kräftig durch, bevor sie sich dem Don näherte. Die Blicke einiger Fußballfans verfolgten die äußerst attraktive Frau, die heute bewusst ein langgeschlitztes, enges Kostüm gewählt hatte. Selbst Don Rizzola stand zur Begrüßung auf, reichte ihr die Hand und deutete eine Verbeugung an.

»Du siehst heute besonders gut aus, meine Liebe. Meine Hochachtung. Die Ähnlichkeit mit deiner Mutter ist frappierend. Du solltest dich wirklich mal nach einem geeigneten Partner umsehen. Es wäre schade, wenn diese Schönheit verblasst und kein Mann sie jemals genossen hätte.«

»Möchtest du mir etwa damit sagen, dass du der Auserwählte sein könntest? Ich glaube, da überschätzt du deine Möglichkeiten, Davide. Wie alt bist du? Sechsundsiebzig oder schon älter? Das würdest du nicht überleben. Lass uns über das Geschäft reden, wenigstens dabei kannst du mitreden.«

Don Rizzola war es anzumerken, dass er im Augenblick nicht wusste, ob er lachen oder den Beleidigten spielen sollte. Er entschied sich für die erste Option. Sein Blick suchte den seiner Leibwächter, die es sich jedoch verkniffen, auf die Sprüche Leas zu reagieren. Beruhigt betrachtete er wieder seine Gesprächspartnerin, als er sicher war, dass die Männer stur geradeaus blickten und das Spielgeschehen verfolgten.

»Ich hoffe, dass wir frei von Zweifeln an unser Vorhaben rangehen können. Ich kann nicht verhandeln, wenn der Partner daran glaubt, dass ich ihm an die Karre pissen will. Hier und jetzt schwöre ich dir bei der heiligen Maria, dass ich weder etwas mit dem Tod deines Vaters, noch mit den Anschlägen in deinem Revier zu tun habe. Ich erwarte von dir den gleichen Schwur, was die Morde in Cervia betrifft. Wir sollten davon ausgehen können, dass eine Familie von außerhalb eine Sauerei plant. Soweit dürfen wir es nicht kommen lassen. Zusammen sind wir unschlagbar. Du erinnerst dich daran, dass wir einen Plan ausgearbeitet hatten, der die Reviere und die Aufgaben darstellte. Hältst du weiterhin daran fest, sind wir Partner. Solltest du allerdings versuchen, mich übers Ohr zu hauen, sind wir unwiderruflich Todfeinde. Das Spiel kannst du nicht gewinnen, das weißt du genau. Ich habe zu viele Leute auf meiner Lohnliste.«

Ihr Gesicht sagte nichts aus über ihre Gedanken, als sie Davide von oben bis unten betrachtete.

»Bist du jetzt fertig mit deiner Rede? Glaubst du wirklich, dass du mit deinen offenkundigen Warnungen eine gute Basis für eine Zusammenarbeit schaffst? Ich werde deshalb nicht vor Ehrfurcht erstarren. Du weißt nicht, was ich in der Zeit nach Vaters Tod neu erschaffen habe. Es ist auch gut so, denn du unterschätzt oft deine Gegner. Es ist mir nicht entgangen, dass du in deinem Umfeld an Boden und Macht eingebüßt hast, während ich meine Herrschaftsgewalt ausbauen konnte. Die Verhältnisse haben sich verschoben. Ein klares Indiz dafür ist, dass du plötzlich nach Partnern suchst. Es dürfte nicht mehr lange dauern, bis diese geheimnisvolle Familie, die du für alles verantwortlich machst, auch bei dir zuschlägt. Sie wissen wohl davon, dass wir uns verbünden wollten. Vielleicht ist es wirklich an der Zeit, dass wir gemeinsam zurückschlagen.

Ja, ich stehe noch zu den Plänen, die wir unlängst erarbeitet hatten. Allerdings bestehe ich auf eine kleine, aber bedeutende Änderung.«

»Und die wäre?«

Jetzt war Davide hellwach, die Sinne geschärft. Er wusste, dass Lea eine skrupellose und geschäftstüchtige Frau war. Es musste wohlüberlegt sein, bevor er einwilligte. Sie sollte ihn nicht betrügen können.

»Ich will die Gelder aus der Prostitution nicht, die kannst du haben.«

»Oh, damit hätte ich nicht gerechnet. Das nehme ich gerne. Aber was willst du als Ausgleich? Das Glücksspiel bekommst du nicht, damit das klar ist. Also, was?«

»Ich werde die Drogen übernehmen. Da habe ich schon Kontakte aufgebaut. Und darüber werde ich nicht mit dir diskutieren.«

Das Entsetzen in Davides Gesicht war echt, als er wütend auf die Schenkel schlug.

»Bist du jetzt völlig übergeschnappt, Lea? Das war immer ein heiliges Gesetz – keine Drogengeschäfte. Wenn du damit anfängst, sprichst du dein Todesurteil. Unsere Staatsanwälte werden dich nicht mehr schützen können – und auch nicht wollen. Das ist was anderes als Nutten und Glücksspiel. Du hast noch die Müllabfuhr, die Sozialbauvorhaben und die Mautgeschäfte. Mir reicht der Wein- und Olivenhandel als Zusatzgeschäft. Verdammt, wir brauchen dieses Drogengeld nicht. Lass das die anderen Familien machen. Außerdem gibt es in diesem Geschäft viele Tote unter den Händlern. Ich habe vor, mit hundert Jahren auf einer Insel im Süden zu sterben. Durch die Kugel eines Dealers möchte ich nicht den Löffel abgeben. Mein letztes Wort, Lea. Wenn du mit Drogenhändlern Geschäfte machst, tu das, aber lass mich da raus. Basta.«

»Ist das wirklich dein letztes Wort, Davide? Dann zerreiß deinen beschissenen Vertrag und zieh auf deine Insel. Bring deine alten Knochen in Sicherheit, denn die Zeiten ändern sich. Du bist ein aussterbendes Fossil, das die Zeichen der Zeit nicht erkennt. Weltweit blüht der Drogenhandel zur größten Einnahmequelle auf. Das werde ich mir nicht nehmen lassen. Keiner pfuscht mir in mein Gebiet hinein. Ich muss jetzt gehen, damit ich meine Geschäfte regeln kann. Beeil dich mit dem Auswandern, denn es bahnt sich ein heftiges Gewitter an.«

Ohne einen weiteren Gruß erhob sich Lea und bahnte sich einen Weg durch die grölende Menge der Fußballfans, die den Anstoß ihrer Mannschaft frenetisch bejubelten. Zielstrebig steuerten sie ihren Wagen an, an dem schon der Fahrer ungeduldig wartete. Als sie den Parkplatz verließen, sah Lea im Rückspiegel, wie auch Davide auf seinen Mercedes zusteuerte.

Die Via Ugo da Carpi lag jetzt leer vor Ihnen, als der Feuerpilz auf dem voll besetzten Parkplatz des Stadio Sandro Cabassi in den Himmel schoss, begleitet von einer heftigen Detonation. Rico und seine Männer blickten irritiert auf den Qualm, der aus dem zerfetzten Auto in den blauen Himmel stieg. Als sie auf die Hauptstraße einbogen, hörten sie schon die ersten Sirenen. Donna Mantonelli kramte in ihrer Handtasche, zog einen Stift heraus und zog sorgfältig die Konturen der Lippen nach.

- Kapitel 34 -

Sven riss Elmar an der Schulter herum und zischte ihm die
Worte zu, die diesen für einen Moment irritierten.

»Warum hast du mich angelogen? Das Ganze sollte doch
erst mal nur dem Zweck dienen, die Lage zu peilen. Musste
es direkt ein Massenmord werden?«

Die ersten Gäste wurden auf die beiden Männer aufmerksam, die sich wie zwei Kampfhähne gegenüberstanden.
Elmar entspannte sich wieder, als er erkannte, dass es Sven
war, der ihn herumgerissen hatte. Die Fäuste lösten sich. Er
legte entspannt den Arm um die Schulter des Freundes und
schob ihn Richtung Wasser, wo sich bei der starken Bran-
dung nur wenige Spaziergänger aufhielten und ihre Unterhaltung nicht gehört werden konnte.

»Ich habe dich nicht angelogen, Sven. Ich habe dir lediglich nicht alles berichtet, was dort vorgefallen ist. Dass ich
die beiden Wachen unschädlich machen musste, war
unumgänglich. Sie hatten mich bemerkt. Da gab es nur die
Entscheidung: sie oder ich.«

»Hör zu, Elmar. Ich bin kein Idiot. Was willst du mir da
verkaufen? Das, was mir zu Ohren kam, hört sich nicht

gerade nach einer spontanen Abwehrreaktion an. So, wie die Männer zugerichtet gewesen sein sollen, sieht das nach einer wohlüberlegten und gut vorbereiteten Aktion aus. Und die vier Männer in dem Gästehaus haben sich dann kurz entschlossen dazu durchgerungen, den Hundekäfig zu öffnen, um sich abschlachten zu lassen. Das gehört in den Bereich der Fabeln. Warum musste das sein?«

Elmar war es anzumerken, dass er Mühe hatte, seinen Zorn zu beherrschen. Er wandte sich ab und blickte in den fast völlig von Wolken verhangenen Himmel. Die düstere Stimmung, die das heranziehende Gewitter allgemein verbreitete, übertrug sich nun auf die Männer. Plötzlich drehte sich Elmar wieder seinem Freund zu. Es hatte den Anschein, als hätte er sich wieder im Griff.

»Ja, du hast recht. Ich habe diese beiden Dreckskerle umgebracht. Ich habe auch den Käfig geöffnet. Und soll ich dir etwas sagen? Ich würde es immer wieder tun ... die haben den Tod verdient. Sie haben Kinder und Frauen getötet, die völlig unschuldig waren. Die haben so viele Morde begangen, mehr, als ich Finger an den Händen habe. Sie haben es nicht verdient, zu leben.«

Lange sah Sven dem großen, braun gebrannten Mann in die Augen, sagte kein Wort. Doch sein Blick sprach das aus, was tief in seinem Inneren unausgesprochen blieb. Elmar stieß ihm den Finger vor die Brust.

»Was? Sage es einfach. Sage mir, dass ich dann auch den Tod verdient hätte. Ja, ich weiß es selbst. Auch ich habe schlimme Dinge getan, die nicht zu verzeihen sind. Du willst mir deutlich machen, dass ich der Letzte sein dürfte, der ein solches Urteil über andere spricht. Es hört sich vielleicht verrückt an, aber ich möchte auf meine Art wieder etwas an den Menschen gutmachen. Ich möchte die beschützen, die von Monstern, wie ich es war, bedroht werden. Sven, diese Männer werden niemandem auf dieser Welt mehr ein Leid antun. SIE SIND TOT. Hörst du? TOT. Die sind nun bei dem, der mich fast mein ganzes Leben gesteuert hat. Deren Bestrafung beginnt erst jetzt.«

In Svens Gesicht arbeitete es. Unglaube und Fassungslosigkeit vermischten sich, was Elmar natürlich nicht entging. Dessen Hände legten sich auf Svens Schultern, schüttelten ihn.

»Ich kann dich verstehen, wenn du meiner Logik nicht folgst. Es ist unumstößlich, dass ich das, was ich getan habe, nicht mehr rückgängig machen kann. Darauf bin ich nicht stolz, mein Freund. Doch ich kann versuchen, mein Leben dafür einzusetzen, dass andere Abartige nicht Gleiches an Unschuldigen tun. Ich werde es nicht zulassen, dass einer von diesen Verbrechern die Menschen bedroht, die mir nahestehen. Ich werde jeden töten, der es wagt, sie anzugreifen. Hast gehört, Sven? JEDEN!

Ich kann nicht viel, weil ich nichts wirklich gelernt habe. Aber eines kann ich sicherlich. Ich kann meine Familie beschützen, und das mit allen Mitteln. Ob es dem Gesetz entspricht, ist mir dabei völlig egal. Du bist ein Mann, der auf der anderen Seite, also auf der des Gesetzes steht. Wenn du es nicht verantworten kannst, was ich derzeit vorhabe, dann geh mit Karin zurück nach Deutschland. Du wirst mich nicht aufhalten können. Und ich bitte dich als Freund ... versuche es auch erst gar nicht. Ich möchte nicht wieder euer Feind sein.«

Die letzten Worte trafen Sven bis in die Fußspitzen. Er wusste genau, welch tiefe Bedeutung dieser eine Satz haben konnte. Er stand nun vor der Entscheidung, seinem Eid zu folgen oder seinen Freund auf seinem Weg zu begleiten. Er war sich im Klaren darüber, dass schon sein Wegschauen eine Straftat darstellte, er sich vor dem Gesetz der Beihilfe zum Mord schuldig machte. Er konnte nur auf Elmars breiten Rücken schauen, als sich dieser umdrehte und wieder zurück zum Bagno schritt. Karin hatte längst bemerkt, dass sich zwischen diesen beiden Männern im Augenblick ein Drama abspielte. Während sie an dem Milchkaffee nippte, den Lucia ihr vorsetzte, schickte sie ein Stoßgebet gen Himmel, dass diese Begegnung gut ausging.

»Was ist mit den beiden? Streiten die sich etwa?«

Ängstlich verfolgte Lucia das Geschehen. Auch sie spürte die plötzliche Spannung, die in der Luft lag. Das bezog sie nicht nur auf die Wolken, die sich bedrohlich am Horizont auftürmten.

»Nein, nein, Lucia. Die streiten nicht. Ab und zu stecken Männer eben Grenzen ab. Das müssen wir Frauen nicht verstehen, werden wir wohl auch nie. Hör mal, meine Liebe, sollten wir nicht besser die Gäste nach Hause schicken und hier alles sturmsicher verrammeln? Das sieht gar nicht gut aus.«

Immer noch in Gedanken nickte Lucia und näherte sich dem ersten Tisch.

- Kapitel 35 -

Wortlos schob Elmar seinem Freund die Zeitung über den Tisch, tippte dabei auf eine Headline bei den überörtlichen Nachrichten.

Attentat auf Familienoberhaupt aus Piacenza endet tödlich. Weiter stand dort, dass ein mit vier Personen besetztes Fahrzeug auf dem Parkplatz des Stadio Sandro Cabassi durch einen Sprengsatz komplett zerstört wurde. Alle Insassen fanden dabei den Tod. Ein anderes Familienoberhaupt, mit dem sich Don Rizzola zuvor im Stadion zu einem Gespräch traf, äußerte sich entsetzt über diese Untat. Sie, wobei es sich um die bekannte Donna Mantonelli aus Cervia handelt, bedauert den Tod des geschätzten Partners sehr, mit dem sie kurz zuvor eine geschäftliche Zusammenarbeit beschlossen habe. Sie fordert die Justiz dazu auf, alles dafür zu tun, um dieses Verbrechen aufzuklären.

Renato, der gerade in diesem Augenblick am Tisch der beiden vorkam, beugte sich zu ihnen herunter und flüsterte.

»Das kann nur eine Gruppierung aus dem Süden sein, die sich hier breitmachen will. Donna Mantonelli muss sich jetzt vorsehen, dass sie nicht die Nächste sein wird, die es erwischt. Sie ist die Einzige, die denen noch im Wege steht. Ich hoffe, die fassen die Schuldigen an den Eiern. Wir wollen hier unsere Ruhe haben.«

Als sich Renato wieder aus dem Staub machte, war auch Sven mit dem Artikel durch und rückte näher an Elmar heran.

»Da steige ich noch nicht ganz hinter. Die Sache ist so ... so unlogisch. Welches Interesse soll eine andere Familie daran haben, nur einen Widersacher auszuschalten, wo sie doch beide Familienoberhäupter an einem Punkt wie auf dem Präsentierteller haben? Das wäre doch ein Abwaschen gewesen, dort auf dem Parkplatz. Könnte dieses Miststück ein falsches Spiel mit dem Rizzola getrieben haben? Zuzutrauen wäre ihr das. Vielleicht will sie seine Organisation, seine Kontakte übernehmen, vorausgesetzt es ist kein Nachfolger bestimmt. Ich werde mal versuchen, herauszufinden, ob es Kinder bei den Rizzolas gibt, die für ein Erbe in Frage kämen. Natürlich besteht immer noch die Gefahr, dass die es auch auf das Weib abgesehen haben, um sie in die ewigen Jagdgründe zu schicken. Alles Spekulation in dem dreckigen Geschäft.«

Elmar hielt sich mit einer eigenen Meinung zurück und wischte unablässig die kondensierten Wassertropfen von seinem Bierglas, die sich bei der hohen Luftfeuchtigkeit ständig neu bildeten. Außerhalb der Bar wütete ein heftiges Gewitter, das sein dunkles Grollen durch die nun leeren Straßen schickte. Worum Elmars Gedanken kreisten, konnte Sven nur mutmaßen. Er hatte zwischenzeitlich eine Entscheidung bezüglich der weiteren Zusammenarbeit mit Elmar gefällt. Allerdings überlegte er noch, ob er darüber mit Karin sprechen sollte. Er konnte sich gut vorstellen, dass es auch sie in einen heftigen Zwiespalt stürzen würde. Elmar holte Sven mit seinen nächsten Worten wieder aus den Gedanken.

»Da gibt es keine andere Familie.«

»Und was bringt dich zu diesem Ergebnis?«

»Das sagt mir mein Bauch, Sven. Schon als ich dieses Miststück zum ersten Mal sah, wusste ich, dass die ein falsches, undurchsichtiges Spiel treibt. Die ist kalt wie der Arsch eines Eisbären. Hast du nie bemerkt, dass bei der nur der Mund lacht, die Augen aber weiter Kälte ausstrahlen? Solchen Menschen bin ich in meinem Leben zu oft begegnet. Sie lassen dich ohne Skrupel über die Klinge springen, wenn es zu ihrem Vorteil ist. Was ich mir bisher noch nicht erklären kann, ist diese Bombe und die unschuldigen Toten im Haus. War das ein Versehen? Hat man sich in der Adresse geirrt? Nein, dafür arbeiten die wohl zu professionell.

Da spielt jemand mit, den wir bisher noch nicht kennen. Und dieser jemand ist saugefährlich, wie diese Bombe beweist. Die erschossenen Männer führe ich auf einen Krieg zwischen Rizzola und dieser Wahnsinnigen zurück. Die haben sich bestimmt nur in Carpi getroffen, um Frieden zu schließen. Das glaubte zumindest dieser Rizzola. Dass es ein großer Irrtum war, erfuhr er reichlich schnell.«

Sven hatte gut zugehört und war erstaunt über die Kombinationsgabe seines Freundes. So ganz konnte auch er sich diesen Argumenten nicht verschließen. Diese Frau strahlte etwas aus, das auch ihn zur Vorsicht mahnte. Das Bauchgefühl hatte ihn ebenfalls gewarnt.

»Sven, ich frage dich das nur ein einziges Mal. Hör gut zu.«

Augenblicklich schärften sich alle Sinne in Sven. Er wusste, dass jetzt von ihm eine Antwort erwartet wurde, die er nicht mehr zurücknehmen und die sein gesamtes Leben umkrempeln konnte. Obwohl er Frage und Antwort schon kannte, sah er Elmar erwartungsvoll an.

»Ich will nicht für den Rest meines Lebens mit der Angst leben, dass ich Menschen, die ich liebe, durch diese Typen verliere. Es ist meine Absicht, nicht tatenlos zuzusehen, bis es wieder jemanden in meinem Umfeld erwischt, was mein Herz zerreißen würde. Das Thema Schutzgeld habe ich abgehakt und bin bereit zu zahlen. Aber diese schmutzigen Grabenkämpfe gefährden jeden hier in der Stadt. Für mein Empfinden hat es bereits zu viele Tote bei denen gegeben, die nichts mit dem Krieg zu tun hatten. Bevor diese Schlange noch mehr Opfer fordert, werde ich ihr den Kopf abschlagen, koste es, was es wolle. Bist du dabei?

Ich verstehe dich gut, wenn du ablehnst. Du hast sehr viel zu verlieren und trägst eine Verantwortung gegenüber dem Gesetz. Auch besteht die Gefahr, dass du Karin verlierst. Das will ich auf keinen Fall. Entscheide dich hier und jetzt.«

Da war sie, die Frage aller Fragen. Svens Herz zog sich schmerzhaft zusammen, lähmte für einen Augenblick sein klares Denken. Vor seinen Augen erschien plötzlich das Bild dieser Frau, die, wie einst die vielköpfige Hydra auf die Jagd ging. Er sah das Böse in ihren Augen, bemerkte mit Schrecken, dass sich deren schlangengleicher Körper sogar um Karin gelegt hatte. Er hoffte inständig, dass Donna Mantonelli keine zwei Köpfe nachwuchsen, wenn sie ihr einen abschlugen. Svens Hand schob sich ohne weitere Bemerkung über den Tisch, Elmar entgegen. Noch Stunden saßen sie am Tisch, die Köpfe eng zusammengesteckt. Jeder Schachzug musste gut überlegt sein, wenn sie überleben wollten.

- Kapitel 36 -

Es war Zufall, der dafür sorgte, dass Sven auf das Display seines Smartphones blickte. Den Rufton hatte er abgeschaltet, während er mit Elmar bei Renato saß und Pläne schmiedete. Karins Name blinkte ihm entgegen, aber auch ein Fenster, das anzeigte, das sie eine SMS an ihn verschickt hatte. Elmar, der neben ihm lief, blieb stehen und wagte einen Blick auf Svens Display.

»Was schreibt sie? Verdammt, sieh doch mal nach, du Schnecke! Ich habe ein Scheißgefühl.«

Tatsächlich schlug die Nachricht bei beiden wie eine Bombe ein. Sie hechteten förmlich nach vorne und bogen kurze Zeit später in die Straße ein, in der Svens Leihwagen geparkt stand. Ohne Rücksicht darauf zu nehmen, dass beide mindestens sechs Gläser Bier getrunken hatten, warf sich Sven hinter das Steuer und gab Gas. Zehn Minuten später erreichten sie das Krankenhaus, in dem sie Lucia und Karin wussten. Sven versuchte, durch hektisches Drücken auf den Fahrstuhlknopf das Ankommen des Korbes zu beschleunigen. Elmar benutzte die Treppe, indem er immer zwei Stufen auf einmal nahm. Sie erreichten die obere Etage fast zeitgleich und sahen sich um. Irgendwo hier mussten die Frauen sich aufhalten. Elmar riss Sven am Arm mit, als der Schrei einer Frau durch den Flur hallte. Beide wussten sofort, dass es nur Lucia sein konnte, die ihrer Verzweiflung Luft machte.

»NEIN! NEIN, das kann nicht sein. Nicht der Kleine. Der ist doch noch so jung. Oh Gott, heilige Maria, macht, dass es nicht wahr ist. Karin, hilf mir bitte!«

Lucias Beine gaben nach, nachdem sie ihre Augen verdrehte und die Arme nach unten sackten. In letzter Sekunde konnte Elmar sie auffangen, bevor sie auf dem harten Flurboden aufschlug. Er strich ihr langes, schwarzes Haar zärtlich aus dem Gesicht und blickte sich wild um.

»Lass mich mal, Elmar. Sie muss liegen und braucht Sauerstoff.«

Karin nahm diese tapfere Frau aus Elmars Armen und brachte sie in die stabile Seitenlage. Routiniert fühlte sie den Puls und kontrollierte die Atmung. Ihr beruhigendes Nicken Richtung Elmar sollte zeigen, dass sich Lucia außer Gefahr befand. Er richtete sich auf und stemmte beide Hände gegen die Flurwand, um sofort danach die Stirn mehrfach dagegenzuschlagen. Die ersten Hämatome bildeten sich.

»Lass das, Elmar. Das macht es nicht besser. Wir müssen jetzt bei klarem Verstand bleiben. Hören wir uns erst an, was passiert ist.«

Nur unwillig löste sich der große Mann von der Wand und blickte Karin an. Noch nie zuvor hatte sie gesehen, dass dieser Mann dazu fähig war, zu weinen. Die Tränen rollten über das harte Gesicht, das in diesem Augenblick mitleiderregend wirkte. Selbst die sonst so ausdrucksstarken Augen zeigten tiefe Trauer und Verzweiflung. Unausgesprochen stand die Frage im Raum. Karin suchte nach Worten, die ihn nicht unnötig verletzten.

»Lass uns eben Lucia versorgen, die vorsorglich untersucht werden sollte. Da kommen zwei Schwestern, die sich kümmern werden.«

Sie deutete nach vorne, wo zwei Frauen in Schwesterntracht mit ernsten Mienen im Laufschritt auf die kleine Gruppe zukam. Vermutlich hatte sie Lucias lautes Wehklagen dazu getrieben, nachzuschauen, was hier vor sich ging.

Minuten später saßen sich Karin, Elmar und Sven in einem kleinen Nebenraum gegenüber. Immer noch starrte Elmar fordernd auf Karins Lippen.

»Ich will vorausschicken, dass den Ärzten zwar bekannt war, dass der Kleine ein Schädel-Hirn-Trauma erlitten hatte, sie aber den Schweregrad noch nicht bestimmen konnten. Mittlerweile ist man davon überzeugt, dass Nico noch im Pool ein großer, stumpfer Gegenstand am Hinterkopf getroffen haben musste. Der hat lediglich eine Druckstelle hinterlassen, sodass den Ärzten selbst auf dem MRT nicht auffallen konnte, dass dadurch sehr langsam eine Schwellung im Gehirn entstand, die das Gewebe massiv schädigte. So etwas kann sofort oder bis zu achtundvierzig Stunden nach dem Unfall auftreten. Eigentlich sollte morgen früh ein weiteres MRT folgen, um eine fortschreitende Schädigung des Gehirns ausschließen zu können.

Es ist noch nicht geklärt, was jetzt genau zum Tode führte. Es wird noch geprüft, ob es eventuell zu Blutungen kam, die bei der Erstuntersuchung übersehen wurden. Was auch immer dabei rauskommen wird, Fakt bleibt, der Kleine ist tot.«

Elmar stützte den Kopf in beide Hände. Die zuckenden Schultern zeigten deutlich, wie es in ihm wühlte. Karin und Sven, die selbst mit den Tränen kämpften, rückten näher heran und umarmten den weinenden Freund. Ein Arzt, der gerade eintreten wollte, schloss die Tür wieder, als er feststellte, dass der Augenblick ungünstig war. Karin sprang auf und folgte ihm auf den Flur.

Sven beobachtete die beiden, versuchte vergeblich, von den Lippen zu lesen. Die leisen Worte, die Elmar vor sich hinmurmelte, ließen ihn aufhorchen.

»Das wird mir dieses Biest büßen. Sie wird dafür leiden, so wahr mir Satan hilft. Er wird bereits auf sie warten und ich werde sie ihm liefern. Das Kind ist nicht umsonst gestorben. Ich bin es dem Kleinen schuldig.

Sven, wenn du jetzt aussteigen möchtest, verstehe ich das gut. Ich kann mich nach Nicos Tod nicht mehr an unseren Plan halten. Das wird ein Krieg, den diese Stadt, nein, dieses Land, noch nicht erlebt hat.«

Die letzten Worte bekam Karin noch mit, die leise die Tür hinter sich schloss.

»Welcher Plan? Wovon sprecht ihr? Wenn es das ist, was ich glaube, vergesst es. Das werde ich nicht zulassen. Es ist Unrecht!«

»Ist es etwa rechtens, wenn Bomben unschuldiges Leben auslöschen, das Leben von Kindern und Frauen? Sag es mir, Karin. Ich will es verstehen können. Du bist davon überzeugt, dass es Gottes Wille war, dass Nico genau zu diesem Zeitpunkt an diesem verfluchten Ort war? Es soll seinem

Willen entsprechen, dass auch das kleine Mädchen und seine Mutter starben? Ist es das, was du sagen willst? Nein, liebste Karin, du magst eine vorzügliche Ärztin sein, aber das kannst du mir niemals verklickern. Diese Donna Mantonelli ist aus der Hölle geboren worden, und genau dahin muss sie wieder zurück. Und wenn es meinen eigenen Tod bedeutet, ich werde dieses Dreckstück dafür bestrafen, dass sie einer Mutter, unserer Fiorella, diesen Schmerz zugefügt hat.«

Schon früh erkannte Karin, dass an dieser Stelle jedes weitere Wort von ihr vertane Mühe bedeutete. Die Augen des Mannes hatten wieder diese Farbe angenommen, vor der sie sich fürchtete. Ein letztes Mal versuchte sie, ihn umzustimmen.

»Elmar, lass dir noch eine Kleinigkeit erklären. Es ist nicht erwiesen, dass sie diese Bombe zünden ließ. Aber das weißt du selbst. Was für mich wichtig in dieser Situation ist und nicht unberücksichtigt bleiben darf, ist die Tatsache, dass es für Nico so besser war.«

Sofort erkannte Karin den Fehler in ihrer Argumentation. Sie riss beide Hände hoch und beschwichtigte die beiden aufbrausenden Männer.

»Versteht mich bitte nicht falsch. Der Tod des Kleinen war absolut grausam und überflüssig. Was ich damit ausdrücken wollte, war etwas ganz anderes. Sofern es sich nicht um ein Schädel-Hirn-Trauma der einfachen Stufen handelt, was einer Gehirnerschütterung gleichkommt und meist wieder abklingt, kann bei ungefähr zehn Prozent der Patienten ein bleibender, schwerer Schaden nicht ausgeschlossen werden. Der besteht möglicherweise ein Leben lang und bedeutet eine massive Beeinträchtigung der Lebensqualität.

Das kann eine Hirnleistungsschwäche, Sprachstörung, Gesichtsfeldausfälle, Lähmungen oder Störungen der Feinmotorik bedeuten. Das Feld der Schädigungen ist weit und kann das Leben des Patienten zur Hölle machen.

Ich hoffe, dass ihr versteht, was ich euch damit andeuten möchte. Meine Aufgabe als Ärztin besteht darin, Leben zu retten, es in jedem Fall zu erhalten. Vielleicht hat Gott aber in seiner Barmherzigkeit den Kleinen zu sich gerufen, um ihm das Leiden zu ersparen. Es tut mir leid, dass ich das so drastisch formulieren muss, aber bei euch darf ich das hoffentlich.«

Fassungslose Blicke trafen Karin, ehe sich Elmar erhob. Bevor er den Raum verließ, kam er noch einmal zurück an den Tisch. Seine Lippen bewegten sich kaum, als er sich zu Karin hinunterbeugte.

»Danke für die offenen Worte. Ich nehme sie dir nicht übel. Du hast vielleicht recht. Aber es ändert nichts daran, dass es für seinen frühen Tod einen Schuldigen gibt. Derjenige wird nun erfahren, wie lange so ein Kampf gegen die letzte Reise andauern kann. Sie wird dafür leiden.«

Karin spürte selbst durch die leichte Weste, die sie sich zum Schutz vor der Kühle umgeworfen hatte, die durchdringende Kälte dieser Hand.

»Karin, bitte tu mir den Gefallen und bringe diese Nachricht vom Tod des Kleinen zu Fiorella. Ich kann das einfach nicht. Sage ihr, dass wir sie lieben, sie immer lieben werden, was auch geschehen mag. Ich danke dir dafür.«

An der Tür holte ihn Sven ein. Er hatte Karin einen stillen Kuss auf das Haar gegeben und war dem Freund gefolgt. Sie war davon überzeugt, dass er mit einem Versprechen an ihn gebunden war. Die Worte, die sie ihm nachrufen, mit denen sie ihn eigentlich abhalten sollte, blieben unausgesprochen.

Karin konnte nicht erklären, warum sie gerade jetzt damit begann, das Vaterunser zu sprechen. Sie machte sich, während sie das Gebet flüsterte, auf den Weg zu Fiorellas Krankenzimmer. Um Lucia konnte sie sich später kümmern.

- Kapitel 37 -

Das Gelände rund um das Anwesen der Familie Mantonelli ließ es kaum zu, sich unbemerkt den Mauern, die das Grundstück einfassten, zu nähern. Sven und Elmar waren von der Strada Provinciale abgebogen und positionierten sich an einer geschützten Stelle zwischen dichtstehenden Maulbeerbäumen. Beide suchten mit Feldstechern nach einer Stelle, die ein unbemerktes Eindringen ermöglichte. Beide waren sich darüber im Klaren, dass es ihnen kein weiteres Mal so einfach gemacht würde, die Mauer zu überwinden. Donna Mantonelli würde auf neue Gefahren eingerichtet sein. Handwerker montierten an vier Punkten der Mauern gerade Videokameras.

»Das Miststück muss eine panische Angst haben. Die baut sich eine Festung. Das ist der Preis für ihre krankhafte Machtgier. So möchte ich nicht leben müssen. Was bringt mir das schönste Haus, der größte Pool und das teuerste Auto, wenn ich jeden Augenblick mit einer Kugel rechnen muss?«

Sven murmelte die Worte, ohne das Fernglas von den Augen zu nehmen.

»Das Fatale an der Sache ist, dass es für Niemanden eine absolute Sicherheit gibt. Das hat die Weltgeschichte uns gelehrt. Selbst der gesamte Staatsapparat kann seine Oberhäupter nicht zu einhundert Prozent schützen. Es gibt immer eine Schwachstelle. Und die dürfte hier wohl auch zu finden sein.«

Elmar setzte den Feldstecher für einen Augenblick ab und hockte sich auf den Boden, den Rücken gegen den Stamm eines Baumes gelehnt. Beide duckten sich in den Schatten, als zwei mit Gemüse beladene Fahrzeuge die Straße passierten. Elmar nahm einen Schluck Wasser aus der Isolierflasche, die er immer im Wagen mitführte. Er reichte sie weiter an Sven, der seine Gedanken nach einem kräftigen Schluck in Worte fasste.

»Ich muss immer an Fiorella denken, aber auch an den Vater von Mia, die im Pool ihr junges Leben beendete. Der muss sogar den Verlust von Kind und Frau verarbeiten. Die Augen des kleinen Nico, die jetzt für immer geschlossen bleiben, verfolgen mich schon auf Schritt und Tritt. Was wird dann erst in Fiorellas Geist vorgehen, wenn sie sich abends ins Bett legt und dem Süßen nicht die Bettdecke zurechtgezupft hat? Unvorstellbar.«

Sven erwartete eigentlich keine Antwort, sah seinen Freund nur lange an. In ihm arbeitete es.

»Ja, ich weiß, was du mir sagen willst. Genau darum spreche ich darüber. Heute kann ich empfinden, welches Leid ich damals den Eltern zufügte. Es wäre leicht gewesen, zu erklären, dass ich vom Satan besessen war. Aber so einfach ist das nicht. Ich will das nie wieder erleben müssen, Sven – nie wieder. Glaubst du mir, wenn ich dir gestehe, dass ich gerne auch ein Kind hätte? Ich sah in Nico zumindest so was, wie einen Neffen. Es wäre für mich ein Traum, diesem Kind all das geben zu können, was ich nicht erhalten habe. Damit meine ich nicht das Materielle. Nein, ich spreche von Wärme und Vertrauen. Wie sehr habe ich mich immer danach gesehnt, von meinen Eltern in den Arm genommen zu werden. Wenn meine Mutter mich in den Arm nahm, diente es höchstens dem Zweck, mir eine Zigarette auf der Haut auszudrücken. Und das Verrückte an der Sache war nur – ich habe sie trotzdem geliebt, sie war schließlich meine Mutter.«

Mit diesem Seelenstriptease hatte Sven nicht gerechnet. Doch gab es ihm ein gutes Gefühl. Lange hatte er diesen großen Mann aus der tiefsten Seele heraus gehasst, ihm den schlimmsten Tod, immerwährende Qualen gewünscht. Warum auch immer er seine Meinung zu diesem Serienkiller änderte, konnte er nicht wirklich erklären. Stets wehrte er sich gegen die Vorstellung, dass der Teufel tatsächlich seine Hand im Spiel hatte. Doch die Geschehnisse vor wenigen Monaten in Essen, als sie diesen Satan bekämpften, lehrten ihn, dass dieser doch Einfluss nehmen konnte auf die Seele des Menschen. Elmar hatte den Kampf gegen sein zweites Ich, das Böse, aufgenommen und schien auf der Siegerstraße. Elmars Blick durchbohrte Sven, was diesen aus den eigenen Gedanken riss.

»Du sagst nichts, mein Freund. Du glaubst nicht wirklich daran, dass Menschen sich ändern können, oder?«

»Ich habe über dich und über das Leben im Allgemeinen nachgedacht. Hättest du mir diese Frage vor wenigen Monaten gestellt, wäre von mir ein klares Nein gekommen. Noch immer denke ich, dass das Wesen des Menschen in seinen Grundzügen unveränderbar ist. Dazu stehe ich auch. Aber wenn wir speziell deinen Fall nehmen, muss ich das einschränken. Du warst ja bis vor kurzer Zeit nicht du selbst, du warst fremdgesteuert. Das Böse ist dir nicht in die Wiege gelegt worden, es hat später von dir Besitz genommen, als der Satan einen Eingang zu dir, weit offenstehend, gefunden hat. Kaum jemanden macht es glücklicher als mich, dass du den Kampf aufgenommen hast. Jetzt erst bist du der Elmar, der du immer sein solltest. Ich vertraue dir.«

Sven spürte deutlich, wie seine Worte in Elmar eindrangen, ihm Kraft gaben. Beim letzten Satz lief sogar ein kaum spürbares Zucken durch den Körper des immer noch meistgesuchtesten Mörder Europas. Vielleicht wollte Elmar nur seine tiefen Gefühle überdecken, oder es war tatsächlich das Geräusch des herannahenden Autos, was ihn hochschnellen ließ. Die Männer beobachteten den goldfarbenen BMW, der auf die Zufahrt des Mantonelli-Geländes einbog.

»Setz den Kerl in den Salon, Rico. Der sollte bereits vor zehn Minuten hier sein. Der kann noch eine Weile auf seinem Polizeihintern rumrutschen. Mich lässt man nicht warten wie einen notgeilen Teenager beim Rendezvous. Ich gehe schwimmen.«

Commissario Calabrese trank bereits in der halben Stunde des Wartens sein zweites Glas Wasser, als Lea die beiden Flügel der Schiebetüren aufstieß und sich den dünnen Morgenmantel am Halsausschnitt zuzog. Es mochte Absicht gewesen sein, dass dieses Textil die ebenmäßigen, leichtgebräunten Beine der Schönheit in voller Länge zeigte. Der

Commissario schnellte hoch, wobei er sich einen Schwall Wasser über die Uniform schüttete. Lea beobachtete mit einem süffisanten Lächeln die Bemühungen des Mannes, das Wasser abzuwischen und gleichzeitig der Gastgeberin die Hand zu küssen.

»Donna Mantonelli, es ist mir eine Ehre ...«

»Lassen wir es gut sein, Commissario. Es tut mir leid, dass Sie einen Moment warten mussten, aber ich hatte noch Wichtiges zu erledigen.«

Provokativ schüttelte sie die letzten Wassertropfen aus ihrem freihängenden Haar. Sie zeigte auf eine Sitzgruppe. Dem Polizisten wurde der Kragen enger, als Lea die wunderschönen, langen Beine übereinanderschlug und somit mehr von ihnen preisgab, als zu verdecken. Es erinnerte ihn sehr an eine bekannte Filmszene aus *Basic Instinct*, in der Sharon Stone während eines Verhörs ebenso provozierte. Seine Finger glitten zum Hals, versuchten, ihm etwas Luft zu verschaffen. Immer noch stand das gefährliche Lächeln in Leas Gesicht. Sie kam ohne Umschweife auf den Punkt.

»Was haben Sie herausgefunden, oder besser gesagt, was haben Ihre Kollegen in Piacenza herausgefunden? Man wird doch das Fahrzeug des Don Rizzola untersucht haben. Gibt es Spuren, die zum Täter führen? Kommen Sie, lassen Sie sich doch nicht die Würmer aus der Nase ziehen.«

Rico, der schattengleich und stumm an der Tür wartete, beobachtete einen Mann, der verzweifelt nach den richtigen Worten suchte. Calabrese knetete seine gepflegten Hände und senkte den Blick auf den mit feinen Ornamenten verzierten Fliesenboden. Endlich fasste er den Mut, zu Donna Mantonelli aufzusehen.

»Es ist uns gelungen, die Zündvorrichtung zu erklären, die relativ einfach hergestellt wurde. Die Täter haben den Sprengstoff mittels einer Magnetplatte am Wagenboden montiert. Es war ihnen wohl nicht möglich, wie allgemein üblich, den Zünder mit der Startvorrichtung des Fahrzeugs zu verbinden, sodass man eine Fernzündung vornahm. Eine entsprechende Vorrichtung war selbst nach dieser heftigen Detonation noch in Teilen vorzufinden. Jedoch handelt es sich um eine Funksteuerung, wie sie tausendfach in jedem Bastelladen oder Baumarkt zu erwerben ist. Ich habe nur geringe Hoffnung, auf diesem Weg den Täterkreis eingrenzen zu können.

Wir haben eine Ermittlungsgruppe gebildet, die bereits bei der ersten Sitzung den Verdacht äußerte, dass es sich nur um eine Gruppierung handeln kann, die versucht, hier Fuß zu fassen. Es wird unsere vorrangigste Aufgabe sein, die Augen offen zu halten, um Fremde, die sich hier rumtreiben, sofort auszumachen. Es tut mir leid, dass ich Ihnen zumindest zum jetzigen Zeitpunkt der Ermittlungen nichts Konkreteres vortragen kann.«

Lea, die mit undurchdringlichem Gesichtsausdruck den Worten des Commissarios gefolgt war, zog das Wasserglas näher heran und verfolgte scheinbar interessiert die aufsteigenden Kohlesäurebläschen, während ihre Stimme den Polizeioffizier erreichte.

»Das, mein Lieber, ist ja wahrlich nicht viel. Es beruhigt mich allerdings, dass nichts auf einen Täterkreis hinweist, der in unserem Gebiet ansässig ist. Ehrlich gesagt, könnte ich mir auch nicht erklären, wer daran Interesse haben könnte, meinen Freund und Partner auszuschalten. Eigentlich schade, dass so was passieren musste, bevor es zu einer fruchtbaren Zusammenarbeit kommen konnte. Bleiben Sie bitte dran und setzen Sie bei den weiteren Ermittlungen Ihre besten Leute ein. Ich will, dass diese Verbrecher, die den Frieden in unserer so ruhigen Region stören, auf jeden Fall zur Rechenschaft gezogen werden. Und wenn Sie einen Verdächtigen ausgemacht haben, Commissario, möchte ich es als Erste wissen. Haben wir uns verstanden?«

»Aber selbstverständlich, Donna Mantonelli. Ich werde mich natürlich persönlich darum kümmern. Das bin ich Ihnen und Ihrer Familie schließlich schuldig, die sich stets um unser aller Wohl gekümmert hat.«

Dieses überhebliche Lächeln, das nur Rico hinter der freundlichen Maske der Herrin erkennen konnte, bemerkte der übernervöse Beamte nicht, scheinbar froh darüber, ungeschoren aus dieser Unterhaltung herausgekommen zu sein. Er schnellte hoch, als sich Lea erhob und auf ihn zuschritt. Eilig ergriff er die dargebotene Hand und küsste diesen Ring, der Lea als absolutes Oberhaupt der *Familie* auszeichnete.

Ohne ein weiteres Wort drehte sie sich um, wanderte Richtung Terrassentür. Noch bevor sie die Tür öffnete, glitt der dünne Morgenmantel von ihren Schultern, schwebte fast auf den Boden und gab die perfekte Figur dieser schönen Frau dem Blick des Commissarios preis. Erst als sich die schwere Hand Ricos auf seine Schulter legte, wurde er sich dessen bewusst, dass er ihr nachstarrte. Entschlossen zog er die Uniformjacke glatt und folgte dem menschlichen Berg zurück zum Dienstfahrzeug. Einen Moment blieb er schwer atmend hinter dem Steuer sitzen, die Augen geschlossen.

Nur langsam verringerte sich sein Puls. Die beiden Feldstecher, die seine Abfahrt über den von Pinien gesäumten Weg verfolgten, bemerkte der Polizist nicht.

- Kapitel 38 -

»Es dürfte schwer werden, da unbemerkt reinzukommen, Elmar. Die hat sich an allen Ecken Videokameras installieren lassen. Sollten wir nicht warten, bis sie sich mal wieder aus ihrer Festung wagt? Ich finde, dass sie dann angreifbarer ist.«

»Prinzipiell gebe ich dir recht, aber dazu müssten wir Tag und Nacht auf der Lauer liegen, um zuschlagen zu können. Das kann ich mir nicht erlauben. Lucia braucht mich am Bagno und außerdem habe ich den Bootsverleih übernommen, solange Fiorella noch im Krankenhaus liegt. Es wird noch eine Weile dauern, bis sie Nicos Tod überwunden haben wird. Karin deutete an, dass sie einen Nervenzusammenbruch bekam, als sie davon erfuhr. Außerdem müssen wir ihr Zeit geben, mit der Beinprothese klarzukommen. Ich glaube, man will die heute bei ihr anpassen.

Ich weiß sehr gut, wie schwer es ist, mit einer so schweren Beinverletzung wieder zurück ins Leben zu finden. Aber Lucia und ich werden ihr helfen, das sind wir ihr schuldig. Doch besonders wichtig ist es, die Schuldigen zu bestrafen. Ich werde nicht eher Ruhe finden, bis der Tod dieser unschuldigen Menschen seine gerechte Vergeltung fand. Das Biest muss sterben!«

Wieder einmal betrachtete Sven seinen Freund nachdenklich von der Seite, sah bei ihm diese wilde Entschlossenheit, die zusammengepressten Lippen. Er war fest davon überzeugt, dass auch er genauso denken würde, wäre es innerhalb seiner Familie passiert. Doch gleichzeitig wusste er, dass Menschen, von Rachegedanken beseelt, schnell Fehler machten. Elmar schien seine Gedanken zu spüren, als er sich Sven zuwandte.

»Du hast ja recht, mein Freund. Rache macht oft blind. Es heißt, dass man nur Rache an seinen Feinden nehmen darf, wenn man sich für besser und reiner hält als sie. Davon bin ich sehr weit entfernt, wie du weißt. Deren Tod wird unsere Wunden auch nicht schließen können, aber er verschafft einen Hauch von inneren Frieden. Die dürfen einfach nicht ungeschoren davonkommen, sie sollen mit ihrem Blut dafür bezahlen. Das Töten Unschuldiger muss aufhören. Kannst du mich verstehen, Sven? Ich könnte hier nicht mit dem Wissen weiter wohnen, dass dieses Weibsstück dort drüben weiterlebt.«

Sven kratzte nachdenklich mit einem dünnen Ast Figuren in den feuchten Boden, bevor er zu Elmar aufsah.

»Natürlich verstehe ich dich. Ich glaube sogar, dass ich ebenso handeln würde. Selbst ich hasse diese Frau und das Mörderpack, mit dem sie sich umgibt, aus tiefster Seele. Jeder Einzelne von ihnen hat den Tod verdient. Doch was nützt es Lucia und Fiorella, solltest du bei diesem Rachefeldzug dein Leben verlieren? Dann wären sie ganz allein auf sich gestellt. Wir sind zwei Mann gegen eine kleine

Armee, vergiss das bitte nicht. Ich werde an deiner Seite sein, das habe ich dir versprochen. Doch auch Karin wird dich dafür verfluchen, sollte uns beiden etwas zustoßen. Nein, Angst habe ich nicht davor, da reinzugehen und das Pack zu eliminieren, aber wir sollten sehr besonnen vorgehen, damit das Unternehmen einen wahren Nutzen für alle bringt.«

Wieder einmal sah Sven auf diese große Hand, die sich ihm entgegenstreckte. Entschlossen schlug er wortlos ein und bemerkte gleichzeitig diese tiefe Dankbarkeit in den Augen des Partners. Zwei Männer, die selbst eine Armee ersetzen konnten.

»Wie genau hat Fiorella die Nachricht vom Tod des Kleinen aufgenommen?«

Sven saß auf der Bettkante, rubbelte sich das nasse Haar mit dem Handtuch trocken und beobachtete Karin, die mit geschlossenen Augen und weit von sich gestreckten Armen auf dem Bett lag. Sämtliche Muskeln in ihrem Gesicht arbeiteten, zuckten unregelmäßig. Sie antwortete nach Sekunden des Schweigens, ohne die Augen zu öffnen. Eine Träne stahl sich trotzdem aus dem Augenwinkel.

»Ich kann es dir nur ungenügend beschreiben. Die Gefühle, die durch Fiorellas Körper rasten, ihren Geist im gleichen Augenblick quälten, kann ich nicht beschreiben, da ich mir kaum ein Bild davon machen kann.«

Hier machte Karin eine Pause, öffnete die Augen und stützte sich auf ihre Ellbogen. Die folgenden Worte kamen zuerst fast flüsternd, wurden teilweise undeutlich, da immer wieder ein Schluchzen die Stimme lähmte.

»Weißt du, was in diesem Moment, als ich es ihr mitteilte, so schrecklich war und mir den Puls hochtrieb? Diese Stille ... es war diese dröhnende Stille. Fiorella schwieg einfach, anstatt loszuheulen. Diese Frau lag da, schloss nur ihre Augen. Der Körper zeigte keine Regung, nur das Gesicht nahm eine stärkere Färbung an, bis dann endlich die Tränen aus ihren Augen schossen. Niemals werde ich den Schrei vergessen, der wohl im gesamten Krankenhaus zu hören war. Die hereinstürzenden Schwestern haben ihr den Puls gemessen und sind erst wieder verschwunden, als ein Arzt ihr eine Beruhigungsspritze gab.

Es hat lange gedauert, bis ich mit Fiorella einige Worte wechseln konnte. Sie war kaum zu beruhigen. Sie schlief aber wenige Minuten später ein. Ich habe die Nacht an ihrem Bett verbracht, da ich nicht wusste, wann du und Elmar wieder auftauchen würdet. Morgens, als sie endlich wieder aufwachte, habe ich ihr ein Marmeladen-Cornetto stückweise in den Mund geschoben und ihr eine halbe Tasse Cappuccino eingeflößt. Ich glaube, dass sie das überhaupt nicht registriert hat. Sie hat einfach nur apathisch geschluckt.

Sven, ich mach mir große Sorgen um diese Frau. Die hat ihr Kind verloren und damit den Sinn ihres Lebens. Das ist gefährlich, weil das häufig einen Grund für Suizid darstellt. Lucia und Elmar müssen, wenn wir wieder zuhause sind, ständig an ihrer Seite sein und sie vor sich selbst schützen. Gott noch mal, was haben diese Verbrecher da nur angerichtet?«

Längst hatte Sven das Rubbeln der Haare eingestellt, das Handtuch um die Schultern gelegt und stierte auf Karins Lippen, die immer wieder zuckten. Spontan legte er sich auf das Bett und drückte sie fest an sich. Besonders jetzt spürte er das Beben, das starke Signale einer inneren Anspannung vermittelte. Seine freie Hand fuhr immer wieder über das Haar dieser stets so toughen Frau. Jetzt war davon nichts mehr zu spüren. Sven konnte die Worte einfach nicht zurückhalten, die seinen Mund verließen.

»Dafür wird diese Brut bezahlen, das schwöre ich dir. Diese Donna Mantonelli hat das zu verantworten, sie ...«

Karin fuhr wie unter einem Stromschlag hoch, machte sich von Svens Umarmung frei. Entsetzt sah sie auf ihn hinunter.

»Genau das wollte ich von dir hören, du Wahnsinniger. Seid ihr verrückt? Kommt jetzt genau das, was ich seit Tagen schon befürchtet habe? Bei Elmar habe ich diese Reaktion erwartet, aber jetzt auch du? Das darf doch nicht wahr sein, dass sein böser Geist nun auch in dich gefahren ist. Ihr verdammten Kerle wollt Rache ... klar. Richtige Männer lassen sich das nicht bieten, sie ziehen in den Krieg. Ihr habt viel zu lange gegen das Böse gekämpft, dass ihr schon nicht mehr einen Gedanken daran verschwendet, dass es auch Angehörige gibt, die um die gefallenen Helden trauern müssen.

Verdammt, ihr könnt diesen Krieg nicht gewinnen, der Gegner ist übermächtig und wird euch zerstören. Eure kranken Rachegedanken machen euch blind für die Realität. Und es wird nichts, aber auch gar nichts daran ändern, dass diese armen Menschen tot sind. Ihr macht das Ganze nicht ungeschehen. Was wollt ihr? Blut für Blut? Ihr benehmt euch wie Sizilianer, die Blutrache einfordern. Ich will nicht auch noch dich beweinen müssen, tu mir das bitte nicht an.«

Karin warf sich weinend auf die Seite und bedeckte ihr Gesicht mit beiden Händen. Wieder bebte ihr Körper. Sven wagte nicht, sie zu berühren. Er setzte nachdenklich das Haarrubbeln fort, obwohl längst alles getrocknet war. Still wanderte er zurück ins Bad und stützte die Arme auf die Marmorplatte vor dem großen Spiegel. Er starrte in ein Gesicht, das ihm plötzlich so unendlich fremd erschien. Hatte Karin recht mit der Frage, ob der Teufel nun auch ihn befehligte?

- Kapitel 39 -

Niemand der Männer, die ansonsten bei keinem schmutzigen Mord Skrupel zeigten, wagte sich nah an die Hundekäfige. Das Fressen stießen sie mit langen Stöcken durch die Gitter und zogen sich schnell wieder zurück, wenn die beiden Tiere an den rohen Fleischklumpen zerrten. Aus sicherer Entfernung warfen sie kleine Steine in den Käfig und freuten sich, wenn die Hunde wütend bellend vor die Gitter sprangen. Leas schrille Stimme ließ sie zurückschnellen.

»Hört endlich damit auf, die Hunde zu ärgern. Den Krach kann ich nicht länger ertragen. Der Nächste, der einen Stein wirft, geht in den Käfig. Ihr sollt hier keine Party feiern, sondern die Augen aufhalten. Bei solchen Beschützern schafft es eine Pfadfindergruppe, das Gelände in Minuten zu überrennen. Ich will sofort jeden auf seinem Posten sehen. Wofür verschleuder ich sonst mein Geld?«

Es dauerte nur Minuten, bis sich der Haufen aufgelöst hatte und die Hunde ungestört ihr Fressen runterschlingen konnten. Der Blick allerdings, den sie der abwandernden Herrin hinterherschickten, war alles andere als freundlich. Lea ließ sich auf dem breiten Diwan nieder, auf dem sich einmal mehr diese geheimnisvolle, blonde Frau rekelte. Während sie zärtliche Küsse austauschten, stoppten die beiden Posten am Tor den Wagen einer Elektronikfirma. Verärgert ließ der Fahrer die Seitenscheibe herunter. Die halbgerauchte Kippe in seinem Mundwinkel bewegte sich kaum, als er einen der Wachposten anblaffte.

»Scheiße, so langsam müsstet ihr aber unseren Wagen kennen. Wir beide sollen die Installation der neuen Alarmanlage und die Videokameras überprüfen. Donna Mantonelli hat darauf bestanden. Ist die immer so skeptisch?«

»Klar, kenn ich die Scheißkiste von eurer Firma, bin ja nicht doof. Aber euch kenn ich nicht. Wo sind Alessandro und Marco? Die haben doch daran gearbeitet.«

»Kein Mensch behauptet, dass du meschugge bist. Aber was ist eine Kontrolle wert, wenn sie von denen durchgeführt wird, die den möglichen Fehler verursacht haben? Na, du Schlauberger, was ist nun? Schiebst du liebenswürdigerweise deinen Body ein wenig zur Seite, damit wir arbeiten können? Ich habe heute noch zwei Kunden, die ungern warten. Also?«

Die eng beieinanderstehenden Augen des Wachmanns richteten sich fragend auf seinen Kumpel, der auf der anderen Seite des Wagens Posten stand und gelangweilt einen Popel wegschnippste, den er sich zuvor mühsam aus der Nase gefummelt hatte. Der zuckte nur mit den breiten Schultern und widmete sich wieder dem Inhalt seiner zerschlagenen Nase. Obwohl die Verunsicherung noch immer im Gesicht des ersten Postens verblieben war, winkte er die Techniker durch. Ärgerlich trat er einen Schritt zurück, als die Antriebsräder des Lieferfahrzeugs durchdrehten und den

Staub des Weges hochwirbelten. Mit einem derben Fluch auf den Lippen schloss er den Torflügel wieder und verschwand aus der gleißenden Sonne, die allerdings Vorbereitungen traf, hinter dem Hügel zu verschwinden.

Der Wagen der Firma *Videoinstallatione Maurizio* stoppte seitlich der breiten Treppe, die zum Eingangsportal führte. Der Fahrer suchte sich einen schattigen Platz unter einem weit ausladenden Feigenbaum, die Front des Wagens schon Richtung Ausfahrt ausgerichtet. Die beiden Techniker suchten ihre Arbeitstaschen aus dem Fahrzeuginneren und warfen sich diese an Riemen befestigten Beutel über die Schultern. Laut lachend, als hätten sie gerade einen Witz gehört, verschwanden sie neben dem Wohnhaus und sahen sich nach den Videokameras um.

Mit großen Schritten näherten sie sich der ersten Kamera, die auf einem Eckpfeiler befestigt war und den südlichen Bereich mit einem Schwenk kontrollieren konnte. Der im Kontrollraum sitzende Wachmann musste grinsen, als einer der beiden Techniker direkt vor dem Objektiv eine Grimasse zog. Dass währenddessen der andere Mann einen kleinen Kasten am Fuß der Kamera befestigte, entging ihm dabei. Das Spiel, für das sich der Wachmann mittlerweile nicht mehr sonderlich interessierte, setzten die Installateure noch dreimal fort, bevor sie sich auf den Weg ins Innere des Gebäudes machten. Sie stoppten erst, als sie vor der Tür zum Überwachungsraum standen. Elmar, der nun sein Basecap weiter in die Stirn zog, beugte sich vor, bis sich sein Mund unmittelbar am Ohr von Sven befand.

»Du sicherst die Treppe zum oberen Stockwerk. Klopf, wenn sich Gefahr nähert. Das hier drin erledige ich allein.

Die beiden Pfeifen von der Servicefirma sprachen ja nur von einem Wachposten. Muss mich aber erst mit der Anlage vertraut machen. Wir brauchen die Videokassette, auf der du Grimassen ziehst. Der Commissario würde sich über das Beweismittel freuen. Halt die Augen auf. Es geht los!« Energisch schlug er gegen die Stahltür, in der sich erst ein kleines Fenster öffnete. Elmar erkannte dahinter ein Gesicht, das nur eine Mutter lieben konnte. Die von Narben übersäte Haut zeugte von einer krankhaften Akne in der Pubertätszeit. Etliche Schlägereien mussten ihren Teil zur Hässlichkeit noch beigetragen haben.

»Mein Freund, tut mir leid, aber wir müssen den letzten Check in der Steuerung machen. Dafür muss ich aber rein in deine heilige Halle. Ich brauch nicht lange, wenn alles stimmt, bin ich in wenigen Minuten wieder raus und du kannst weiterpennen.«

Demonstrativ hob er seine Tasche.

»Wo ist denn dein Kumpel, der vorhin die Faxen vor der Kamera machte? Gott, hat der ne blöde Fresse.«

»Der sitzt hier auf der Treppe. Dem ist kotzübel von den vielen Erdnüssen, die der während der Fahrt hierhin gefuttert hat. Das mit der blöden Fresse wird ihm trotzdem nicht gefallen. So schön bist du nun auch wieder nicht. Komm, mach auf, bevor ich mich noch in die Hose piss. Wo ist denn hier eine Toilette?«

»Zeig ich dir gleich, aber mach hier erst deine Arbeit fertig, damit ich wieder zuschließen kann. Die Chefin hat verboten, dass hier Fremde reinkommen.«

»Fremde? Hör mir mal zu. Meine Kollegen waren hier tagelang drin. Ohne uns würdest du jetzt höchstens hier unten vor deinem Fernseher sitzen und einen Mickymaus-Film gucken. Was ist jetzt? Öffnet sich jetzt endlich diese verdammte Tür, oder muss ich erst Salem Aleikum sprechen?«

Endlich schloss sich das kleine Fenster und die Tür öffnete sich weit, sodass Elmar in einen winzigen Kontrollraum blicken konnte, der schon bei bloßer Betrachtung einen klaustrophobisch veranlagten Menschen in den Wahnsinn treiben konnte. Für zwei kräftig gebaute Männer war hier definitiv zu wenig Platz.

»Scheiße, wie soll ich hier arbeiten, wenn du mir auf der Haut klebst. Kannst du nicht einen Moment draußen warten, damit ich die Angst verlier, dass du mir beim ersten Bücken deinen Schwanz in den Arsch schiebst?«

Elmar ignorierte die erhobene Faust des Neandertalers und grinste über alle Backen. Schließlich quetschte sich der Mann unter Fluchen an ihm vorbei und verschwand auf dem Flur. Während Elmar nach der Aufnahmekassette suchte, hörte er gedämpft die Gespräche zwischen dem Wachmann und Sven.

Mit Erleichterung fand Elmar das Objekt der Begierde und tauschte es gegen eine leere Kassette aus, die er in einem Karton fand, die bespielte verschwand unter seinem Overall. Mit einem zufriedenen Lächeln kramte er ein kleines Kästchen aus seiner Tasche, das eine kleine Antenne aufwies. Sofort, nachdem er den roten Knopf gedrückt hatte, erstarben die Bilder auf den Bildschirmen und zeigten nur noch ein irritierendes Flimmern. Als er die Stahltür öffnete, sah er zwei Männer tief im Gespräch vertieft auf der untersten Stufe sitzen.

»... aber so langsam lerne ich italienisch. Mein Chef hat mich mal hier getroffen, als ich Urlaub machte und hat mir den Job angeboten. Ich wäre doof gewesen, wenn ich den nicht angenommen hätte. Hier in Italien ist das Arbeiten außerdem nicht so stressig wie bei uns. In Deutschland musste ich von Hartz vier ...«

»Hört mal, ihr Pfeifen. Wenn ihr mit eurer Lebensbeichte durch seid, könnten wir vielleicht wieder arbeiten. Das finde ich klasse. Ich maloch mir Blasen an den Arsch und ihr betreibt Konversation. Du kannst wieder rein. Aber wunder dich nicht, wenn du nur Flimmern siehst. Ich musste eine neue Software aufspielen. Jetzt fährt die Anlage neu hoch. Dürfte in fünf Minuten erledigt sein. Komm, ich zeig dir, wie du das System aktivierst, wenn ich nicht da bin.«

Der Wachmann quetschte sich wieder an Elmar vorbei in den kleinen Raum, setzte sich auf den Klappstuhl. Irritiert starrte er auf die flimmernden Bildschirme, während die Tür leise ins Schloss fiel. Er hatte keine Chance der Gegenwehr, als sich die lange, spitze Nadel in sein rechtes Ohr bohrte und aus dem linken Auge wieder heraustrat. Noch einen Moment hielt Elmar unerbittlich den Kopf des zuckenden Mannes wie in einem Schraubstock zwischen seinen Händen, bis auch das letzte Lebenszeichen erstarb. Zur Sicherheit brach er ihm noch mit einer eingeübten Bewegung das Genick. Ein flüchtiger Betrachter würde vermuten, dass der Kerl pennt. Elmar verschwand durch einen Türspalt und blickte in das fragende Gesicht seines Partners. Er hob seine Arbeitstasche auf.

»Und?«

»Der schläft jetzt. Weiter!«

Beide fuhren zusammen, als sie die Schritte auf der Treppe vernahmen, die sich unaufhaltsam näherten. Sie drückten sich seitlich des Treppenaufgangs an die Wand und hielten die Luft an.

– Kapitel 40 –

Sven und Elmar traten zur Seite, verschmolzen mit der Wand, die sich seitlich der Treppe im Dämmerlicht verlor. Als die Schritte kurz vor dem Flur stockten, hielten die Freunde den Atem an und lauschten. Das Flüstern der beiden Besucher konnten sie jetzt deutlich vernehmen.

»Die faule Socke pennt bestimmt wieder in seiner Höhle. Gut, dass ich auch einen Schlüssel habe. Dem werden wir jetzt mal ordentlich Dampf unter dem Arsch machen. Ich schließ auf und du stellst ihm die Schüssel mit der Hundescheiße rein. Wenn ich wieder abgeschlossen habe, verpissen wir uns. Also los!«

Elmar legte den Zeigefinger auf die Lippen und bekam von Sven den gehobenen Daumen. Dieser wiederum machte ihm mit Zeichen klar, dass er den rechten, Elmar den linken Gegner übernehmen sollte. Elmars Nicken bestätigte den Plan. Zwei Männer in dunklen T-Shirts traten aus dem Schatten des Treppenaufgangs heraus und näherten sich auf Zehenspitzen der Tür. Einer trug die besagte Schüssel mit ausgestreckten Armen vor sich her. Augenblicklich verbreitete sich ein erbärmlicher Gestank auf dem Flur. Angewidert drehten die Freunde für einen Moment den Kopf zur Seite, um anschließend sofort wieder jede Bewegung der Gangster zu verfolgen. Einer der beiden führte leise den Schlüssel ins Schloss und schob seinen Kopf durch den Türspalt. Das Feixen im Gesicht des Verbrechers war für seinen Partner das Zeichen dafür, die Schüssel über den Boden in den kleinen Raum zu schieben. Geräuschlos schloss sich die Tür wieder. Die Männer schlugen sich auf die Schulter und konnten das Lachen kaum unterdrücken.

»Mauro wird den Gestank tagelang mit sich herumtragen. Toni soll ihn in einer Stunde ablösen. Der wird seinen Spaß haben. Komm, wir verpissen ...«

Viel zu spät bemerkte er, dass eine harte Handkante gegen seinen Kehlkopf schlug. Ein hässliches Knirschen begleitete den Bruch der empfindlichen Knorpel, der Schrei blieb förmlich im Halse stecken. Noch während der Mann eine Hand auf die Verletzung presste, bemerkte er aus dem Augenwinkel seinen Partner, der ebenfalls still zusammenbrach. Ihn traf zuvor Svens knochentrockener Schlag auf die Halsschlagader, der ihm augenblicklich die Besinnung raubte. Elmar fing seinen Gegner mit beiden Armen auf und ließ ihn auf den Boden gleiten. Nur einen Moment betrachtete er voller Abscheu das vernarbte Gesicht seines Opfers. Dann trat er mit animalischer Wucht mit dem Absatz seines Springerstiefels gegen das Brustbein. Als sich das Geräusch des brechenden Knochens in dem kleinen Flur ausbreitete, verzog sich das Gesicht des Sterbenden zu einer Maske, die von purem Erstaunen bestimmt wurde.

Ungläubig beobachtete Sven die Szene, konnte dabei nicht verhindern, dass Elmar Sekunden später die breite

Klinge eines Buschmessers unterhalb der Rippen in den Bauch von Svens Gegner rammte.

»Was tust du da? Der war doch längst kampfunfähig. Ich will ...«

»Verdammt, Sven. Was ist los mit dir? Das Schwein wäre irgendwann wieder aufgewacht und hätte hier alles rebellisch gemacht. Ich will deshalb nicht sterben. Das ist ein Mörder, der nichts Besseres verdient hat. Lass uns raufgehen. Ich will dieses verdammte Miststück endlich zur Strecke bringen. Für Skrupel ist jetzt keine Zeit. Du kannst dem Kerl, wenn wir hier fertig sind, immer noch die Messe lesen. Jetzt müssen wir das zu Ende bringen. Kommst du jetzt?«

Sven stand der Schock immer noch ins Gesicht geschrieben. Sein Blick konnte sich nicht von dem Mann lösen, der immer noch zuckte, während der lebenserhaltende Körpersaft stoßweise aus der Wunde sickerte. Spontan bückte sich Elmar und brach dem Sterbenden mit einem geübten Griff endgültig das Genick. Sven wirkte zwar schockiert, dennoch damit zufrieden, dass der Todeskampf ein schnelles Ende fand. Er folgte seinem Freund, der schon die ersten Stufen der Treppe erklommen hatte.

Sie erreichten eine Tür, neben der ein vergittertes Fenster die Sicht auf den hinteren Teil des Gartens erlaubte, der bereits im Dämmerlicht des nahenden Abends getaucht war. Mittlerweile hatte leichter Nieselregen eingesetzt, der fast jedes Geräusch dort draußen erstickte. Sven bemerkte den starren Blick seines Freundes, der lange auf den beiden Käfigen ruhte, in denen er die restlichen beiden Kampfhunde wusste. Elmars Mund näherte sich Svens Ohr.

»Ich habe da eine Idee. Warte hier an der Tür und warne mich mit einem kurzen Pfiff, wenn sich jemand nähert. Ich muss mal eben in den Garten ein paar Freunde besuchen. Dauert nicht lange. Halte unbedingt die Tür geschlossen, bis ich wieder da bin. Auf jeden Fall geschlossen halten ... das ist wichtig. Also los, aufmachen!«

Einem riesigen Reptil ähnlich, schlängelte sich Elmar über den klatschnassen Rasen, näherte sich unaufhaltsam den Käfigen, an deren Gitter jetzt zwei mächtige Hundeköpfe erschienen. Durch das Fenster konnte Sven die angsteinflößenden Gebisse erkennen, die zwischen den hochgezogenen Lefzen auf ein Opfer zu warten schienen. Erstaunlicherweise beobachteten sie den herankriechenden Elmar nur aufmerksam. Keine seiner Bewegungen entging ihren wie Kohlen glühenden Augen, ihr Bellen blieb aber aus. Kurz vor den Gittern stoppte Elmar und schien mit den Biestern zu sprechen. Obwohl sich Sven noch so sehr bemühte, er verstand kein einziges Wort, obwohl sich Elmars Lippen bewegten. Aufmerksam hörten ihm die Tiere zu, legten den Kopf schief und schlossen den Rachen, der zuvor noch nach Blut gierte. Sven hielt den Atem an, als Elmars Hand sich dem Verschluss an den Käfigtüren näherte. Ganz vorsichtig zog er den Sicherungsstift heraus und öffnete die Türen einen kleinen Spalt. Sven schüttelte ungläubig den Kopf, als er meinte, erkannt zu haben, dass einer der Hunde über Elmars Hand leckte. Als Sven wieder die Augen öffnete, befand sich Elmar längst wieder auf dem Rückweg. Die Tiere saßen abwartend vor den zum Spalt geöffneten Käfigtüren und schienen unschlüssig, was sie mit der plötzlichen Freiheit anfangen sollten.

Sven zog mit zittrigen Händen die Hoftür einen Spalt auf und ließ den, in seinen Augen wahnsinnigen Freund wieder herein. Erst jetzt schlugen die Erkenntnisse über das gerade Geschehene wie eine Bombe bei ihm ein. Am gesamten Körper schwitzend und bebend lehnte er den Rücken gegen die Wand und schloss die Augen.

»Was war das gerade? Sage bloß nicht, dass ...«

Elmar blickte auf die zitternden Lippen des Partners und suchte nach den passenden Worten, die das Unglaubliche erklären konnten.

»Sven, ich weiß nicht, wie ich es dir erklären soll, glaub mir. Die Tiere besitzen die Fähigkeit, sich mitzuteilen. Aber sie können auch verstehen, was man ihnen übermitteln möchte. Ich habe ihnen lediglich die Freiheit gegeben, die man ihnen einst geraubt hat. Das ist alles.«

»Das ist alles, sagst du? Du erzählst mir, wozu die Tiere in der Lage sind. Ganz toll, ich bin begeistert. Danach habe ich aber nicht gefragt, Elmar. Ich wollte wissen, was DU mit ihnen gemacht hast. Das ist doch nicht normal. Jeden anderen Mann hätten diese Bestien auf der Stelle zerrissen. Mein Partner schleicht wie ein Kumpel zu ihnen, plaudert kurz ein paar Takte mit denen und kriecht wieder ungeschoren zurück. Ich glaube das einfach nicht. Bist du die Reinkarnation von Lassie? Ich hätte mich nicht gewundert, wenn die dir einen Happen aus ihrem Napf angeboten hätten. Sage mir jetzt einfach, dass ich das nur geträumt habe. Das ist Teufelswerk.«

»Beruhige dich wieder, Sven. Verschieben wir das auf später. Wenn wir jetzt den klaren Blick verlieren, wird es ansonsten kein später mehr geben. Lass uns weitermachen.«

Mit sanfter Gewalt zog er Sven aus dessen Hocke hoch, einen kurzen Blick auf die beiden Käfige werfend, deren Türen jetzt weit offen standen. Von den Tieren keine Spur. Niemand bemerkte sein Lächeln, als er sich sichernd umsah. Alle Sinne richteten sich auf mögliche Geräusche.

- Kapitel 41 -

»Kann mir mal jemand erklären, warum ich auf meinen Schirmen nur Streifen sehe? Rico, tritt den Mistkerl in der Zentrale mal kräftig in den Arsch. Der hat wohl seinen Rotwein im Schlaf über die Anlage geschüttet. Und ich will wissen, was dieser Wagen von der Installationsfirma unten im Hof zu bedeuten hat. Hat den jemand von euch bestellt? Gibt es ein Problem, von dem ich nichts weiß? Verdammt, beweg dich, ich kann mich hier nicht um alles kümmern!«

Mit stoischer Miene verschwand Rico im Flur und stampfte die Stufen hinunter ins Untergeschoss. Noch auf dem Treppenabsatz stehend bemerkte er die beiden Männer, die seltsam verkrümmt in Unmengen von Blut auf dem Boden lagen. Augenblicklich registrierte er, dass die Waffen fehlten. Absolut unaufgeregt drehte er sich um und suchte den Weg zurück in das Zimmer seiner Herrin.

Schon beim Eintreten spürte er, dass sich die Situation zu seinen Ungunsten verändert hatte. Hinter Donna Mantonelli ragte die hohe Gestalt des Mannes auf, der ihn von Anfang an, seit der ersten Begegnung fasziniert hatte. Bis heute konnte er keine Erklärung dafür finden. Aber dessen

Anwesenheit machte ihm klar, dass er allen Grund hatte, diesen Mann zu fürchten. Den Bewachungsring zu überwinden, war allein schon eine respektable Leistung. Den zweiten Gegner erblickte Rico nur wenige Meter vor dem Eingang zur Terrasse. In der Gestalt erkannte er sofort diesen fremden, deutschen Mann, den er auf keinen Fall unterschätzen durfte. Wieder glitt sein Blick hinüber zu dem ungleichen Pärchen.

Die kräftigen Arme dieses Elmar, an dessen Namen er sich plötzlich erinnerte, lagen um den jetzt halb nackten Körper von Lea Mantonelli, deren Kleid teilweise zerrissen fast alles preisgab, was dieser Luxuskörper an Reizen zu bieten hatte. Niemanden der anwesenden Männer interessierte im Augenblick diese erotische Ausstrahlung. Sie belauerten sich gegenseitig wie Raubtiere. Längst hatte Rico erkannt, dass ein gefährlich langer metallischer Dorn an Leas Schläfe ruhte, darauf wartend, endlich den Weg in das verdorbene Hirn dieser Frau finden zu dürfen. Die Waffe, die der zweite Fremde auf ihn richtete, war vielleicht ausschlaggebend dafür, dass er wortlos seine großkalibrige Waffe aus dem Hosenbund zog und mit spitzen Fingern vorsichtig auf ein Glastischchen neben sich ablegte. Beide Hände streckten sich in die Höhe. Leas schrille Stimme überschlug sich fast in ihrer Hysterie.

»Du dreckiges, feiges Schwein. Was soll das? Leg die beiden Wichser um. Du hast bei deinem Leben geschworen, mich zu beschützen. Nimm endlich deine Waffe und beende das hier. Du verdammter Sklave wirst die Drecskerle erschießen, die es wagten, in mein Haus einzudringen. Ich will sie in ihrem Blut liegen sehen.«

Lea strampelte in wildem Zorn und schlug mit Händen und Füßen um sich. Nur einen winzigen Augenblick lockerte sich Elmars Griff, als er am Knie getroffen wurde, das einst durch ein künstliches Gelenk ersetzt wurde. Sven bemerkte, dass sich Elmars Lippen zu einem schmalen Strich verengten, aber sofort wieder die übliche Gelassenheit zeigten. Sein spitzer Dorn hatte sich für wenige Millimeter in die Schläfe der vor Wut Rasenden gebohrt. Ein schmaler Blutfaden zog sich über ihre Wange. Die ruhigen Worte des Hünen ließen Elmar und Sven irritiert auf den Leibwächter blicken.

»Du Drecksschlampe sprachst gerade davon, dass ich einen Eid geschworen habe? Ja, du hast recht, das habe ich. Aber niemals habe ich dir die Gefolgschaft geschworen. Niemals. Ich war mein Leben nur deinem Vater schuldig. Ihm habe ich die Gefolgschaft als meinem Paten zugesagt. Noch an seinem Grab habe ich einen zusätzlichen Eid abgelegt. Ich versprach ihm, seinen Tod zu rächen, koste es, was es wolle. Er wird gewollt haben, dass ich seinen Mörder suche und richte.

Hast du wirklich geglaubt, dass ich über die Jahre nicht wusste, dass du selbst diesen Anschlag auf ihn befohlen hast? Bist du so naiv, zu glauben, dass ich diese Morde an den unschuldigen Familien und an Don Rizzola nicht dir zuschiebe? Nichts, was hinter meinem Rücken geschah, entging mir. Eigentlich wollte ich dich selbst richten, aber ich werde gerne zusehen, wenn es andere für mich tun. Ich hoffe nur, dass sich die Männer die nötige Zeit dabei nehmen. Du hast einen langen Tod verdient. Was danach mit mir passiert, ist mir völlig gleich. Wenn dein Tod das Letzte sein wird, was ich vor meinem eigenen sehen darf, so soll es dann sein. Nur bitte Leute, lasst euch Zeit. Gebt ihr das, was sie verdient, einen schmerzhaften Tod.«

Jetzt war auch Leas Körper zur Ruhe gekommen, ihre Augen starrten ungläubig auf den Mann, in dem sie stets den wichtigsten Verbündeten sah. Der Glaube an ihre unumstößliche Macht brach wie ein Kartenhaus in sich zusammen. Tränen der Wut schossen aus ihren schönen Augen, verwischten die Mascara zu einer gräulichen Maske.

Plötzlich versteifte sich ihr Körper, schien auf einen Schlag um Jahre zu altern. Die einst schöne Gestalt verkrampfte sich in purer Angst. Sven, der ihrem Blick folgte, erkannte augenblicklich die Ursache. Sein Schrei ließ Elmar, welcher der vorangegangenen Unterhaltung gespannt gefolgt war, aufhorchen und auf die Terrasse blicken. Er ließ die kreischende Frau fallen, als wäre sie vom Blitz getroffen worden und warf sich zur Seite. Keine Sekunde zu früh, denn die beiden Schatten schossen durch die Öffnung der Terrassentür und verbissen sich mit wildem Knurren in das zarte, leicht gebräunte Fleisch der Frau, die einst glaubte, sie aus purer Lust quälen zu dürfen. Das Blut und lose Fleischfetzen spritzten in alle Richtungen und verteilten sich auf dem edlen Mosaikboden. Die Katze hatte die Gefahr schon beim Auftauchen der Schatten erkannt und war auf die hohe Vitrine im hinteren Teil des Raumes geflüchtet. Mit angstgeweiteten Augen verfolgte sie den langen Todeskampf ihrer Herrin.

Das Massaker endete erst, als mehrere Schüsse durch den Raum hallten, die von einem kurzen Jaulen begleitet wurden. Die Stille im Raum war unerträglich. Ricos Waffe richtete sich nun auf Elmar, während Svens Waffe wiederum auf den muskulösen Riesen gerichtet war, der nun endlich seinen inneren Frieden zu finden schien.

»Was wird das jetzt? Sven, bitte drück ab und bereite dem Ganzen ein Ende. Für mich musste irgendwann einmal ein solcher Augenblick kommen. Ich bezahle jetzt für vieles Unrecht, das ich begangen habe. Nun ist es eben früher geschehen, als ich gehofft hatte. Sage Lucia bitte nichts davon. Bestell ihr nur, dass ich sie geliebt habe und nun in einer anderen Welt lebe. Aber ich werde trotzdem auf sie aufpassen. Karin wird mich sowieso verstehen. Tu es, mein Freund ... jetzt!«

Svens Augen wechselten unruhig zwischen den beiden Männern, denen ihr eigenes Leben nichts mehr bedeutete. Seine Waffe richtete sich zwar immer noch auf Ricos Kopf, zitterte allerdings in seiner Hand. Rico war diese Unentschlossenheit nicht entgangen. Zum Erstaunen der beiden Freunde senkte er seine Waffe und legte sie erneut auf das Glastischchen.

»Es hört sich für euch sicher verrückt an, wenn ich sage, dass wir jetzt und hier das Ganze beenden sollten. Seht die Situation doch einmal pragmatisch. Wenn dein Freund mich erschießt, stirbst du ebenfalls. Keinem von uns bringt es etwas, außer den Tod. Deine Lucia verliert aber auch einen Mann, den ich respektiere. Ja, du hörst richtig ... du hast meinen größten Respekt. Du hättest dein Leben für die Rache an dieser Missgeburt gegeben. Doch es muss nicht sein. Wir haben unsere Ziele schließlich erreicht. Die sind zwar unterschiedlich, aber sie sind immerhin da. Worauf ich allerdings hinaus will, ist etwas Anderes. Sterbe ich, wird eine Familie von außerhalb hier das Heft in die Hand nehmen und auf das Recht der Schutzgeldforderungen bestehen. Nur wenn ich überlebe und zum Paten dieser Familie werde, bleibt alles so ruhig, wie es einst unter Leas Vater war. Ihr steht dann mit euren Angehörigen unter meinem Schutz. Jetzt sucht euch aus, was passieren soll. Und wenn es mein Tod sein soll ... dann sei es so. Der Don wartet doch schon eine Weile in der Hölle auf mich.«

Noch lange standen Elmar und Sven neben dem Lieferwagen, den sie wieder an die Stelle gefahren hatten, an dem sie die beiden Monteure überfallen, gefesselt und geknebelt zurückgelassen hatten. Niemals würden die davon erfahren, wer sie hier stundenlang, mit Kapuzen über dem Kopf, deponiert hatte. Man würde sie nach einem Anruf bei der Polizei genau hier besinnungslos, aber unverletzt finden.

Ihr Blick ruhte auf dem Anwesen, dass sie beinahe ihr beider Leben gekostet hätte. Sven suchte vergeblich in Elmars Gesicht nach einem Lächeln voller Befriedigung. Vielmehr fand er einen abwesend wirkenden Freund, der über etwas nachzudenken schien.

»Ich habe es dir prophezeit, Elmar. Die Rache kann Wunden nicht endgültig schließen. Sie kann eventuell sogar neue öffnen, denn jetzt folgt die Schuld, die wir auf uns geladen haben.«

Ohne den Blick von dem Mantonelli-Anwesen zu nehmen, antwortete Elmar.

»Sven, das spüre ich schon seit vielen Jahren. Daran kann und sollte man sich zwar niemals gewöhnen, aber dennoch passiert es. In letzter Zeit habe ich lediglich gelernt, das alte

Problem im Alltag zu verdrängen, doch in meinen Träumen taucht es immer wieder auf. Die vielen toten Menschen treffe ich dort. Das Erstaunliche und manchmal so Bedrückende daran ist, dass sie mir keine Rache schwören, sondern die Hand freundlich lächelnd ausstrecken. Wie sehr wünschte ich mir, dass das alles niemals geschehen wäre. Doch seinem Schicksal kann niemand entfliehen. Ständig habe ich in der Angst gelebt, dass sie mich nach meinem Tod mit ihrer Rache verfolgen. Vielleicht hast du recht mit deiner Ansicht, dass Rache allein keinen Seelenfrieden bringt. Übrigens sprachst du davon, dass wir Schuld auf uns geladen haben. Das ist so nicht unbedingt richtig, mein Freund. Du hast niemanden getötet ... nicht du. Das war allein ich, wenn du dich richtig erinnerst. Lassen wir es dabei, denn ich weiß, was es bedeutet, mit der Schuld am Tod anderer leben zu müssen.«

Svens Einwand winkte Elmar einfach weg, entfernte sich zum Auto, das sie vor Stunden in einiger Entfernung abgestellt hatten.

- Kapitel 42 -

Elmar ließ es sich nicht nehmen, den Rollstuhl, in dem Fiorella Platz genommen hatte, selbst zum VW-Bus zu schieben, den sie sich speziell für diesen Zweck angeschafft hatten. Noch einen letzten Blick warf sie zurück auf das Krankenhaus, in dem so viel Schreckliches passiert war. In wenigen Tagen sollte die Beisetzung des Kleinen stattfinden.

Die Umarmungen von Karin und Sven nahm sie dankbar an, da sie diese Menschen mittlerweile tief in ihr verletztes Herz geschlossen hatte. Lange hielt sie die beiden umschlungen, bevor die Männer sie mit dem schweren Gefährt über eine Rampe in den Bus schoben und dort sicherten.

»Ich bin so glücklich darüber, dass ihr doch noch zur Beerdigung bleiben könnt. Ich werde euch vermissen, sogar sehr. Ihr müsst mir versprechen, dass ihr im kommenden Sommer wiederkommt. Ich gelobe euch dafür, dass ich fleißig zur Reha gehen und im nächsten Jahr schon wieder am alljährlichen Strandlauf teilnehmen werde. Die kleine Prothese wird mich zwar einschränken, aber nicht umbringen.

Ach übrigens habe ich da heute in der Gazette gelesen, dass man Donna Mantonelli tot in ihrem Haus vorgefunden hat. Die soll von ihren eigenen Kampfhunden totgebissen worden sein. Wie schrecklich das Ganze. Aber unser Herr im Himmel ist wundersam in seinen Entscheidungen. Manchmal nimmt er ohne erkennbaren Grund das Leben der Unschuldigen, um kurze Zeit später wieder Gerechtigkeit zu üben.«

Lucia wunderte sich schon lange nicht mehr darüber, dass ihre Freunde seltsame Blicke untereinander wechselten. Sie schienen ein Geheimnis zu teilen, das schon existierte, bevor Elmar nach Italien kam. Es sollte ein solches bleiben, bis er sich von allein, aus freien Stücken dazu äußerte. Sie lehnte ihren Kopf an seine Schulter, während Elmar mit einem gewohnten Lächeln auf den Lippen, den Wagen nach Hause lenkte.

Das Klingeln von Svens Smartphone unterbrach diese Zeit der Besinnung und des Glücks. Karin warf einen Blick auf das Display und erkannte den Namen Fugger. Bevor Sven das Gespräch annehmen konnte, drückte Karin auf den roten Knopf, nahm ihm das Gerät aus der Hand und stopfte es wortlos in ihre Handtasche. Ihre Frage zauberte ein befreites Lachen in die Gesichter der Freunde.

»Ich freu mich schon auf das Essen. Ist es noch weit?«

- Nachwort -

Liebe Leserinnen und Leser

Hat Sie dieses 5. Buch aus meiner Serie wieder gut unterhalten können und die erwartete Spannung geliefert? Das hoffe ich sehr. Weitere Romane aus meiner Feder finden sie im Anhang.

Wir Autoren wären oftmals relativ hilflos, wüssten wir nicht diese wichtigen Helfer im Hintergrund, die vor der Veröffentlichung eines Buches den strengen Blick auf die Texte werfen. Besonderen Dank richte ich dabei an drei großartige, von mir geschätzte Frauen in meinem Umfeld. Dazu gehören Andrea Schmidt, Sonja Kindler und Anne Philipps.

Persönliche Anmerkungen und ein Feedback können Sie mir gerne unter harald2066@gmx.de zukommen lassen. Sie erhalten garantiert zeitnah eine Antwort von mir.

Aber auch Mitglieder, die bei LovelyBooks aktiv sind, können sich dort gerne zu meinen Büchern äußern.

Ich würde mich sehr darüber freuen, wenn ich Sie auch in Zukunft spannend unterhalten dürfte.

Ihr H.C. Scherf

ISBN 978-3752877953

Band 4 aus der Serie Spelzer/Hollmann

Als Taschenbuch und Ebook in allen Buchhandlungen und Online-Shops.

Inhalt:

» In mir hat der Satan ein Zuhause gefunden. Tust du nicht das, was ich von dir verlange, wirst du genau ihn von seiner fantasievollsten Seite kennenlernen. «

Die Drohungen treiben dem korrupten Polizisten kalte Schauer über den Rücken.

Während Doktor Karin Hollmann und Oberkommissar Spelzer einen Satanisten verfolgen, der im Ruhrgebiet seine Opfer sucht und findet, versucht der Serienmörder Pehling, an seinem Zufluchtsort neue Gegner abzuwehren.

Aber nur, wenn sich die so unterschiedlichen Weggefährten zusammenschließen, haben sie eine verschwindend geringe Chance. Sie müssen verhindern, dass ein Satansjünger seine Visionen vom Reich des Antichristen verwirklichen kann.

Der Weg dahin fordert einen blutigen Tribut, denn der Gegner scheint nicht von dieser Welt.

Obwohl die Handlungsabläufe in sich abgeschlossen sind, empfiehlt es sich, die Bücher in der Reihenfolge zu lesen.

Obwohl die Handlungsabläufe in sich abgeschlossen sind, empfiehlt es sich, die Bücher in der Reihenfolge zu lesen.

Die Spelzer/Hollmann-Reihe:

ISBN 978-3752834215
Band 3 aus der Serie Spelzer/Hollmann

Als Taschenbuch und Ebook in allen Buchhandlungen und Online-Shops.

Inhalt:

»Da unten ist die Hölle«

Die Taucher der Essener Wasserschutzpolizei müssen weit über ihre psychischen Grenzen hinausgehen, als sie das Depot eines Killers in der Tiefe räumen.
Welcher Wahnsinnige versteckt die Toten im Essener Baldeneysee?

Wieder einmal stehen Rechtsmedizinerin Karin Hollmann und ihr Freund, Oberkommissar Sven Spelzer vor Mädchenleichen, die ihnen viele Rätsel aufgeben.

Wie weit geht ein skrupelloser Gangsterboss, um den gewaltsamen Tod seines Bruders zu rächen?

Zwei scheinbar unabhängige Fälle bringen die Ermittler selbst in Lebensgefahr. Ein friedliches Naherholungsgebiet entpuppt sich als Spielwiese für einen irren Mörder.

Obwohl die Handlungsabläufe in sich abgeschlossen sind, empfiehlt es sich, die Bücher in der Reihenfolge zu lesen.

Die Spelzer/Hollmann-Reihe:

KALENDERMORD - Band 1
DER SERBE - Band 2

ISBN 978-3746055879
Band 2 aus der Serie Spelzer/Hollmann

Als Taschenbuch und Ebook in allen Buchhandlungen und Online-Shops.

Inhalt:

»Der ist definitiv ertrunken. Die haben ihn noch lebend ins Wasser geworfen,
dabei nicht mal seine Hände gefesselt.«

Die Aussage der Rechtsmedizinerin Karin Hollmann ist klar und deutlich. Sven
Spelzer, mit dem sie schon den Serienmörder Pehling zur Strecke brachte, weiß
von Anfang an, wen er für diesen Zeugenmord zur Verantwortung ziehen muss.
Die Soko wurde gebildet, um den ›SERBEN‹, wie sie den Gewaltverbrecher
nennen, nach Jahren der Erfolglosigkeit, endlich zur Strecke bringen zu können.
Brutalster Drogen- und Menschenhandel wird ihm zur Last gelegt.
Mögliche Belastungszeugen verschwinden meist spurlos.
Doch wer ist der unsichtbare Helfer im Hintergrund?
Gibt es einen Maulwurf in den Reihen der Polizei?

Wieder werden die beiden Ermittler in einen Einsatz hineingezogen, der sie, wie
schon im ersten Band dieser Reihe, an die Grenzen treibt. Als sie bereits an den
sicheren Zugriff glauben, hat der Teufel längst die Falle gebaut.

Alle Thriller der Reihe sind zwar abgeschlossen und könnten auch unabhängig
voneinander gelesen werden. Doch der Spannungsbogen ist größer, wenn die
Reihenfolge eingehalten wird.

ISBN 978-3746067858
Band 1 aus der Serie Spelzer/Hollmann

Als Taschenbuch und Ebook in allen Buchhandlungen und Online-Shops.

Inhalt:

Der Wald rund um die Ruine der Essener Isenburg - eine Oase der Ruhe und des Friedens. Das ändert sich mit dem Fund einer ersten, grausam zugerichteten Leiche.

Kommissar Sven Spelzer, als erfahrener Leiter der Mordkommission, begegnet einem Serienkiller, der präzise seine unvorstellbaren Taten plant.

Der Täter preist seine Morde als Kunstwerke.

Wenn bisher ein System sein Wirken steuerte, so ist es die Gier Außenstehender, die eine unfassbare Lawine der Gewalt auslöst.

Gemeinsam mit der Rechtsmedizinerin Karin Hollmann begibt sich Spelzer auf die Suche nach dem Wahnsinnigen. Sie ahnen nicht, welche Hölle die Bestie schon für sie vorbereitet hat.

Kalendermord - der erste Fall für dieses Ermittlerteam, der sie sofort an ihre Grenzen zwingt.

ISBN 978-3744873024

Als Taschenbuch und Ebook in allen Buchhandlungen und Online-Shops.

Inhalt:

„Gib diese Frau auf, denn die Zeit auf dieser Erde ist endlich ... besonders für sie."

Die Warnung ist eindeutig, die der erfolgreiche Schriftsteller Jan Hellman
in dem Umschlag vorfindet.
Niemals wieder hat er eine Verbindung eingehen wollen. Die Trennung von Claudia
saß noch wie ein Stachel in seinem Herzen. Sein Single-Dasein war beschlossen.
Doch das Schicksal hatte eigene Pläne gehabt. Sandra veränderte alles.
Jetzt aber hält er diesen Drohbrief in den Händen.
Bei Jan Hellmann und den eingeschalteten Ermittlern keimt der Verdacht, dass ihn der
Gegner gut kennen muss.
Lebt der Verursacher dieser Grausamkeiten in einem vertrauten Umfeld?
Ekelige Tierkadaver und weitere Drohbriefe verstärken die Angst.
Perfekt getarnt treibt der Täter sein perfides Spiel. Die Einschläge, die Opfer und Poli-
zei weiter rätseln lassen, kommen immer näher, werden immer brutaler.
Eine Liebe, an deren Erfüllung sich mit jeder gelesenen Seite die Zweifel mehren.
Eine Beziehung, die direkt auf den Vorhof der Hölle zusteuert.

H.C. SCHERF

THRILLER
Der Flug der Libellen

ISBN 978-3744869997

Als Taschenbuch und Ebook in allen Buchhandlungen und Online-Shops.

Inhalt:

Seit Jahren verschwinden Prostituierte im Ruhrgebiet.

Keine Leichen. Keine Spuren.

Nichts kann den Killer aufhalten.

Die erst 10jährige Andrea Lesbe und ihr gleichaltriger Freund leiden schon in der Schule unter Mobbing. Die Mitschüler machen ihnen das Leben zur Hölle.

Was die Kinder zu diesem Zeitpunkt nicht wissen können:

Ein Hurenmörder beginnt gleichzeitig sein perfides Werk.

Unaufhaltsam verbindet sich ihr Schicksal mit dem des irren Killers.

Als Andrea als Erwachsene wieder in ihre Heimatstadt Essen zieht, trifft sie nicht nur auf den einstigen treuen Freund.

Sie begegnet auch einem geheimnisvollen Fremden, der sie magisch anzieht.

Hauptkommissar Schlicht ermittelt mit seiner Soko seit 16 Jahren erfolglos im Fall eines vermissten Kindes und der beängstigenden Mordserie. Erst als der Killer die Abstände seiner grausamen Taten verkürzt, finden sich erste Spuren.

Damit das Geheimnis um den Serienkiller gelüftet werden kann, müssen die Beteiligten in den Vorhof zur Hölle hinabsteigen.

Erst dort begegnen sie der grausamen Wahrheit.

»Ein Thriller, der die schmale Kluft zwischen Normalität und dem menschlichen Wahnsinn spannend beschreibt.«

ISBN 978-1511436229

Als Taschenbuch und Ebook in allen Buchhandlungen und Online-Shops.

Inhalt

Die beschauliche Idylle des Sauerlandes möchte der aus Kanada stammende Schriftsteller Patrick Schreiber eigentlich nutzen, um Depressionen und Alkoholprobleme in den Griff zu bekommen. Der Herbstwald offenbart ihm allerdings ein schreckliches Geheimnis und einen Serienmörder, der ihm weit überlegen scheint. Mit Gewalt wird er in einen Sog aus Mord, Lynchjustiz und Intrigen gezogen. Um diese ungewöhnlich brutalen Frauenmorde aufzuklären, schaltet sich der bärbeißige LKA-Mann Franz Kalkove ein.

Fehlende Spuren lassen die Ermittlungen lange ins Leere laufen. Weitere Morde können dadurch geschehen. Die Dorfgemeinschaft entpuppt sich als trügerische Fassade. Erst als sich diese beiden eigenwilligen Typen solidarisieren, scheint eine Lösung dieses Falles möglich. Dazu müssen Schreiber und eine alte Liebe aber erst durch eine wahre Hölle gehen.

Mit Wortwitz wird der Leser durch das Geschehen geführt, ohne dennoch auf den erwarteten Grusel verzichten zu müssen. Nach der Lektüre wird man die kleinen Orte und Wälder rund um das sauerländische Winterberg mit ganz anderen Augen sehen. Nichts wird mehr so sein wie vorher.

ISBN 978-3741275203

Als Taschenbuch und Ebook in allen Buchhandlungen und Online-Shops.

Inhalt

Täglich gibt es in Deutschland etwa vierzig Fälle von Kindesmissbrauch. Die Dunkelziffer ist jedoch höher, denn viele Opfer und ihre Angehörigen schweigen, aus Scham, aus Angst. Heilt die Zeit diese Wunden? Kann der Mensch erlittenes Leid vergessen? Tina muss sehr bitter erfahren, was es bedeutet, wenn Gespenster der Vergangenheit lebendig werden. Wohlbehütet aufgewachsen, begegnen ihr plötzlich Grausamkeiten, die sie sich nie hätte vorstellen können. Die Gräueltaten eines Sexualtäters verknüpfen sich unaufhaltsam mit dem Schicksal ihrer Familie.

Ein Thriller, der nicht loslässt. Er nimmt den Leser mit in eine Welt, die direkt neben uns existiert. Eine Welt, mit der viele Menschen selbst Erfahrungen sammeln mussten und es aus unterschiedlichsten Gründen totschweigen.

Der Autor möchte mit seiner Geschichte nachdenklich machen und zu Diskussionen anregen. Gibt es hier nur Schwarz und Weiß, nur Gut und Böse?

Eine Geschichte, frei erfunden, doch grausam nah an der Realität.

ISBN 978-3741226458

Als Taschenbuch und Ebook in Online-Shops und im Buchhandel

Inhalt:

Als Nicole Manfred Kirchner begegnet, glaubt sie, den Richtigen für ein blei-
bendes Glück gefunden zu haben. Als das Monster die Maske fallen lässt, ist es
schon zu spät. Nicole muss einen sehr hohen Preis bezahlen: Sexueller Miss-
brauch, grausame Misshandlung und kriminelle Machenschaften treiben Nicole
fast in den Freitod.
Ihr Weg kreuzt den eines älteren Mannes. Nun erfährt sie, dass es auch Menschen gibt, die Hilfsbereitschaft und Freundschaft über ihre eigene Sehnsucht
nach Liebe stellen. Doch Manfred Kirchner ist nicht der Mann, der sein Opfer so
schnell aus den Klauen lässt. Das Schicksal treibt ein makabres Spiel und zwingt
zwei Menschen an die Grenze des Zumutbaren.
Wird Nicole sich befreien können? Erkennt sie das wahre Glück und greift
danach? Kennt das Glück wirklich kein Erbarmen?
Der Autor lässt den Leser wie schon in seinen beiden vorangegangenen Roma-
nen tief in die dunklen Seiten des menschlichen Zusammenlebens eintauchen
und bietet viel Stoff für Diskussionen.

ISBN 978-3741299056

Als Taschenbuch und Ebook in allen Buchhandlungen und Online-Shops.

Inhalt:

Alfred Reimann, dreiunddreißig, Single, gut aussehend, Jungfrau.
Bis heute lief das Leben des liebenswerten Finanzbeamten und seiner Teddy-
dame Bienchen in geordneten Bahnen. Noch weiß er nicht, dass sich dieser
Zustand mit dem Einzug der süßen Nachbarin Verena ändern wird. Ein glücklicher Umstand führt sie zusammen.
Seine Mutter ist davon alles andere als begeistert, denn in ihren Augen wollen
junge Frauen wie Verena nur das Eine. Und dieses Chaos wird sie zu verhindern
wissen!
Mithilfe von Verena und dem kauzigen Pfarrer Hollerberg stolpert Alfred in das
eine oder andere Abenteuer. Ob er auf den Reisen sein Glück findet, bleibt abzuwarten ... Ein rasanter Liebesroman mit dem gewissen Schmunzelfaktor.